La Caída de Martin Orchard

Martin Lundqvist and Sebastian Llanos

Published by Martin Lundqvist, 2020.

This is a work of fiction. Similarities to real people, places, or events are entirely coincidental.

LA CAÍDA DE MARTIN ORCHARD

First edition. May 5, 2020.

Written by Martin Lundqvist and Sebastian Llanos.

Capítulo 0: El Portal en la Pirámide, Egipto: enero de 2019

Me estaba recuperando de un largo vuelo bilioso, y me registré en un hotel de 3 estrellas barato y lúgubre. El hotel estaba ubicado en un pequeño bloque en la concurrida ciudad de El Cairo. El ruido del tráfico pesado, combinado con el zumbido continuo del viejo y sucio aire acondicionado me impidió dormir. Todo lo anterior, destruyó cualquier posibilidad de que me recuperase de mi vuelo de 17 horas desde Sydney. La noche era joven, así que decidí explorar esta mágica ciudad de El Cairo por mi cuenta. Mis visitas guiadas comenzarían mañana por la mañana y no tenía planes para el resto del día. Yo soy un firme creyente en la exploración de una ciudad por mi cuenta. Me gusta alejarme de las típicas trampas para turistas. De esta manera, podría experimentar la vida cotidiana de los habitantes de una ciudad y la belleza de su cultura.

Apagué el viejo televisor antiguo con marco de madera. Estaba a punto de abandonar la destartalada habitación del hotel, cuando sentí una oleada de vacilación y ansiedad que me abrumaba. Los humanos tienden a sobreestimar ciertos peligros. Por ejemplo, a menudo tengo miedo de los ataques de tiburones cuando estoy nadando en aguas australianas, aunque estos son escasos para ser honestos. Estaba conmocionado de estar en El Cairo, tanto así que temía ser atacado por terroristas. Tales cosas ocurren a menudo en Egipto, según los medios que influyen continuamente en la población que desconoce verdades a menudo.

Mi miedo se amplificó por el hecho de que mi amante pareja de muchos años, la dulce y gentil Elaine, se había negado a viajar conmigo a El Cairo. Elaine había citado el riesgo de un ataque terrorista como su razón principal para no venir. Eventualmente, sacudí mis pensamientos negativos y me tranquilicé. Recordé cómo aspectos de mi rutina diaria, como mi dieta y mi ejercicio, tienen un mayor impacto en mi esperanza de vida que los ataques terroristas nunca tendrán.

Caminé por El Cairo, absorbiendo todo lo que la ciudad mágica y lustrosa tenía para ofrecer. Disfruté oliendo sus fragancias y fotografiando sus edificios históricos. Después de recorrerla durante horas, me encontré con un bazar egipcio considerable. No soy un gran fanático de las compras, pero recordé que Elaine había pedido un tarro de perfume egipcio. También quería comer algo, y la comida allí olía delicioso.

DESPUÉS DE CENAR AUTÉNTICA comida egipcia, me sentí un poco aturdido por el ruido y la conmoción masiva en el bazar. Siempre que viajo al extranjero, me destaco como un turista obvio, ya que soy muy alto y me veo muy del norte de Europa. Esto se debe a que mido 190 centímetros de alto con características propias nórdicas. Mi aspecto atrajo a una miríada de vendedores, y todos estaban tratando de venderme diferentes baratijas. Me sentí estresado e incómodo, ya que no me gustan las multitudes y las personas que me empujan. Después de rechazar a docenas de vendedores ambulantes, me encontré con algo que quería. Era un cristal azul brillante, vendido en una tienda de cristales curativos, ubicada en el extremo más alejado del lúgubre mercado.

Estudié el misterioso cristal azul por un tiempo. Traté de contactar al presunto vendedor, una anciana egipcia, que estaba en cuclillas detrás de una vieja mesa de madera. Ella sonrió y mostró sus dientes amarillos.

Pero, ¿por qué quería un cristal? Reflexioné sobre la pregunta y no pude encontrar ninguna explicación sensata. Nunca me han interesado las piedras preciosas o los cristales curativos. Pero este cristal encantador brillaba con una luz azul brillante y maravillosa. Era tan hermoso que parecía que el cristal me estaba hablando. Esto era algo que no había experimentado desde que ingerí LSD y hongos mágicos durante mi rebelde juventud. Me recogió el cristal, y me quedé mirando durante mucho tiempo. Me sentí hipnotizado por su belleza, por lo que se sintió como una eternidad.

"¿Puedo ayudarlo, buen señor?"

Un joven egipcio que apareció desde la parte trasera de la miserable tienda.

Volví a mis cabales cuando el empleado de la tienda se me acercó. ¿Cuánto tiempo había pasado? Los otros vendedores ambulantes me habían invadido como abejas, pero este hombre egipcio se había tomado su tiempo y me había dado la oportunidad de estudiar sus productos primero. Examiné al hombre, se veía diferente. Mientras que los demás vestían prendas típicas del Medio Oriente, este hombre egipcio parecía un misterioso viajero en el tiempo. O al menos, se vestía como si estuviera participando en una especie de feria renacentista.

"¿Cuánto cuesta este cristal...?", Tartamudeé con una voz confundida.

"¡Para usted, señor, este hermoso cristal Zeto vale solo 1500 libras!" Dijo el vendedor con confianza.

1500 libras egipcias. ¿A cuánto equivale eso en dólares australianos? Calculé las cifras en mi cabeza y me di cuenta de la respuesta; eran más de 100 dólares australianos. Dudé, y estudié el vendedor egipcio y el encantador de cristal por un tiempo. Debí haber entendido mal el precio del artículo.

"Disculpe, ¿dijo 1500 libras egipcias por este pedazo de vidrio?" Yo pregunté.

"Lo hice, pero el precio acaba de subir. ¡Ahora son 2,000 libras egipcias!" respondió el vendedor ambulante enojado e impaciente.

La respuesta del vendedor me desconcertó. Los vendedores ambulantes siempre bajaban sus precios ante cualquier signo de regateo, pero este hombre egipcio había aumentado el precio. ¿Cómo podría ser esto? Iba a devolver el cristal, pero no pude, me sentí obligado a comprarlo.

"Está bien, 2000 libras egipcias. Es un trato." Dije, mientras pagaba el extraño y brillante cristal azul, y lo puse en mi bolsillo. Después de pagar el cristal encantador, tomé un taxi de regreso a mi lúgubre habitación de hotel. Mi cerebro no funcionaba y necesitaba desesperadamente una buena noche de sueño.

AL DÍA SIGUIENTE, ME desperté sintiendo un dolor punzante en el estómago. Mi elección de comida el día anterior no había sido inteligente, y había pasado toda la noche vomitando en el baño. Estaba considerando no aparecer para el viaje en autobús a las pirámides, pero decidí no hacerlo y me preparé para ir. Solo habían pasado unos días en El Cairo, antes de volar de regreso a Suecia para ver a mis queridos viejos padres. Pasar mi tiempo enfermo y caer en la autocompasión en esta habitación de hotel barata, no era mi versión de unas vacaciones ideales precisamente.

Dejé de lado el desayuno del hotel. En cambio, compré algunas mentas refrescantes y otros bocadillos en la tienda de la esquina fuera del hotel. Hice esto para ocultar el hedor de mi vómito de la noche anterior. No quería arriesgarme a vomitar en el autobús, pero traer algunas mentas y una bolsa de nueces sería útil si llegase a tener hambre más tarde. Me subí al autobús turístico. La guía estaba cantando y compartiendo algunos datos interesantes sobre El Cairo o al menos creo que lo hizo; pero mi mente estaba nublada después de tener una noche tan agitada. Me metí en un abismo de ensueño y me quedé dormido en el autobús.

Como llegamos a las pirámides, y me desperté de la siesta me sentí un poco mejor.

UN PROBLEMA QUE TENGO, es que el mundo real es por lo general es menos grande y majestuoso de lo que yo espero que sea. Las pirámides son el mejor ejemplo de esto. En el mundo de las ideas, las pirámides son magníficas. Fueron construidas por miles de trabajadores durante muchos años. Estos antiguos artefactos edificados como instrumentos astronómicos de cálculo con casi una precisión mucho mayor que lo que podemos hacer con nuestra tecnología moderna.

Pero en realidad, estaba parado en medio de un desierto rocoso y caluroso mirando un montón de rocas caídas desmoronadas. Había una gran diferencia entre las pirámides de imagen perfecta que a menudo se ve en las tarjetas postales y estas. Qué ironía.

El guía turístico sonriente se acercó a mí y me tocó el hombro. Por una tarifa opcional de 1,000 libras egipcias, podría seguir una visita guiada dentro de una de las pirámides. De lo contrario, podría sentarme en la cafetería y disfrutar del paisaje durante las próximas horas mientras espero que el guía turístico lleve a otros turistas al interior. Pagar dinero extra para agacharse alrededor de un oscuro y estrecho túnel no sonó divertido. Pero ya estaba aquí, y tal vez la pirámide se vería mejor por dentro. Pagué la considerable tarifa, consciente de que podría estar decepcionado del resultado. El guía sonrió, mostrando su sonrisa sarcástica, y metió el dinero en su bolsillo. Parecía ansioso de que la gente pudiera verlo tomar el dinero, lo que indica que esto no era una parte oficial del recorrido. Me sentía ansioso y no quería estar en compañía del astuto guía. Yo quería que se quedara fuera, pero ya había pagado por el viaje, y no pude obtener mi dinero de vuelta.

POCO TIEMPO DESPUÉS, entré en la pirámide junto con el guía turístico y algunos otros participantes. Como era de esperar, no disfruté estar dentro de ella. Estaba oscuro, lleno de un olor rancio por la humedad del aire, y era demasiado pequeña para que un tipo grande como yo pudiera caminar normalmente. Además, la intoxicación alimentaria no me había preparado para esta fantástica aventura que estaba a punto de encontrar.

Sentí que iba a vomitar de nuevo. Al ser la última persona en el grupo, escapé hacia un vacío pasillo lateral para evitar la vergüenza. Después de vomitar, estaba listo para volver al grupo cuando, de repente, sentí una luz azul brillante que brillaba a través de mis pantalones color caqui. El cristal azul, que había olvidado sacar de mi bolsillo se sentía realmente caliente y brillaba con una resplandeciente luz azul celestial. Fue tan intenso el brillo, que iluminó toda la habitación y casi podría dañarme los ojos, así que tomé el cristal de mi bolsillo y lo estudié.

De repente, una compuerta se abrió debajo de mí y me deslicé por un pasaje secreto. Me estaba deslizando hacia abajo durante varios segundos hasta que caí al suelo a una alta velocidad. Oí un ruido fuerte por el agrietamiento, y sentí una oleada de dolor a través de mi cuerpo. Había aterrizado mal en el pie derecho, y sentí habérmelo roto. Miré alrededor y sentí cómoel pánico tomó control sobre mi cuerpo. Estaba herido y solo en un túnel muy oscuro, sin forma de levantarme. Estaba a punto de gritar pidiendo ayuda cuando algo me llamó la atención: el cristal azul en este túnel oscuro, brillaba más fuerte que nunca. Me arrastré hasta el cristal brillante en el suelo y lo levanté...

UNA VEZ QUE RECOGÍ el reluciente cristal, escuché un extraño pitido y un ruido giratorio similar al de un alienígena. Toda la pared se había iluminado y estaba llena de líneas iluminadas de jeroglíficos alienígenas que no podía comprender en absoluto. Los jeroglíficos me trajeron sentimientos de asombro y sorpresa. Noté que había una ranura en la pared donde mi cristal azul encajaría perfectamente. Caminé hacia la ranura, e inserté el cristal en ella. Esto hizo que toda la pared produjera un estruendo fuertísimo y entonces el muro se movió hacia la izquierda. Los bloques de pared empezaron a rotar, y las grietas de la pared se llenaron con más bloques que aparecían desde el interior de la misma, como un increíble juego de Jenga. Esto sucedió durante unos minutos, hasta que la rotación se detuvo, y se reveló una grieta gigante con misteriosa luz azul. Traté de sentir la parte posterior de la pared, y sentí haber alcanzado la luz. Sin embargo, parecía que no tenía una superficie definida cuando mi mano se hundió directamente a través de ella. Saqué mi mano de la luz azul, y todavía estaba bien. Me sentí obligado a saber qué había al otro lado de la brillante grieta azul. Confiando en mi pierna buena, decidí saltar a la grieta de la pared y averiguar lo que sucederá después.

Vi un destello brillante, y mi cuerpo se desvaneció través del espacio, viajando más rápido que la velocidad de la luz. Aterricé sobre un montón de hojas acolchadas que tenía un suave rocío sobre sí. Había aterrizado sobre un hermoso patio, que parecía antiguo y futurista al mismo tiempo. Nunca había visto algo tan hermoso en toda mi vida, pero al mismo tiempo, sentimientos de temor me invadían. ¿Dónde estaba, acaso podría ser esta la otra vida?

VI A UN GRUPO DE EXTRAÑAS criaturas humanoides acercándose a mí, entonces uno de ellos me habló.

“Saludos humano. Soy Ra, y los Zetans a mi lado son Zeus, Brahma y Odin."

"No entiendo... ¿Estoy muerto?" Tartamudeé

"Ciertamente no, de hecho, nunca estarás más vivo que hoy", respondió Zcus.

“Basta de bromas. ¿Nos trajiste alguna ofrenda? Odín se burló

La solicitud me sorprendió, pero no me atreví a discutir con las extrañas criaturas divinas. Recordé que tenía algunas mentas y nueces en los bolsillos, así que las saqué y se las entregué a Odin, quien probó la comida, y me dio una mirada de desaprobación. “¡¿Qué tipo de comida están comiendo los humanos en estos días?! ¡Esta comida está llena de químicos y basura! Odín refunfuñó.

“Lo siento. No esperaba encontrarme con deidades hoy, y no traje ninguna ofrenda,” respondí.

"¿Es eso así? Entonces, ¿cómo es que todas las escrituras antiguas mencionan sacrificios a los dioses? Zeus preguntó.

La pregunta de Zeus me confundió, pero afortunadamente, Brahma vino en mi ayuda. “No seas demasiado duro con el humano. ¿Cómo podía prever que tropezaría con un portal interdimensional? Los humanos no tienen previsión como nosotros. ”

Brahma se volvió hacia mí y habló. "Gracias por tus ofrendas hoy, por favor dime tu nombre, humano ".

“Soy Martin Orchard. Puedes llamarme Martin. " Respondí.

“Encantado de conocerte, Martin. Desafortunadamente, tu tiempo aquí hoy será corto, así que por favor pregunta cualquier cosa que quieras saber antes de tener que regresar a tu mundo humano ". Dijo Brahma

“Tienen algo para curar mi pierna rota? Es tan doloroso..." Gemí.

"Tienes suerte, todavía tenemos suministros curativos", respondió Brahma. Se volvió hacia Ra y le dijo: "Ra, ¿puedes vacunar a nuestro invitado con un suero curativo Zetan en la pantorrilla derecha?"

Ra se acercó a mí, y me inyectó el suero. Al principio, causó un dolor insoportable, pero se desvaneció rápidamente. En poco tiempo, el dolor desapareció por completo, y la pierna pareció estar completamente curada.

"¿Qué pasó? ¡Esto es un milagro! "Dije

"El suero que te dimos, aceleró el factor de curación de tu cuerpo en el equivalente al tiempo de curación de un mes. Por lo tanto, sientes el inmenso dolor inicial, y luego procede hacia la curación rápida". Ra respondió.

"Entonces, ¿me sanaste con una tecnología médica avanzada?" Yo pregunté.

"Sí, la ciencia avanzada es demasiado complicada para que la entiendas, así que los llamamos milagros ", respondió Ra. "Hemos curado a las personas que eran ciegas, hemos logrado que los cojos vuelvan a caminar, curamos a las personas que sufrían de lepra, todo lo que está escrito en su Biblia. En resumen, les hemos hecho creer que nuestra raza Zetan es un Dios que todo lo sabe ". Ra declaró

BRAHMA ME MIRÓ Y DIJO: "Nuestro tiempo es corto, pero déjame mostrarte todo". Me puse de pie y, para mi gran alivio, pude caminar, aunque cojeando un poco. Seguí a Brahma a un hermoso estanque, ubicado al lado de un floreciente árbol de loto mágico. En el estanque, pude ver muchas cosas sucediendo en la Tierra.

"Maestro Brahma. ¿Cómo es que pueden ver todas estas cosas que están sucediendo en la Tierra?" Pregunté.

"Cuando vine por primera vez a través de la Tierra en nuestro viaje por cuenta de la tecnología Vía Láctea Galaxy, enviamos billones de aviones no tripulados con nanotecnología. Estos drones son invisibles para los ojos humanos. Hicimos esto para poder ver todo en el planeta. Estos drones fueron alimentados con tecnología avanzada Zetan y tienen un tiempo de batería casi ilimitado. Por lo tanto, algunos de estos drones todavía nos envían imágenes a través de este estanque de loto". Brahma respondió.

"¡Guau! ¡Eso es increíble! ", Respondí con asombro.

"Sí, cuando les dijimos a tus antepasados humanos que Dios todo lo ve, no estábamos mintiendo. Estábamos explicando hechos para aumentar su nivel de inteligencia ", dijo Brahma.

"¿Por lo tanto, son Uds. nuestro Dios s y quienes crearon la humanidad?" Yo pregunté.

"No. No creamos la humanidad; te dimos nuestra versión de inteligencia y te hicimos lo que eres. La Verdadera Creadora es única, por eso es conocida como la Verdadera Creadora -del Universo-. Ella hizo nuestra raza y la tuya también. Somos una raza más antigua y más inteligente que ustedes, los humanos. Cuando nos encontramos con los homosapiens hace 70.000 años tu especie eran animales de bajo nivel, cerca de la extinción. Sus miradas se parecían a la de los simios en lugar de a la del ser humano. Mis antepasados Zetan, alteraron su genoma y elevaron su nivel de inteligencia y apariencia, para parecerse más a nosotros. Los convertimos en lo que se han convertido desde entonces y hemos monitoreado sus actuaciones desde nuestro mundo". Brahma respondió.

"Entonces, debido a que los Zetan son mucho más avanzados que los humanos, ¿se convierten en nuestro Dios?" Yo pregunté.

"Sí. La Verdara Creadora, trabaja a escala cosmológica. Ella no se involucra en nuestra vida diaria. Para un ser tan omnipotente, las oraciones y acciones diarias de los individuos se vuelven insignificantes ". Brahma respondió.

Brahma miró su reloj de pulsera y parecía ansioso por seguir adelante. "Ven, hay más cosas que tengo que mostrarte antes de que regreses, y el tiempo es corto".

Brahma se apresuró y abrió una puerta. Entramos en una habitación luminosa que tenía archivos computarizados de muy avanzada tecnología. Estaba lleno de generadores de hologramas realistas y otras tecnologías sorprendentes del mundo externo. "Este es el archivo de Zetan, si eliges quedarte aquí puedes tener acceso a todo el conocimiento y la ciencia del Universo", dijo Brahma.

"¿Incluso a la antigua pregunta del verdadero significado de la vida?" Pregunté. "Esa es una buena pregunta, pero no. Como verás, no hay una respuesta universal a esa pregunta. Cada individuo tiene que inventar su propia respuesta". Brahma respondió.

ESTUDIÉ LA HABITACIÓN y todos los objetos asombrosos en ella. Finalmente, mis ojos volvieron a mirar a Brahma. Brahma parecía inquieto y un poco reacio, pero finalmente habló. "Por lo tanto, Martin, es ahora tiempo de que tomes una decisión. "

¿Cuáles son mis opciones?" Respondí.

" Bueno, o bien puedes permanecer aquí, pasar tiempo con nosotros los zetanos, y aprender todo sobre el universo; o te puedes ir de nuevo a la humanidad en la Tierra y vivir en la ignorancia. "Brahma dijo.

"¿Pero por qué no puedo tener las dos?" Pregunté.

"Debido a que el portal se cerrará pronto, y una vez que esté cerrado, no tenemos forma de abrirlo desde aquí. Si decides quedarte, tendrás conocimiento similar al de Dios, pero también sufrirás de eterna física hambre y la soledad. También verás a todos tus seres queridos morir por edad, uno por uno, a través de este estanque mágico".

REFLEXIONÉ SOBRE LAS opciones por un tiempo. Me di cuenta de que las elecciones no solo tenían consecuencias para mí sino para todos los demás. Si desapareciera sin dejar rastro, la gente que me importaba quedaría en un gran dilema. Siempre se preguntarían qué me habría pasado. Le conté a Brahma sobre mi decisión.

Él suspiró y respondió: "Ya veo. Has elegido el camino de la ignorancia ". "No, elijo hacer lo mejor para las personas que amo. ¡Renunciar a todos los que se preocupan por mí en la búsqueda del conocimiento es egoísta y cruel!" Respondí.

Zeus entró en la habitación y habló: "¿Qué eligió el humano?" Zeus preguntó.

"Ignorancia", respondió Brahma.

"Todos lo hacen. Solo queda una cosa más que hacer. Dijo Zeus.

Después de decir esto, Zeus me atrajo hacia él, mientras Brahma marcaba mi brazo derecho con un tatuaje luminoso. Zeus entonces me inyectó con el suero de Curación Zetan, mientras que Brahma me llevó de nuevo a las salas del portal. Lo último que recuerdo fue que Brahma gritaba repetidamente. *"¡Encuentra a Keila Eisenstein, muéstrale el tatuaje en tu brazo, advierte sobre Rangda la Engañadora!"*

Caí al abismo y me desmayé.

DESPERTÉ UNOS DÍAS después en un hospital egipcio. Mi médico me dijo que tenía un brote psicótico causado por una forma rara de un parásito transmitido por los alimentos.

"Está bien, pero ¿puedes explicar cómo mi pierna rota y este tatuaje recién entintado en mi brazo sanaron tan rápido?" Pregunté.

"Tu herida en tu pierna y el tatuaje en tu brazo están completamente curados. Creería que tuvo que haber pasado más de un mes ". El médico respondió claramente y luego se salió de la habitación.

Decidí callarme y no decir nada. No había nada que ganar al tratar de convencer a esta gente de un encuentro extraterrestre. Si tratara, podrían remitirme a un hospital psiquiátrico. Además, yo no estaba muy seguro de todo lo que había sucedido, en incluso llegue a pensar que tal vez me había soñado todo el asunto.

Así que mientras estaba acostado aquí en mi cama de hospital en Egipto, solo tenía dos preguntas:

¿Qué me pasó y cómo conseguí este extraño tatuaje de color azul que brilla en la oscuridad, con líneas de jeroglíficos inexplicables y extraños símbolos alienígenas?

Y lo más importante, ¿quién demonios es Keila Eisenstein...??!

Capítulo 1: Egipto, febrero de 2019

Me recuperé y me senté en mi cama de hospital. El esfuerzo me hizo girar la cabeza, pero ya había tomado una decisión. No podía quedarme en este cochino hospital por más tiempo. Era 3 de febrero, y ya había estado aquí durante tres días desde mi desafortunada excursión a la Pirámide de Keops. Los dos primeros días en el hospital habían estado bien. Durante esos días, entraba y salía de un estado de coma y, por lo tanto, desconocía mi entorno. Pero al tercer día, me desperté, y me había dado cuenta de lo que era un lugar sucio y deprimente. Necesitaba salir, caminar en un parque e inhalar un poco de aire fresco. Era un agradable y cálido día de invierno en Egipto, y un gran día para salir de este sucio hospital.

Cuando me levanté, el Dr. Abdulrami, el mismo médico que había descartado mi historia el día anterior, se me acercó. "Señor Orchard. ¿Por qué te levantas?

"Necesito salir de aquí, ¡este lugar me está haciendo sentir mal!" Respondí.

“Pero no debes abandonar el hospital todavía. Estuviste inconsciente durante dos días. El Dr. Abdulrami se opuso.

“Ese podría ser el caso, pero permanecer en este sucio hospital tampoco hará maravillas por mi salud. Buscaré más atención médica cuando llegue a Suecia. Mi vuelo sale mañana. ” Dije y contuve un poco la sensación de malestar que estaba al acecho en mi estómago.

Muy bien, señor Orchard. No puedo retenerte aquí contra tu voluntad. Asegúrate de liquidar tu factura antes de salir del hospital. ”El Dr. Abdulrami respondió desaprobatoriamente, mientras caminaba a lo lejos.

Me acerqué al mostrador, y cancelé mi cuenta del hospital. Era una factura sustancial, pero afortunadamente, tenía un seguro de viaje, cortesía de la ansiedad de Elaine. Hablando del diablo, debe estar muy preocupada por mí, excepto por un breve correo electrónico que había escrito para ella en mi primera noche, que no había hablado con ella en cuatro días.

Encendí mi teléfono y resultó que tenía 32 llamadas perdidas y 57 mensajcs de Elaine. Si bien estaba feliz de que ella se preocupara por mí, también fue un poco agotador. Estaba débil por mi calvario, y la última cosa que quería, era pasar mi energía mental tranquilizando a Elaine, diciéndole que todo estaba bien. Revisé Google Maps y me dirigí por un hermoso parque en el vecindario, entonces me decidí por la corta caminata hacia el parque Al-Azhar, para despejarme de todo el colapso.

UNA HORA DESPUÉS, ESTABA bebiendo mucha agua mientras disfrutaba de la brisa fresca del invierno egipcio, a la sombra de una palmera. La vista era hermosa, y sentí una profunda sensación de alivio de no estar en ese sucio hospital por más tiempo. Miré el tatuaje en mi brazo. Estaba lleno de símbolos alienígenas que formaban un mapa holográfico tridimensional que flotaba sobre mi brazo. No podía entender por qué nadie más parecía darse cuenta de los diseños y formas maravillosas de mi tatuaje de otro mundo.

Me di cuenta de que mi mente me estaba jugando una mala pasada. Había experimentado ver hologramas tridimensionales emergiendo de patrones bidimensionales en el pasado. Esto fue cuando ingerí hongos mágicos y otras sustancias psicoactivas casi una década antes. Pero esta vez, las cosas se veían diferentes. Todo parecía normal, y solo era mi tatuaje lo que destacaba.

Me desperté de mis pensamientos, cuando el teléfono sonó. Era Elaine:

"¿Martín? ¿Eres tú? "Elaine dijo con ansiedad.

“Sí mi amor. " Respondí.

“¿Por qué no has contestado tu teléfono? ¡Tus padres y yo hemos estado muy preocupados por ti! Elaine exclamó.

“Me dio una intoxicación por alimentos muy grave, y terminé en un hospital. Pero ahora me siento mejor, y mañana viajaré a Suecia según lo planeado”. Respondí.

¡No me mientas, Martin! ¡Dime qué pasó realmente! Elaine respondió.

Sentí el estrés, pero me decidí a calmar la situación. "Puedes iniciar sesión en mi cuenta bancaria en Internet y verificar el extracto de mi tarjeta de crédito. " Respondí con voz cansada.

"Bien, haré eso. Elaine respondió, y se produjo un silencio. Finalmente, ella habló de nuevo. "Hay una factura por AUD 12.000 de un hospital! ¿Qué te ha pasado? ¡¿Tuviste un accidente?!" "Me intoxiqué la noche antes de ir a la pirámide de Keops. Quedé inconsciente, y me rompí la pierna al caminar dentro de la pirámide. Tuvieron que operarme. Por suerte tenía seguro de viaje de lo contrario nos habría costado más ". Respondí.

"¡Te dije que Egipto era un mal lugar para ir!" Elaine exclamó.

"Bueno, supongo que tenías razón esta vez. Pero tengo que irme, me muero de hambre, y esta vez iré a un restaurante de cinco estrellas para estar más seguro ". Dije.

"Bueno. Cuídate, Martin. te quiero. " Dijo Elaine.

"Yo también te amo, mi princesa ". Dije y colgué el teléfono.

Miré el teléfono y reflexioné sobre nuestra conversación. No le había dicho a Elaine la verdad. No le había contado cómo había viajado a otra dimensión y terminé teniendo una larga discusión con deidades extraterrestres. ¿O tal vez, la realidad era que tuve un caso grave de intoxicación alimentaria que me envió alucinaciones, y me había imaginado todo lo que sucedió en la pirámide? Ya no estaba seguro de lo que era real. Revisé mi teléfono en busca de hoteles de cinco estrellas cercanos para elegir mi lugar para cenar. Finalmente me instalé en el hotel Four Seasons.

UNA HORA MÁS TARDE, estaba sentado en el fabuloso restaurante en el Hotel Four Seasons. Por lo general, yo era demasiado reacio a frecuentar lugares como este, pero estaba celebrando que mi seguro de viaje iba a cubrir la mayor parte de mi cuenta del hospital. Al menos mis finanzas no sufrirían tanto como mi mente y mi cuerpo sufrieron durante estas vacaciones. ¡Tienes que celebrar las pequeñas victorias en la vida!

Mientras intentaba disfrutar de la fuente de degustación egipcia, que decía ser la mejor en El Cairo, noté algo interesante. Una bella y sexy mujer rubia entró al restaurante del hotel, acompañada por un hombre judío calvo y de aspecto sencillo. Durante todo el tiempo que estaban comiendo en su mesa, parecía que la mujer estuviera tratando de coquetear con otro hombre sentado en la mesa de al lado, que también estaba allí con su esposa. Ambas parejas parecían ajenas a lo que estaba sucediendo.

¿Era el hotel Four Seasons en El Cairo un lugar para swingers, o era que mi cabeza no estaba bien? Sin importar más, me sentí obligado a saber cómo terminaría esto, pensando que podría ser un buen argumento para mi próximo libro. La atractiva mujer rubia se levantó, y ella se dirigió al baño. Poco después, su cómplice también se levantó, y él también se dirigió en la misma dirección. ¡Esto fue! Me levanté, mientras observaba al hombre. Como había previsto, los dos tortolitos se encontraron fuera de los baños. Miraron alrededor con cautela, antes de que los dos entraran al baño de hombres.

Pero quería más evidencia. ¿Tal vez la pareja era un par de espías intercambiando información ultra secreta, o tal vez estaban teniendo un encuentro casual? Me dirigí al baño vecino y apoyé la oreja en la pared. Por los ruidos, pude confirmar que los dos participaron en una sesión de sexo 101. Sonreí. Este sería una gran trama para mi próximo libro.

Regresé a mi mesa, pagué la cuenta y me dirigí a mi habitación. Una noche más en El Cairo antes de viajar a Suecia para visitar a mis queridos viejos padres.

AL DÍA SIGUIENTE, ESTABA sentado en un bar en el aeropuerto internacional de El Cairo. Mi avión no estaría listo hasta dentro de varias horas, y calculé que podría probar las dos variedades locales de cerveza egipcia, Stella y Saqqara sin ningún apuro. Sabían a cualquier otra cerveza, pero al menos pude publicar en las redes sociales una foto de mí bebiendo diferentes variedades de cerveza local. Este sería el punto culminante de estas vacaciones egipcias.

Entrado en un par de cervezas, vi una cara familiar. La hermosa mujer rubia que había visto en el Four Seasons estaba allí. Esta vez, sin ninguna compañía. Ella me miró y sonrió seductoramente hacia mí. Ay, esto fue incómodo. Entré en pánico con una mezcla de emoción y anticipación mientras ella se acercaba. Sin siquiera saber su nombre, deseaba tocarla más de lo que había deseado a nadie, ni siquiera a mi dulce y gentil Elaine.

" ¿Por qué estás aquí solo, no necesitas compañía?" Dijo la mujer rubia mientras se acercaba a mí y se sentaba justo en frente.

"La necesitaba, pero ya no, ya que te has ofrecido a sentarte a mi lado, " le contesté y traté de parar de ruborizarme. Sentí que estaba cerca de sufrir un derrame cerebral, mi presión arterial había aumentado a un nivel extremo alrededor de esta rubia preciosa. ¡Sentí la necesidad de aliviar el estrés follándola tan duro como fuera posible!

"¿Crees en el destino?" la mujer preguntó.

"No estoy seguro, pero quizás sí. "Respondí.

"Lo hago. El destino hizo que encontráramos aquí. Somos dos almas descarriadas, cuyos caminos se cruzaron brevemente para nunca volver a encontrarse. "La mujer dijo seductoramente.

"Entonces, ¿qué vamos a hacer?" Yo pregunté.

La mujer volvió sus ojos al armario de la limpiadora y me susurró al oído. "Quiero que me folles. Duro, al natural y sin compasión".

Pensé en objetar. Esto fue una locura. ¿Quién era esta mujer a la que había escuchado follar con otro hombre ayer a espaldas de su marido cornudo? Ni siquiera sabía su nombre, y Dios sabe qué enfermedades podría estar portando. Pensé en Elaine, ella era una buena mujer, y no debería hacerle esto a ella. Una descarga de electricidad golpeó mi cabeza, y escuché una débil y oscura voz gruñir surgiendo en mis pensamientos más profundos. *"Necesitas liberar, o morirás. Fornica con ella. "* La voz en mi cabeza me animaba a follar a esta mujer mientras el dolor que palpitaba en mi cabeza se sentía insoportable. Necesitaba atención médica, no sexo, pero ya no podía retener mi deseo.

Seguí a la misteriosa y bella mujer rubia hasta el armario. Dentro del armario, tuvimos una breve temporada del más increíble sexo desenfrenado que jamás haya experimentado. Cuando llegué, la inmensa presión dentro de mi cabeza desapareció milagrosamente, y me sentí normal de nuevo.

"¡Bueno eso fue divertido!" Dijo la mujer y me sonrió.

No tuve la energía para responder, ya que el sexo me había agotado. Asentí y dejé escapar un suspiro placentero.

"Último llamado de abordaje para el Sr. John Hines y la señora Ellen Hines con destino a Ciudad del Cabo. ¡Proceda a la puerta 18, inmediatamente! Escuché el sistema de megafonía anunciar.

"Bueno, ese es mi vuelo. Gracias por el sexo delicioso. ¿Cuál es tu nombre? "Dijo Ellen.

"Orchard, Martin Orchard. Puedes llamarme Martin. "Respondí, sin saber por qué usé ese viejo cliché de James Bond.

"Muy bien, Marvin, que tengas un buen vuelo", dijo Ellen, sonrió y salió corriendo.

Salí del armario y miré a Ellen desde la distancia. Se encontró con su esposo afuera de la puerta 18, y tuvieron una breve discusión acerca de cómo ella se desapareció por 20 minutos, antes de que se adelantaran su vuelo.

UNAS HORAS DESPUÉS, estaba sentado en un vuelo a Suecia para encontrarme con mis padres. Qué increíble vacaciones habían sido estas. Primero viajando a otra dimensión y encontrándome con antiguas deidades, diciéndome que busque a alguien llamada Keila Eisenstein. ¿Luego despertarse en una cama de hospital con un tatuaje holográfico azul y brillante? Y, por último, para finalizar el show tener un desliz breve e improvisado con una bella dama rubia que portaba el sexy nombre de Ellen Hines. ¿Cómo estuvo todo conectado?

La cara bonita de Ellen y nuestra breve cita quedaron grabadas en mi cabeza durante todo el vuelo a Suecia. Yo decidí que iba a guardar silencio sobre este encuentro. Después de todo, ¿cómo sería mi vida si admitiera haber engañado a mi esposa y si mencionara mi reunión con los dioses? Pude ver el escenario en mi mente. Terminaría sin hogar y solo, gritando tonterías incoherentes a las personas que pasaban, como los mendigos sin hogar y enfermos mentales que había visto en las calles de El Cairo.

Me convencí de que los eventos en Egipto fueron causados por una intoxicación alimentaria severa que causó alucinaciones. Me tropecé y me fracturé una pierna en la pirámide, lo que provocó que me hospitalizaran por unos días. No hubo ningún tipo de reunión con extrañas deidades, y yo no había tenido relaciones sexuales con nadie en absoluto. Me estaba imaginando a Ellen. ¿Seguramente la vida sería mejor si esa fuera la verdad? Me recosté en mi asiento y me quedé dormido, después de tomarme algunos tragos de vodka en vuelo.

Capítulo 2: Nepal, mayo de 2020

Después de soportar turbulencias severas en un vuelo arbóreo de 12 horas desde Sydney, sentí una profunda sensación de alivio cuando nuestro vuelo finalmente aterrizó en el Aeropuerto Internacional de Katmandú en Nepal. Elaine soltó su mano, dejando la mía casi morada. Ella sonrió y pareció aliviada. "Dios nos salvó y nos mantuvo a salvo". Dijo con un suspiro masivo.

"Me imagino lo ocupado que debe estar Dios si su intervención es necesaria para aterrizar cada maldito avión!" Dije sarcásticamente, pero sonreí y luego agregué rápidamente: "Sin embargo, estoy feliz de haber aterrizado ileso". Tenía un poco de miedo también, para ser honesto. Este fue el peor vuelo en el que he estado. Las turbulencias eran muy estresantes. "

"Bueno, necesito creer que alguien me está cuidando. Me siento un poco mejor cuando sé que Dios está allí para protegernos en momentos de necesidad". Elaine respondió.

"Bueno, bien por ti. Tomemos nuestras cosas y salgamos de este avión lo más rápido posible. No puedo esperar para tomar un poco de aire fresco. Dije y salimos del avión.

UNAS HORAS DESPUÉS, estábamos en Katmandú y me preguntaba en qué me había metido. El clima era brumoso y la ciudad estaba llena de humo. La contaminación en Katmandú era terrible, debido a que la ciudad está en un valle, evitando que los vientos despejen los contaminantes. Había experimentado algunos días como este en Sydney durante los masivos incendios forestales de 2019, pero la mayoría de los días la calidad del aire de Sydney era bastante buena.

“Cariño, tomemos algunas selfies desde allí, en el palacio de Hanuman Dhoka,” Elaine dijo. Asentí. Aunque se sintió un poco incómodo cubrir dos tercios de los hermosos paisajes con nuestras tontas caras, es lo que la gente suele hacer por estos días. Después de tomar muchas fotos y hasta asegurarnos de que capturamos una imagen decente de nosotros mismos, tomé algunas fotos de los edificios y paisajes sin nosotros interviniendo. Eran, después de todo, una de las razones por las que veníamos aquí.

Después de hacer turismo por un par de horas, decidimos tener una cena tradicional nepalí. Terminamos probando el Dhal Bhat Tarkari, principalmente porque era el plato nacional de Nepal. El sabor era delicioso e indescriptible.

Se sentía extraño y un poco decepcionante estar finalmente en Nepal. Había querido caminar en el Himalaya, el techo del mundo, durante muchos años. Pero Katmandú me recordó a cualquier ciudad en unpaís del tercer mundo. Estaba congestionada, ruidosa y contaminada. Bueno, un par de días aquí, y luego encontraríamos un agradable lugar para caminar y celebraríamos el cumpleaños de Elaine haciendo senderismo en las montañas.

Me preguntaba qué había hecho que Elaine quisiera venir aquí. Había querido ir durante los últimos años, pero al principio lo rechazó porque pensaba que era demasiado peligroso. Decidí mencionar el tema.

"Cariño. ¿Cómo es que cambiaste de opinión sobre el senderismo en el Himalaya? Dije.

"Bueno, quería darte algo que siempre hemos querido para mi cumpleaños número 35", respondió Elaine dulcemente.

"Gracias, eso es dulce, ¿pero pensaste que era demasiado peligroso cuando lo sugerí años antes?" Pregunté.

“Todavía pienso que es demasiado peligroso. Pero no quiero perderte como casi lo hice cuando viajaste a Egipto por tu cuenta. Al menos ahora enfrentamos el peligro juntos”. Elaine respondió.

"Gracias bebe. Regresemos al hotel y descansemos. Mañana podremos buscar una compañía de turismo adecuada. " Yo respondí.

Dicho esto, pagamos nuestra factura y nos dirigimos de regreso al hotel para descansar.

AL DÍA SIGUIENTE, SALIMOS a buscar una compañía de turismo adecuada para nuestro recorrido de senderismo. Cuando buscábamos un agente turístico, Elaine vio una joyería y exclamó: "¡Voy a visitar esa tienda!" y luego se fue corriendo a la tienda de gemas.

Yo exhalé y me sentí obligado a entrar en la tienda. Si Elaine hubiera mostrado tanto entusiasmo cuando practicábamos deportes juntos, ¡nuestro equipo mixto de fútbol sala hubiera tenido mucho más éxito al ganar los juegos! La alcancé dentro de la tienda. "¿Qué estás buscando, Elaine?" Dije.

"Estoy buscando algunas joyas nepalesas tradicionales para agregar a mi colección de joyas". Elaine replicó. "Está bien, ¡pero no voy a pagar por joyas demasiado caras!" Le respondí despectivamente.

"No te preocupes. No esperaba que lo hicieras. Tu billetera debe estar cubierta por telarañas considerando qué tan a menudo la abres. " Elaine sonrió.

Estaba a punto de decir algo, cuando revisé mi billetera y ¡de hecho había telaraña! ¡Ya lo has dicho, Elaine!

"¡Oh, me encanta este!" Elaine dijo alegremente y señaló una piedra preciosa azul.

Miré la piedra preciosa con incredulidad. ¿Podría ser? Sí, debe ser el mismo tipo de gema que había comprado en un mercado en Egipto, la que activó el portal interdimensional.

Sentí entumecimiento en mi brazo, y mientras miraba mi tatuaje, la imagen plana se convirtió en un vibrante holograma azul tridimensional. El tatuaje brillaba con luz azul. ¿Qué estaba pasando y por qué era yo el único que podía ver esto?

Volví a la realidad cuando el empleado de la tienda se nos acercó. Era el mismo hombre misterioso que había conocido en Egipto el año anterior, aunque esta vez, llevaba un atuendo tradicional nepalí.

"¿Cómo puedo ayudarla, señorita?" le dijo el hombre a Elaine.

" Oh, amo este cristal azul. ¿Cuánto cuesta?" Elaine preguntó emocionada.

"Para ti, mi bella dama, ¡el precio es de 10.000 Rupias nepalesas!" El hombre dijo con una amplia sonrisa.

"De acuerdo, espera. " Respondió Elaine. Se volvió hacia mí y habló: "¿Cuánto es eso, Martin?"

"Uhm, alrededor de 120 dólares australianos", respondí distante.

"Oh. Está bien "Elaine se volvió hacia el vendedor y le dijo:" Te daré 7000 rupias por la piedra azul clara ".

El hombre sacudió la cabeza y respondió. "El precio acaba de subir; ¡el precio ahora es de 15,000 rupias!"

La respuesta del hombre me dio un déjà-vu. Definitivamente era el mismo tipo que había conocido el año anterior. ¡Ningún otro vendedor aumenta el precio de esa manera cuando un cliente intenta regatear!

"¿Qué? ¡No, ya no lo quiero! Elaine respondió

Me di cuenta de que tenía que conseguir ese cristal. Fue la clave para descubrir lo que realmente me sucedió el año pasado, y quizás volver a encontrarme con Ellen.

"Nos lo llevamos. Aquí hay 15,000 rupias ". Grité y saqué el dinero de mi billetera.

"Dije 50 mil, no 15 mil ", respondió el hombre con sarcasmo.

"Lo que sea, amigo. Aquí están los 50,000. Necesito ese cristal" Insté mientras ponía el fajo de billetes en el mostrador.

"¡Excelente! Es todo tuyo." El hombre chirrió.

"No tan rápido. Martin, ¿qué demonios estás haciendo? ¿Por qué estás pagando una fortuna por ese cristal azul, que ya no quiero? Elaine preguntó.

El vendedor que parecía interesado en agregar la venta. "No se preocupe, señorita. Debido a que ustedes son una pareja tan encantadora, les agregaré dos boletos gratis para el tour de senderismo. "

Al escuchar esto, Elaine asintió con la cabeza, pero no dijo nada, y salimos de la pequeña tienda con un cristal azul y dos boletos para el tour, AUD 600 más pobres.

El resto de nuestro día en Katmandú trajo consigo a una Elaine infeliz por mi apresurada compra, que en repetidas ocasiones reiteró claro y fuerte que el cristal era demasiado caro. Oh, mis pobres oídos...

A LA MAÑANA SIGUIENTE, nos encontramos fuera de una agencia de viajes. Habíamos reservado una excursión en un pequeño grupo de viaje. Íbamos a Nagarkot donde haríamos nuestra caminata de montaña con algunos otros turistas. Viajamos en un minibús, que subió la montaña hasta nuestro destino. Durante el viaje, me propuse conocer a todos los participantes. A continuación la lista de personas que nos acompañaron en el recorrido de senderismo:

- Rajesh, nuestro burbujeante guía y conductor nepalés.
- Ben y Szymon Yehuda, dos hermanos israelíes que estaban en un descanso de su servicio militar obligatorio.
- Pierre Beaumont, un banquero suizo apasionado del senderismo de montaña.
- Jorge Santiago y su hija Sandra, de México, quienes no hablaban mucho inglés.
- Josefina Fiero, una mujer de ensueño brasileña cuyo cuerpo excepcionalmente sexy tuve que evitar mirar en presencia de Elaine.
- James Winter, un tipo del ejército estadounidense.
- Vladimir Kravchenko, un hombre ruso de pocas palabras, cuya presencia me dio escalofríos.

Me estaba divirtiendo mucho, hasta que una avalancha golpeó nuestro mini autobús, causando que el minibús cayera a un acantilado. Después de una caída libre por un par de segundos, todo se volvió negro.

DESPERTÉ EN UN EXTRAÑO reino no descriptivo. Me recordó mi visita a la Dimensión Divina el año anterior, pero las cosas fueron diferentes. En lugar de sentir que estaba en el futuro, sentí que estaba atrapado en el pasado. Vi pasar a muchos espíritus inquietantes, pero no parecieron notarme. ¿Era esta la otra vida? Parecía probable. Nuestro autobús turístico se había caído de un acantilado, y yo estaba parado en el pasillo central del autobús cuando sucedió. Entonces, mis probabilidades de supervivencia no parecían tan buenas. "Oh, bueno, todos tenemos que irnos algún tiempo", me dije para evitar el pánico.

"Martín. Martín. Martín. ¡Despierta! ¡Por favor!" Escuché eco, una y otra vez. El mundo a mi alrededor se desvaneció. Me desperté con un terrible dolor de cabeza y mi cuerpo cubierto de sangre. Elaine estaba arrodillada junto a mí, y ella me miró con exasperación cuando abrí los ojos.

"¡Martín! Estás vivo. Es un milagro. "Elaine exclamó mientras sollozaba.

Me puse de rodillas y me di cuenta de que había estado acostado en un charco de sangre, mi propia sangre, que había derretido la nieve a mi alrededor. ¿Cómo había sobrevivido a eso? Revisé mi bolsillo y saqué el cristal de zafiro azul que había comprado el día anterior. Ahora estaba apagado, no era la piedra preciosa brillante que había sido el día anterior. ¿El cristal me había salvado la vida? La idea era descabellada, pero ¿qué mejor explicación había? Debe haber contenido algo de energía curativa que mantuvo mi cuerpo cálido y vivo.

"Oh, ¿estás vivo?" Escuché una voz israelí exclamar maravillada. Era la voz de Ben Yehuda.

"Sí, ¡el más allá puede esperar un poco más!" Respondí.

"¡No mucho más a menos que hagamos algo! "Ben Yehuda respondió con gravedad.

"¿Por qué es eso?" Yo pregunté.

"Debido a que hemos viajado con un guía turístico sin licencia y la agencia no nos informó de que el mal tiempo estaba en el camino. Nadie sabe que estamos aquí. Necesitamos encontrar refugio, o moriremos congelados. " Ben declaró.

"Ping, Ping, Ping" algo dentro de mi cabeza sonaba como un radar, e indicaba a dónde debía ir. Me puse de pie y grité: "¡Síganme! ¡Conozco el camino a una cueva cercana, donde podemos sentarnos frente a la tormenta!

Todos me miraron asombrados. Aparentemente, mi regreso a la vida fue el milagro del día. Pero todos ellos me siguieron, probablemente debido a la falta de otras opciones. Mientras tanto, nuestro guía turístico no se encontraba por ningún lado.

La ventisca helada se hizo más fuerte y me enfrió hasta los huesos. No nos habíamos preparado para nada como esto. Nepal solía ser cálido en mayo, incluso en las montañas, por lo que debemos haber quedado atrapados en climas extremos. *"Sigue adelante o morirás."* Oí a mi oscura interior voz que decía repetidamente.

"¡Continúa, no dejen a nadie atrás!" Grité, y llegué a Elaine que estaba esforzándose en la parte de atrás para mantenerse con el grupo.

Los golpes en mi cerebro se volvieron cada vez más intensos hasta que fue demasiado para mí y caí al suelo. Cuando caí al suelo, agarré una piedra, que resultó ser la palanca para abrir un camino oculto. Nos miramos asombrados cuando una escalera apareció de la nada.

Con chaquetas finas en una ventisca helada, no reflexionamos por mucho tiempo, y todos nos apresuramos hacia dentro las cavernas de abajo.

"¡LO HICIMOS!" PIERRE Beaumont exclamó.

"¿Esta todo el mundo aquí?" Se preguntó Ben Yehuda.

"¡Mi papá está desaparecido!" Sandra Santiago gimió.

Miré alrededor. Parecía que Sandra tenía razón. Su padre Jorge y nuestro guía turístico Rajesh estaban desaparecidos. De los dos, Jorge era la persona más importante. Teníamos a una niña de siete años desesperada por su padre, que muy seguramente estaba en grave peligro dadas las terribles condiciones externas. Necesitábamos actuar, pero no podía hacer nada. La adrenalina se había alejado de mi cuerpo y mis lesiones fueron cobrándome el precio. Necesitaba descansar, pero temía no despertarme si me dormía.

"¡Iré a buscarlos!" Vladimir Kravchenko dijo.

¿En estas condiciones? ¿Estás loco?" Pierre Beaumont se opuso.

"No soy un banquero suizo debilucho. Soy un superviviente. ¡Las cosas que tuve que hacer para sobrevivir en Siberia! Gritó Vladimir.

La sala quedó en silencio. Después de unos segundos, Vladimir agarró su bolsa, y se fue para arriba hacia la tormenta de nieve para buscar a los otros.

Miré alrededor. Elaine y Josefina intentaban consolar a la inconsolable Sandra. Pero tenía mis propios miedos. "Elaine, ven aquí!" Murmuré.

Elaine dirigió su atención hacia mí, se apresuró y pareció preocupada. "¡Martin, estás tan pálido!" Elaine dijo atemorizada.

"Sí, debo dormir. Pero me temo que no me levantaré. Necesito que me cuides, para asegurarte de que no muera mientras duermo. Yo jadeaba.

"Está bien, te cuidaré. ¡Rezaré por ti!" Elaine sollozó con una voz valiente pero solemne.

"Está bien, bebé. Te quiero." Dije y la solté, cayendo en la inconsciencia.

"NO PUEDES MORIR. Necesitas servirme. ¡Este será el comienzo de tu nueva vida! Escuché una aterradora voz femenina que decía.

Abrí los ojos y estaba en la cueva donde me había quedado dormido horas antes. Pero la cueva estaba vacía. "¿Qué está pasando? ¿Dónde está todo el mundo?! "Grité.

"Bua- *jaja. Estás haciendo la pregunta equivocada. La pregunta que debes hacer es, ¿dónde estás?* La voz amenazante respondió.

"Entonces, ¿dónde estoy?" Respondí.

"Estás entre el más allá y el reino de los vivos. Estás en otra dimensión. Esta dimensión es una copia exacta de tu mundo, pero he desprovisto de toda vida, excepto la mía y la tuya." La voz oscura respondió.

"¿Y quién eres tú?" Grité

Un espejismo apareció en la habitación. Era una criatura esbelta y aterradora. La criatura tenía unos dos metros de altura, equipada con afiladas garras con forma de dinosaurio, colmillos afilados, un físico musculoso desgarrado, cabello rojo llameante y brillantes iris morados.

"Soy Rangda Kaliankan. He llegado para traer una nueva era de grandeza a la humanidad. Y serás mi enviado. Rangda respondió.

"¿Rangda? ¡Los Zetanos me advirtieron sobre ti! Respondí.

"¿Oh enserio? ¿Lo hicieron?" Rangda se rió entre dientes y luego continuó con un tono agresivo y odioso. *"¿Dónde están los Zetanos, ahora que estás colgando del hilo de tu vida? ¿Quién está aquí para protegerte del oscuro vacío de la muerte? ¡Yo lo estoy! ¡Decidirás si me sirves o quieres morir!"*

El miedo a mi propia mortalidad me agarró y me hizo sucumbir a la orden de Rangda. Te serviré si puedes salvarme la vida. ¡Por favor, ayúdame!" Yo lloriqueé.

Al escuchar esto, la cara de Rangda se iluminó con una sonrisa maliciosa y malvada, y sus iris morados brillaron de emoción. *"Excelente. Recuerda la secuencia que estoy a punto de mostrarte. Detrás de estas paredes hay nueve arte-*

factos antiguos. Uno para cada uno de ustedes, ha sido obra del destino. Toma uno para cada uno, y sus mentes se expandirán, y encontrarán el camino hacia la verdadera grandeza. "

ME DESPERTÉ CON EL sonido de James Winter y Vladimir Kravchenko discutiendo. Cuando mi mente se aclaró, pude escuchar lo que decían.

¡Esa es la chaqueta de Rajesh! ¿Dónde está él?" Gritó James.

"No lo sé. Solo encontré una chaqueta. Vladimir siseó.

" ¡ Mentiras! Rajesh no perdería su chaqueta. No viviría mucho sin una chaqueta en el frío exterior. "James respondió.

"¿Qué estás insinuando y qué vas a hacer al respecto?" Vladimir amenazó y se enfrentó a James.

"Ping, Ping, Ping" mi cerebro hizo eco. Me levanté y Elaine se me acercó.

" Finalmente despertaste, Martin. Tenía tanto miedo. Creo que Vladimir mató a nuestro guía", susurró Elaine. "Necesito... Necesito abrir la puerta oculta y encontrar los artefactos alienígenas..." murmuré mientras trataba de levantarme.

"Martin, ¿estás seguro de que puedes levantarte?" Elaine gimió.

"¡No me detengas!" Rugí y empujé a Elaine al suelo. Los siguientes 20 segundos, estaba en trance, pero cuando volví a la realidad, todos me miraban. Se abrió una puerta secreta detrás de una de las paredes.

"¡Guau! ¿Qué está pasando?" Szymon Yehuda exclamó.

"Nuestro camino hacia la grandeza se encuentra detrás de esa puerta. Debemos seguirlo, o pereceremos". Dije.

"¿Quién eres tú?" Szymon preguntó con asombro.

"¡Solo soy el mensajero!" Respondí.

Unos segundos después, la cueva en la que estábamos comenzó a colapsar. "¡Síganme!" Grité cuando todos nos apresuramos al secreto santuario interior de este misterioso templo antiguo.

CUANDO ENTRÉ EN EL santuario interior del templo, me sorprendió lo que vi. El templo estaba lleno de estatuas de oro cargadas con magníficas raras piedras preciosas y enormes cantidades de oro. Las estatuillas representan diferentes deidades antiguas, y las paredes estaban llenas de varios tipos de escritura antiguas. Desde antigüedades egipcias hasta chinas, japonesas, francesas, alemanes nepalesas. En el centro de la habitación había un gran candelabro que emitía una tranquila luz azulada.

Reconocí la luz. Era la misma luz que había visto cuando entré en el portal a la Dimensión Divina en Egipto el año anterior. ¡Estábamos en un templo Zetan escondido!

Justo debajo de la lámpara en forma de araña, había un pedestal, y encima del pedestal había nueve monóculos de aspecto futurista. Levanté la mano para indicar a los demás que se detuvieran y caminé hacia la tribuna. Cuando me di vuelta, los demás me miraron con asombro. Después de unos segundos comencé a hablar.

“Bienvenidos al templo Zetan escondido. Este es un día trascendental. Hay nueve artefactos alienígenas en este pilar. Hay nueve de nosotros en la sala. Juntos usaremos estos artefactos para crear un nuevo amanecer para la humanidad. Vladimir, gracias por asesinar a Rajesh y Jorge para corregir los números. Yo proclamé.

"¿Qué está pasando? ¿Tú y Vladimir conspiraron para matarnos a todos? Exclamó Josefina.

"No. No tengo ninguna asociación con Vladimir. Pero su naturaleza violenta y su insaciable sed de sangre hicieron que las cosas pasaran exactamente como estaban destinadas a ocurrir. Respondí.

"¡Estas loco!" Gritó James.

“La cordura es una limitación cuando se trata de lograr la verdadera grandeza, ” respondí.

Dicho esto, tomé uno de los monóculos del altar y lo puse sobre mi ojo derecho. Sentí un miedo inicial cuando el monóculo se activó, y una pequeña aguja lo unió a mi nervio óptico. Me estremecí de dolor por un par de segundos, pero cuando el dolor terminó, me sentí como un hombre nuevo. Mi mente se había elevado a un nivel mucho más alto, ¡ahora era un súper humano!

El grupo me miró asombrado, y Elaine gritó: "¡Martin! Tu ojo derecho es de color púrpura brillante.

“Mi ojo es morado debido a mi conexión con la emperatriz Rangda Kaliankan. Ella me salvó de una muerte segura, y ella se encarga de nosotros salvando el futuro de la humanidad “. Afirmé.

"Esto es una locura. Debes haberte lastimado el cerebro en el choque. James respondió.

Escuché la voz de Rangda siseando en la parte posterior de mi cabeza. *“La participación de estas personas es esencial para mi plan. ¡Haz que cooperen! ¡Sometelos, pero no los mates! ”* Rangda instruyó.

"¡Sí, emperatriz Rangda!" Respondí.

Miré a James y dije escalofriante. “Usted va a participar en nuestro plan, lo quiera o no. ¡Inclínese ante nuestra emperatriz o sufrirás!

“¡Jódete, asqueroso! Soy un agente de Navy Seals. No me inclinaré ante ti. James respondió.

"¡Que así sea!" Respondí.

Tuve un momento de duda. ¿Cómo enfrentaría a un asesino bien entrenado en combate? Aunque tenía la ventaja de tamaño, no tendría ninguna posibilidad contra un soldado de élite, especialmente no después de sufrir lesiones. Escuché la voz de Rangda, *"Pon tu monóculo en modo combate no letal. Asegúrate de mantenerlo con vida. Vamos a necesitarlo “.*

Hice lo que Rangda me indicó. Sentí una increíble oleada de adrenalina y cómo el tiempo se ralentizó a mi alrededor. La interfaz de usuario en el monóculo me dio información detallada sobre las personas a mi alrededor y predijo su próximo movimiento.

Me acerqué a James. Esquivé sus golpes dos veces, bloqueé su tercer golpe y le rompí la nariz con un gancho izquierdo. Desafortunadamente, James era un luchador, por lo que la nariz rota no le impidió pelear. En cambio, lo alimentó y le dio una descarga de adrenalina. Me atacó furiosamente con una multitud de patadas y golpes. Aunque podía bloquear o esquivar los ataques de James debido a mi mente elevada, mi cuerpo todavía estaba sufriendo daños. Necesitaba dejar a James inconsciente. Vi una oportunidad y golpeé a James en la garganta, aturdiéndolo. Seguí con un masivo puñetazo en la barbilla que lo envió volando hacia atrás.

El tiempo se detuvo y el monóculo comenzó a sonar. Había confundido a James, y la parte posterior de su cabeza estaba en curso de colisión letal con una roca en el suelo. ¡Maldito infierno! Salté detrás de James, lo agarré y me cubrí la nuca con la mano izquierda. El tiempo se reanudó, y sentí un dolor agudo en mi mano izquierda cuando esa mano recibió el impacto de la colisión, salvando la vida de James.

Solté un agudo chillido de dolor y esperé que fuera así. Al final resultó que estaba equivocado y, en cambio, los Hermanos Yehuda se habían vuelto hostiles. De las cenizas al fuego, qué suerte. Corrieron hacia mí desde diferentes direcciones. En el momento exacto, caí al suelo, haciendo que se toparan. Salté desde el suelo y noté que Szymon todavía estaba mareado por la colisión, con la cabeza inclinada hacia adelante. Le di una patada en la cara que lo noqueó.

Ben Yehuda me atacó, más rápido de lo que había previsto. Él me saltó y ambos nos estrellamos en el suelo. Ben vino encima de mí y me estaba asfixiando. "¡Peligro crítico!" estaba parpadeando en mi monóculo en letras rojas. "Valí mierda. Pensé, pero mi cuerpo estaba drenado, y sin la ayuda del monóculo no tenía poder contra el muy en forma Ben Yehuda.

Estaba a punto de desmayarme por asfixia cuando Ben cayó inconsciente y me soltó del cuello. Miré hacia arriba. Elaine me había salvado golpeando a Ben Yehuda en la parte posterior de la cabeza con una estatuilla dorada.

Me levanté. Había una cosa más que tenía que hacer antes de poder descansar bien de mi pelea. Me apresuré hacia Vladimir, y lo noqueé con un fuerte golpe antes de que tuviera la oportunidad de volverse hostil. Al ver esto, Pierre entró en pánico, resbaló y se golpeó la cabeza, lo que lo dejó inconsciente.

Caí exhausto al suelo, y Elaine corrió a mi lado. ¿Estás bien, Martin? ¿Por qué empezaste esta pelea? Elaine dijo.

"El mundo se va a acabar. Las personas en esta sala son las únicas que pueden salvar a la humanidad. Es cierto que podría haber resuelto el problema mejor ". Respondí.

"¿De qué estás hablando? ¡Estás loco!" Elaine exclamó.

“Ve allí y ponte uno de los monóculos. Si estoy loco, no pasará nada. Pero si digo la verdad, tu mente se expandirá y comprenderás que estoy diciendo la verdad. Dije.

Elaine parecía vacilante. Mi monóculo describió su estado emocional como aterrorizado. Pero esperaba que ella hiciera lo que le dije, puesto que no quería recurrir a más violencia. Después de una larga pausa, Elaine caminó hacia el altar. Cogió un monóculo y lo estudió durante mucho tiempo. Finalmente, Elaine puso el monóculo Zetan hacia su ojo. Gritó de dolor cuando el monóculo se unió a su nervio óptico, pero después de un rato, se calmó y me miró felizmente. "Tenías razón. Estos monóculos son de origen divino, y se nos ha dado una misión de otro mundo, "dijo Elaine.

Asentí y me volví hacia Josefina Fiero, que estaba protegiendo a Sandra Santiago con su cuerpo. Estaban escondidas en un rincón, aterrorizados de lo que sucedería. "Mis damas, espero que se den cuenta de que la cooperación es nuestra mejor opción", dije. Josefina y Sandra miraron hacia abajo y no se atrevieron a responder.

Me levanté y me volví hacia Elaine. "Elaine, consigue dos de esos monóculos. Es hora de reclutar dos miembros más para nuestra causa ". Elaine hizo lo que le dije, y caminamos hacia Josefina y Sandra, que temblaban de terror.

"Está bien señoras. Me gustaría evitar la violencia, por lo que preferiría que me acompañen de buena gana ". Dije.

¿O nos matarás como lo hiciste con los demás? " Josefina contestó atacando de vuelta.

Sacudí la cabeza y respondí: "No he matado a nadie. Todavía están respirando. Pero prefiero si puedo convencerte de que te unas a nosotros.

"Bueno. Por favor no nos haga daño ni a la niña ni a mí. Josefina suplicó.

"Prometo no lastimar a ninguna de las dos", respondí y le entregué a Josefina el monóculo.

Ella lo miró horrorizada, pero finalmente se rindió y se ajustó el monóculo Zetan a su ojo gritando de dolor, lo que aterrorizó a Sandra.

"Prometiste que no nos harías daño". Sandra sollozó.

"No te hará daño," Elaine aseguró, y se aferró a Sandra. Cuando Sandra se calmó, Elaine le colocó el monóculo en el ojo.

Después de un rato, Josefina y Sandra se calmaron. Ahora parecían superhumanos serenos e inteligentes.

"Esto es increíble. ¿Qué hacemos ahora?" Dijo Josefina.

"Conectamos a los demás con la tecnología. Hay nueve de nosotros en la sala, y hay nueve monóculos. Esto no es una coincidencia. Esto es el destino. Una vez que hayamos conectado a todos, la deidad Rangda nos dará instrucciones. " Yo respondí.

Josefina y Elaine hicieron lo que le indiqué. Media hora después, todos en la sala estaban conectados, conscientes y sentados en un semicírculo. Era hora de que Rangda nos diera instrucciones.

Rangda apareció como un espejismo en el centro de la habitación produciendo un fuerte chillido y dijo: *"Saludos. Soy la emperatriz Rangda Kaliankan, la salvadora de la humanidad. La Tierra está muriendo, y ustedes nueve son los únicos que pueden asegurar el futuro de la humanidad. En 111 años a partir de ahora, una descarga masiva de rayos Gamma llegará a la Tierra, y causará la extinción de la humanidad. Este evento matará a todos en el planeta. El único futuro para sus especies es desarrollar más tecnología para que puedan extenderse alrededor de la galaxia. Pero sus líderes son débiles y su compasión los está frenando. Deben concentrar sus esfuerzos en desarrollar c una carrera espacial. Deben dejar de malgastar recursos cuidando a los enfermos o preservando especies inferiores. Todas las especies que se extinguen debido a la humanidad, son débiles y merecen extinguirse. Esa es la ley de la naturaleza".*

En el pasado, he llevado mis tropas Xenos a la grandeza. Pero los traidores Zetans nos combatieron y destruyeron todo nuestro progreso. Es por eso que la Vía Láctea es una galaxia casi sin vida. Pero he regresado y juntos llevaremos a la humanidad a una nueva edad de oro.

Los nueve de ustedes en esta sala son los Elegidos de Rangda. Juntos elevarán a la humanidad a la grandeza. La humanidad se convertirá en una fuerza implacable que conquistará la inmensidad del espacio. Les daré instrucciones a medida que pase el tiempo. Por ahora, todos deben poner sus manos en la esfera azul al lado de esa puerta. Eso abrirá un túnel de escape a la superficie. Adiós, hasta que nos encontremos de nuevo, Mis Elegidos. "

Habiendo terminado su discurso, Rangda desapareció en el aire y todos nos miramos con asombro y admiración. Teníamos un nuevo propósito en la vida, que era a la vez aterrador e inspirador.

"¿ENTONCES, QUÉ HACEMOS ahora?" Preguntó Pierre.

"Haremos lo que Rangda nos dijo que hiciéramos", respondí.

Pierre me miró perplejo, pero supuse que todavía estaba mareado por la conmoción cerebral, así que seguí hablando. "Está bien, todos. Activemos todos esa esfera azul poniendo nuestras manos sobre ella al mismo tiempo ".

Los demás hicieron lo que les indiqué, y se abrió un pasadizo. Seguimos el pasaje a la superficie donde había terminado la tormenta de nieve...ya era un hermoso día soleado. Mi teléfono sonó y lo miré. Para mi sorpresa, habían pasado dos días. Llamé a un vuelo de emergencia para que nos recogiera, ya que estábamos demasiado heridos para regresar solos.

VOLAMOS DE REGRESO a Sydney al día siguiente. No le habíamos contado al personal de la ambulancia sobre la muerte de Rajesh y Jorge. Pero sus cuerpos serían encontrados pronto. Estaba más nervioso por mis dolores de cabeza que por sus desafortunadas muertes. Mientras había encubierto que Vladimir los había matado, ese también fue mi único crimen. Esto era algo que sería difícil de probar para las autoridades. Pero mis dolores de cabeza... ¿Qué tan graves fueron mis heridas? Había estado en coma entre la vida y la muerte cuando Rangda me trajo de vuelta a la vida para servirla. ¿Por qué me había salvado? ¿Si Rangda necesitaba asegurarse de tener nueve personas para servirle, no tendría más sentido haberme dejado que yo hubiese muerto y haber salvado a Rajesh o Jorge?

Me recosté y decidí no pensar en eso. Nunca antes había sido religioso, pero ahora tenía un propósito más elevado. El apocalipsis se acercaba. La explosión de rayos Gamma podrían chocar con la Tierra el 20 de octubre 2131, y yo tendría que hacer lo necesario para asegurarme de que la humanidad sobreviva al Apocalipsis.

Agotado por la terrible experiencia, me recosté en mi asiento y dormí durante todo el largo vuelo de regreso a Sydney.

Capítulo 3: Sydney, junio de 2020

Estaba en el baño del Hospital Príncipe de Gales y miré mi reflejo. Mis ojos parecían normales, por desgracia, no el mismo matiz azul que antes. Una de las primeras cosas que hice cuando regresé a Sydney fue conseguir lentes tintados. Si bien el monóculo expandió mi mente, fue agotador estar siempre tan consciente de lo que me rodeaba, así que necesitaba apagarme de vez en cuando.

Desde el incidente en el Templo escondido Zetan en Nepal, el color de mi ojo derecho había cambiado irrevocablemente. Mi ojo derecho ahora era púrpura luminiscente. Si bien el monóculo podría ocultar el color de mis ojos, este no fue el caso cuando me lo quité.

Me había conformado con usar lentes de color azul. Si bien los lentes hicieron que mi ojo se viera como si tuviera glaucoma, no impidieron mi visión. Al parecer tener glaucoma era menos notable que tener un iris brillante y púrpura.

Tenía que encontrarme con mi neurólogo. Me sentí inquieto y ansioso. Lo visité la semana pasada y recibí una llamada de vuelta que me instaba a regresar lo más rápido posible. Mi ataque de pánico causó que mi visión se volviera borrosa, y terminé insertándome en la taza del inodoro.

Me recuperé. No había nada que temer. Había regresado de la muerte. ¿Qué fue lo peor que pudo pasar? ¿Que la tomografía computarizada hubiese indicado mi muerte inminente? Ja, si está hecho, hecho está. Me salpiquá con un poco de agua en la cara para refrescarme. Salí del baño, y me acerqué a la recepción del médico con la cabeza en alto.

"SEÑOR ORCHARD. TENGO algunas noticias desagradables. Dr Ramsay dijo y arrugó su frente.

"Me lo imaginé cuando recibí la urgente llamada", respondí.

"Sus tomografías computarizadas muestran una gran cantidad de cicatrices en su cerebro. Es un milagro que siga vivo ". El Dr. Ramsay explicó.

"Pensé que esto era un hospital. ¿Qué puede hacer por mí?" Respondí.

"No mucho, me temo. Pero agradecería que se ofreciera como voluntario para estudios médicos. Ud. es único hasta donde yo sé. Dijo la Dr. Ramsay.

"Lo siento, pero pasar los años restantes como conejillo de indias humano no está entre mis prioridades. "Respondí despectivamente.

"Entiendo. Pero por favor dígame. ¿Qué síntomas experimentas? ¿Convulsiones? ¿Alucinaciones? ¿Migrañas? Preguntó la Dr. Ramsay.

"Todos ellos. Pero, como no puede ayudarme, prefiero pasar mi tiempo en otro lugar. ¡Adiós, doctora Ramsay! Respondí. Después de eso me levanté, abrí la puerta y la cerré detrás de mí. Esto hizo que todos en el área de recepción me miraran mientras me largaba.

"ENTONCES, ¿QUÉ DIJERON en el hospital?" Elaine se preguntó cuándo llegué a casa.

"¡Dijeron que mi supervivencia era un milagro, y querían usarme como conejillo de indias humano!" Yo grité.

" ¿Quizás te sentirías más feliz si aceptaras este milagro, no crees?" Elaine respondió.

"Entonces, ¿qué sugieres que haga?" Yo pregunté.

"Usa el monóculo. Ayuda a tu cerebro a funcionar ". Elaine sugirió.

"Lo pensaré. Necesito descansar ahora. Dije y caminé hacia el dormitorio.

Tumbado en la cama, reflexioné sobre la sugerencia de Elaine. Si bien el monóculo ayudó a mi cerebro a funcionar y aceleró mi mente, tuvo un efecto secundario adverso. Fui apto para ser contactado por Rangda. La última cosa que quería en la vida era ser contactado por esa criatura maliciosa. Rangda había afirmado que quería ayudar a la humanidad a sobrevivir al Apocalipsis futuro, pero no le creí. Sin embargo, ¿cuáles eran mis otras opciones?

Conecté el monóculo, y allí estaba ella, Rangda, apareciendo justo en frente de mis ojos.

" *Tsk, tsk, tsk. Mira quién ha vuelto.* Rangda sonrió "No tengo muchas opciones, ¿verdad? Mi cerebro no puede ser reparado y no puedo funcionar sin el monóculo". Yo suspiré. *"El Elegido generalmente no tiene otra opción. Por eso se llama el Elegido. Te elegí, no al revés. "* Rangda respondió. "¿Y por qué me elegiste?" Pregunté.

Rangda permaneció en silencio por un momento, y parecía estar buscando una buena explicación.

"Muchas coincidencias afortunadas. Pude rastrearte por tu tatuaje Zetan, que actúa como un dispositivo de rastreo. Cuando llegaste a Nepal, tuve la suerte de que te encontraras con una réplica de Cristal Zeto". Rangda explicó.

¿Un Cristal Zeto replicado? ¿Qué es eso?" Yo la interrumpí.

"Mis enemigos, los Zetans, fueron las especies más avanzadas en recorrer la Vía Láctea. Hace millones de años atrás que encontraron una manera de hacer réplicas de los cristales Zeto primordiales. "

"Entonces, ¿qué es un Cristal Zeto primordial? " Yo pregunté. *"Un Cristal Zeto primordial contiene el alma del Verdadero Creador. Son increíblemente poderosos y pueden crear energía casi ilimitada. Hay un Cristal Zeto primordial escondido en algún lugar de la Tierra, y un día me ayudarás a encontrarlo. Los cristales Zeto replicados, por otro lado, son celdas de combustible de un solo uso. Baterías no recargables si así deseas verlo. "* Explicó Rangda. "Entonces, ¿fueron los Cristales Zeto replicados los que abrieron el portal en Egipto y me salvaron de una muerte segura durante el accidente en Nepal? "Yo pregunté.

"Sí, pero el verdadero premio es el cristal Zeto primordial. Poseer esa artefacto, puede curar tu daño cerebral, y puede salvar el futuro de la humanidad ". Dijo Rangda.

"Entonces, ¿cómo encuentro el Cristal Zeto?" Yo pregunté.

Rangda sonrió y dijo: *"Me encanta tu entusiasmo. El interés propio es la fuerza más potente del universo. Para encontrar el cristal Zeto primordial, deberás encontrar el velo de Pachamama, escondido en algún lugar de los Andes. Una vez que lo encontremos tendremos más pistas para continuar nuestra búsqueda. ""* Pero, ¿cómo puedo pagar eso? No tengo suficiente dinero para viajar por el mundo durante años, buscando artefactos alienígenas ". Respondí.

Rangda me dirigió una mirada de desaprobación y sacudió la cabeza. *"Tsk, Tsk. ¡Dinero! ¡Este concepto ficticio que gobierna tu especie y te impide alcanzar la verdadera grandeza!* Exclamó Rangda.

"Bueno, sigue siendo la realidad de la Tierra, independientemente de lo que pienses de ella", objeté.

Rangda me lanzó una mirada de odio y gritó. *¡No me faltes al respeto, humano! ¡Eeeeeeerrrkkk!*

Los gritos de Rangda fueron demasiado para mí. Caí al suelo con una terrible migraña, y mi visión parpadeaba.

"Lo estoy. Lo siento. Por favor, perdóname. Gimoteé

"¡Olvidaste dirigirte a mí como Emperatriz Rangda! Muy bien. Te daré dinero. ¿Serán un millón de dólares americanos suficientes?" Rangda dijo:

"Esa es una fortuna absoluta. " Yo respondí.

"Ya me lo imaginaba. Dirígete a Nueva York. Tendrás que jugar los números ganadores de Powerball ". Dijo Rangda.

"Es más fácil decirlo que hacerlo. " Yo respondí.

"Estás olvidando quién te está ayudando. Predecir el resultado de las loterías humanas es fácil para mí con mis premoniciones. ¡Pero para obtener el dinero debes prometer que me servirás! Dijo Rangda. "¿No te lo prometí ya?" Yo pregunté. *"Bah. Una promesa hecha por desesperación para salvar tu vida no vale mucho, y además no puedo imponerlo. Ve a Nueva York. Una vez que estés allí, renovarás tu promesa, ¡y yo satisfaré su ansia de dinero! "* Dijo Rangda.

Después de decir esto, Rangda desapareció en el aire, y estaba solo para lidiar con mi terrible dolor de cabeza. Desconecté el monóculo y me desplomé en la cama, cayendo en un sueño profundo y sin sueños.

"¡IRÉ CONTIGO!" ELAINE dijo con determinación.

La habitación seguía girando. Elaine me había despertado después de que me desplomé en la cama.

"Pero no sabemos si ella está diciendo la verdad?" Me opuse.

"Después de los milagros que presenciamos en Nepal, estoy lista para intentarlo. Además... Elaine se detuvo a media frase y se echó a llorar.

"¿Qué pasa, cariño?" Yo pregunté.

"Fui a tu neurólogo después de nuestra conversación hoy temprano. Evidentemente no quería revelar mucho, pero me confirmó que estabas gravemente herido y tu vida estaba colgando de un hilo. Te arriesgas a morir en cualquier momento. Quiero estar a tu lado. Si crees que las cosas pueden mejorar al visitar Nueva York, ¿qué más podemos hacer? Elaine suspiró.

Me puse en posición sentada y abracé a Elaine con fuerza. "Gracias Elaine. Lo superaremos juntos. Susurré.

Después de eso, nos quedamos en silencio por un largo tiempo antes de quedarnos dormidos.

Capítulo 4: Nueva York, julio de 2020

Aterrizamos en Nueva York un par de semanas más tarde. Los vuelos de larga distancia nunca habían sido mis favoritos. Pero habíamos aliviado la carga al tener escalas en Hawái y California. Elaine había sugerido que exploraríamos América mientras íbamos de viaje. No podía discutir en contra de eso. Fue una locura viajar a Nueva York, esperando que un semidiós extraterrestre me diera mucho dinero. Pero ir de vacaciones a Estados Unidos tenía mucho sentido.

Nos divertimos mucho durante nuestro viaje. Habíamos caminado por los parques y volcanes nacionales de Hawái. Nos sumergimos en las lagunas hawaianas. Habíamos visitado Hollywood. También disparamos armas y jugamos en los casinos en Las Vegas. Mientras se está en Roma, haga lo que hacen los romanos, como bien dicen por ahí. Si bien aún no habíamos ganado 20 kilos, era un trabajo en progreso. El único inconveniente era que mi migraña y mi visión parpadeante habían deteriorado mis sentidos. Pero como los profesionales médicos no podían ayudarme, decidí que debería disfrutar la vida tanto como pudiera, mientras aún pudiera.

Cuando llegamos a nuestro hotel, me di cuenta de que necesitaba contactar a Rangda para hablar sobre mi misión. Sin ella, pronto me quedaría sin dinero. Me fui a la cama y conecté mi monóculo Zetan.

"*¡MALDITO TONTO! ¿Cómo podría tomarte dos semanas viajar a Nueva York?* Rangda rugió.

"Bueno, Elaine sugirió que viéramos algunos otros destinos de camino aquí. Además, ¿nunca me diste una línea de tiempo? Respondí.

¿Tengo que explicarte todo? Cuando doy una instrucción, espero prioridad. Tu relación interpersonal tendrá que venir en segundo lugar. " Rangda respondió. "Disculpa, emperatriz Rangda. ¿Entonces, qué hacemos ahora?" *"Bueno, debido a tu descuido, perdiste la oportunidad de convertirte en multimillonario. Alguien más ya lo ganó.* Rangda abofeteó. "Pero podría haber comprado ese boleto desde cualquier lugar. ¿Por qué tenía que venir a Nueva York en primer lugar? Yo Argumente.

Rangda sacudió la cabeza y apretó los dientes con desaprobación. " *Eeeeeeeeerrrkk!!* " Ella gritó, y el terrible ruido me golpeó como un derecho martillo en la cara. *"Deja de discutir, humano. Soy tu emperatriz, y debes obedecerme. "*

" Sí, emperatriz. Perdóname." Me quedé sin aliento.

"No creo en el perdón. Pero no me eres útil muerto. Hay un premio mayor de $ 300 millones mañana por la noche. Pero para conseguirlo, primero debes hacer algo por mí ". Dijo Rangda.

"¿Qué ordenas, Emperatriz?" Respondí.

Rangda sonrió maliciosamente y respondió en un tono condescendiente. *" Arrrhhh! Mírate. Estás aprendiendo rápido. ¡Creo que puedes convertirte en una buena mascota!*

No respondí No tenía sentido discutir con Rangda. Además, sospechaba que su terrible chillido podría matarme si tenía la intención. Asentí y bajé al suelo, inclinándome ante ella.

"Excelente! Hay un artefacto Zetan en Nueva York que necesito que me traigas. Es pequeño y particularmente no valioso, pero necesito que lo obtengas para demostrar tu lealtad. Obtén el artefacto y te haré rico y poderoso. Rangda instruyó.

"Entendido. ¿Que necesito hacer?" Respondí.

"El rapero estadounidense Fay Zhed posee un chip Angel Zetan. Se ha diseñado para sí mismo un arete con el microchip Zetan. Necesito que lo obtengas e insertes el chip en tu cerebro. Una vez que te hayas insertado el chip, te daré los números ganadores de la lotería. " Rangda instruyó. "Entonces, ¿quieres que te robe el arete? ¿Dónde está ubicado? Yo pregunté.

"Puedes robarlo, robarlo encubierto, chantajearlo, comprarlo o recibirlo como regalo. Hay muchos escenarios de cómo pudieses obtener el artefacto Zetan. Dejo que tu creatividad determine cómo. Rangda respondió.

"Bueno. ¿Cómo encuentro a Fay Zhed? Yo pregunté.

Rangda sacudió la cabeza y respondió. *"Eso es usar tu creatividad, ¿eh? Estará en su habitación en el hotel Marriott durante otra media hora. Habitación 907. Te hablaré más tarde. "*

Después de decir esto, Rangda desapareció de mi visión. Me puse de pie y corrí hacia la ventana. Mi memoria me sirvió bien. El hotel Marriott era justo al otro lado de la calle. El cristal ángel Zetan y mi salvación estaban tan cerca, y tenía que perseguirlo ahora. Dejé mi teléfono en la cama y corrí hacia la puerta.

"¿A dónde vas?" Elaine gritó. No respondí ya que no había tiempo que perder, y además, ¡no quería que ella supiera sobre mi misión!

ESTABA EN EL NOVENO nivel del Hotel Marriott Downtown, por cortesía de la tarjeta que había robado de uno de los limpiadores del hotel. Miré el corredor delante de mí. Había un guardia de seguridad estacionado afuera de una de las habitaciones. Esto es, sin duda, para asegurarse de que ningún fanático loco molestara a Fay Zhed antes de su actuación de esta noche.

Tenía mi curso de acción claro en mi cabeza. Cuando Fay Zhed caminará pasando por mi lado, pretendería tropezarme y halar su pendiente conmigo en la caída. No era la mejor idea, y odiaba a Rangda por decirme que usara mi creatividad. No era un maldito ladrón, ¿qué sabía yo sobre robar cosas?

Cuando estaba espiando al guardia desde atrás de la esquina, noté que recibió una llamada telefónica y se alejó de la puerta. ¡Nuevo plan! Usaría mi tarjeta robada y entraría en la habitación de Fay Zhed como ama de llaves del hotel, y robaría el arete mientras el guardia estaba fuera.

Fui a la habitación del ama de llaves, dejé inconsciente al ama de llaves y me vestí como ama de llaves. Yo caminaba rápidamente hacia Fay habitación, y utilicé la tarjeta llave para entrar. Al entrar, pude sentir el espeso humo de la marihuana y vi a Fay Zhed inconsciente en la cama. Junto a él, había algo de parafernalia hecha de vidrio, medio lleno de una sustancia que supuse que era heroína. 'Estoy de suerte ' pensé, mientras desconectaba el arete de la oreja de Fay Zhed.

De repente, la puerta se abrió detrás de mí y el tiempo pareció ralentizarse. "¿Hey Quién eres tú?"

Escuché al guardia gritar.

'Modo de combate: opciones no letales no disponibles. Por favor, autorice la fuerza letal. Mi monóculo apareció. ¡Oh, mierda! Tendría que matar para salir de este desastre. Autoricé la fuerza letal entonces. Con la ayuda del monóculo, encontré un arma escondida que se encontraba en la mesita de noche. Salté hacia el arma, la agarré y me di la vuelta para dispararle al guardia. Mi tiro falló.

¿Cómo podría ser esto, qué estaba pasando? El guardia me disparó y falló. El monóculo me mostró la situación en cámara lenta. Predijo el movimiento del guardia, y lo golpeé justo entre los ojos con mi segundo disparo, pero no antes de que el guardia disparara un segundo. Me levanté y miré a Fay Zhed. El guardia había golpeado accidentalmente a Fay en la garganta y estaba sangrando. ¡Oh, mierda! Maldito infierno. ¿Qué haría ahora?

TIRÉ EL PENDIENTE EN el suelo, y lo pisoteé. El Pendiente se rompió revelando el chip del ángel Zetan. Me lo inserté en mi cabeza, y se fusionó con la piel y fue absorbido por mi cerebro. Escuché la voz de Rangda.

"Interesante acercamiento. ¡Un poco tosco y no muy creativo! Rangda se burló "¿Y ahora qué hago? Pregunté desesperado. *"El monóculo no puede sacarte de este desastre, pero yo sí. Renuncia al control sobre tu cuerpo durante los próximos diez minutos.* "¿Renunciar al control? ¡Esto es una locura!" Gruñí.

"Está bien, ¿así que supongo que preferirías morir en un tiroteo con la policía? Es una pena. ¡Podríamos haber logrado tanto juntos! Rangda se burló.

"Lo siento, emperatriz. Haré lo que me digas. Yo lloriqueé.

Dicho esto, abrí la configuración de la tecnología. Dentro de la configuración, cedí el control sobre mi cuerpo durante los siguientes diez minutos.

Después de liberar el control, todo se convirtió en una película. Era un espectador pasivo presenciando mis propias acciones. Puse mi pistola en la mano de Fay Zhed para hacer que sus huellas dactilares quedaran grabadas la pistola y cubriera las mías. Después de eso, salí corriendo de la habitación. Corrí hacia la escalera de incendios y los seguí hasta el sótano.

Una vez que estuve en el sótano, activé la alarma de incendios. Me escondí en el baño mientras todos evacuaban el edificio. Unos minutos después, entré en la oficina de seguridad. Dentro de la oficina escribí la contraseña y borré todas las imágenes de seguridad del edificio. Después de eso, tomé la chaqueta de un chef y salí del edificio por la entrada de la bodega. Cuando salí, arrojé el abrigo del chef en un contenedor de basura. Regresé a la carretera principal, crucé la calle y volví a mi hotel.

¡MARTIN, ESTÁS SANGRANDO! Elaine dijo mientras regresaba a nuestra habitación de hotel. Rangda liberó el control sobre mi cuerpo y recuperé el sentido. Ay, me dolía mucho el cuello. Puse mi mano sobre la herida y la sangre la empapó. Me di cuenta de que el corte no era lo suficientemente profundo como para desangrarme, pero había otra implicación terrible. ¿Había dejado mi sangre en la escena del crimen? Recordé cómo el disparo de la guardia había rozado el cuello antes de que había matado F ay Zhed. ¡Mi sangre estaba en la escena del crimen y estaba en problemas! Pensé en saltar por la ventana para terminar con todo, pero me controlé. ¿Por qué dejaría que mi paranoia causara mi caída?

"¡Martin, tienes que ir al hospital!" Elaine se molestó.

Pero no iría a un hospital. ¿Las muestras estadounidenses toman muestras de mi sangre? Que idea más idiota. "¡No! No puedo ir al hospital. Trabajaste como enfermera en esos días, ve a la farmacia y consigue algunos hilos y agujas. ¡Necesitas coserme! Respondí.

“No me gusta tu terquedad!” Elaine exclamó.

“Puede ser, pero harás lo que te digo, o ambos iremos a la cárcel. Creo que prefieres compartir los 300 millones de dólares. Le respondí con frialdad.

Elaine no dijo nada. En cambio, salió de la habitación del hotel para comprar los suministros necesarios. 30 minutos después, ella regresó. Elaine me cosió sin pronunciar una palabra.

"3, 22, 23, 32, 37, 58. Powerball 2".

Rangda susurró mientras estaba completando mi boleto de lotería Powerball en un agente de lotería en Manhattan. No había salido en todo el día, pero necesitaba entregar ese boleto de lotería ganador. Había visto las noticias de la mañana en la televisión. La transmisión oficial fue que Fay Zhed tuvo un colapso psicótico inducido por drogas. Había comenzado a dispararle a su guardaespaldas que había devuelto el fuego, y otros hombres habían muerto en el altercado.

Me sorprendió que la policía hubiera hecho una investigación tan descuidada, pero me sentí aliviado al mismo tiempo. Tal vez, esa fue la razón por la que me perdí el primer tiro que disparé. Si el monóculo me hubiera permitido matar al guardia con el primer disparo, Fay aún estaría vivo y yo sería un fugitivo. La idea me sorprendió. ¿Quién estaba al mando sobre de mi vida?

Sabía la respuesta. Era la misma entidad que ahora me daba los números ganadores de Powerball. Pensé por un segundo tirar el boleto, pero me detuve. Independientemente de lo que hice, ahora era un asesino. Para todos los efectos, era mejor ser un asesino rico que un loco lunático encerrado en una institución psiquiátrica.

"VAMOS CHICOS. ¡SONRÍAN un poco más! El fotógrafo dijo con alegría fingida. Estoy seguro de que Elaine y Ud fueron la primera pareja en ganar el Powerball, sonreían ante la cámara. No quería que me tomaran una foto. Prefiero ser rico sin tener que publicar mi foto en todas las noticias, pero aparentemente la lotería tenía que revelar a los ganadores.

"Por favor, sonríe para que podamos salir de aquí", le susurré a Elaine.

Sentí un shock epiléptico cuando el flash de la fotografía golpeó mis ojos. Cuando volví a mis sentidos, escuché el tono alegre del fotógrafo. "Esa es una gran foto. Vamos a terminar esto ".

Cuando salí de la oficina de Powerball, me sentí extraño. Como la mayoría de las personas, a veces había soñado con ganar la lotería. Pero ahora que tenía todo el dinero del mundo, o al menos cerca de él, me sentía como un prisionero, aplastado bajo la responsabilidad que se me había conferido. Había jurado ayudar a Rangda, y aunque había sido capaz de desconectarla antes, ahora estaba obligado a servirle. El chip Ángel, que se había fusionado con mi cerebro, me hizo imposible ignorarla. Esta porquería era irremovible, o al menos eso es lo que Rangda quería que creyera.

Pensando en Rangda, escuché su voz escalofriante. *"Hay una joyería allí. Mira tienen un Cristal Zeto exhibido en el mostrador. Suficiente para mantenerte con vida un poco más.* Pensé en pedir más detalles, pero no ahora. Por ahora, compraría el cristal con mis nuevas riquezas.

Un tiempo después, compré el cristal, lo presioné contra mi cráneo, donde la migraña hacía mella. El alivio fue inmediato, y me sentí como un hombre nuevo. Miré el cristal. Estaba aburrido otra vez, solo una roca azul inútil. Lo dejé caer en una taza de un mendigo y seguí caminando cuando Elaine corrió hacia mí.

"¿Por qué le diste al mendigo el zafiro?" Elaine preguntó.

"Porque es inútil ahora. Usé su poder para curar mis heridas ". Respondí.

" ¿Cómo puedes ser tan estúpido? Me encantan los zafiros, ¿y de qué le sirven al mendigo? ¡Dame algo de dinero! " Elaine ordenó.

"¡Claro, aquí tienes! "Respondí y le di un fajo de billetes.

Elaine corrió hacia el mendigo, y un minuto después regresó. "Esta piedra es hermosa. ¡Lo cortaré por la mitad y lo usaré para nuestras argollas de boda! " Elaine chirrió.

AL DÍA SIGUIENTE, ESTÁBAMOS en el aeropuerto JF Kennedy. Nos dirigíamos a Lima en Perú. Rangda me había ordenado encontrar el velo de Pachamama. El Velo fue aparentemente un artefacto crucial para revitalizar el Cristal Zeto Primordial una vez.

Elaine estaba comprando un renovando el guardarropa con nuestras ganancias ilícitas mientras yo bebía una cerveza en el bar del aeropuerto. Si bien no me importaría algo de ropa nueva, no le daríamos demasiado uso a la ropa de diseñador en nuestra próxima expedición. Pero el dinero era abundante, y si ella quería ir de compras para aclarar su mente, ¿quién le iba a discutir?

Mientras estaba bebiendo mi tercera cerveza, James Winter se me acercó. También llevaba puesto su monóculo. "Martin Orchard. Nos encontremos de nuevo." James gruñó. Claramente, no había superado nuestro último encuentro en Nepal. Me había golpeado hasta dejarlo sin sentido y luego le inserté el monóculo en el ojo, cambiando para siempre su visión de la vida.

"James. Cuánto tiempo. ¿Cómo están las cosas?" Dije con falso entusiasmo. Me sentí aterrorizado. James Winter era más joven y estaba mucho más en forma que yo. Durante nuestro último encuentro, había usado el monóculo, y él no. Esto me permitió noquearlo. Sin embargo, si ambos tuviéramos mentes elevadas, no tendría ninguna posibilidad contra el oficial militar entrenado frente a mí.

"No te preocupes, Martin. Vine a agradecerte por acabar con Fay Zhed por nosotros". James dijo

"¿Nosotros?" Yo pregunté.

"Estoy con la CIA ahora. Pero he estado hablando con Pierre, Ben y Szymon. Tenemos planes más grandes para el mundo. " James reveló.

"Entonces, ¿por qué lo querías muerto?" Yo pregunté.

" ¿Por qué preguntas? Lo mataste, eso hiciste. James sonrió

"Fue un accidente. Necesitaba algo suyo. Respondí.

"Muy bien. Tus motivos no me conciernen. James respondió.

"Queríamos que Fay Zhed muriera porque era un hip-hop musulmán que propagó el yihadismo y el terror religioso. No podemos tolerar eso. Tus patéticos intentos de ocultar tus crímenes no me engañaron. Pero esta vez te cubrí la espalda. James dijo. "Entonces, ¿por qué me estás ayudando?" Yo pregunté. "No se trata de ayudarte. Esta es una excelente oportunidad para enmarcar a los agentes de inteligencia iraníes por el asesinato. No quisiéramos un mundo estancado triste, ¿verdad? James preguntó retóricamente. "Bueno, gracias por ayudarme. Buena suerte," respondí.

JAMES SE LEVANTÓ Y dijo: "Parece que tu esposa ha vuelto. Disfruten de sus ganancias de lotería y sus vacaciones en Perú. Nos mantendremos en contacto."

No respondí... Miré a James mientras se acercaba a Elaine. James la saludó brevemente y luego desapareció entre la multitud. Elaine se acercó a mí con una expresión preocupada en su rostro. "James sabe lo que hiciste!" Elaine se estremeció.

"Sí, pero salgamos de aquí antes de que decida usar ese conocimiento en contra nosotros", insté.

Después de eso, nos apresuramos a nuestro avión que nos llevaría a Lima, la capital peruana.

Capítulo 5: Perú, octubre de 2020

Estaba en cuclillas y había las moscas a mi alrededor mientras sudaba y jadeaba profusamente. Estaba luchando para respirar e en la sucia habitación de hotel con mi dulce Elaine a mi lado. Habíamos estado en Perú durante tres meses y no habíamos tenido ningún éxito en nuestra búsqueda del velo de Pachamama. En cambio, mi culpa y paranoia por lo que sucedió en Nueva York me había llevado a la adicción a los opioides. Había sucedido desde que tenía dinero casi ilimitado en un país donde abundaban las drogas. Intenté levantarme, pero caí hacia atrás, me golpeé la cabeza contra el marco de la cama y caí inconsciente.

Estaba flotando en el espacio. Reconocí el sentimiento de mi viaje interdimensional y mi experiencia cercana a la muerte en Nepal. ¿Me moría de nuevo? La fecha de hoy me rodeaba. 20 de octubre de 2020. En exactamente 111 años a partir de ahora, una explosión de rayos gamma golpearía la Tierra y destruiría a la humanidad. ¿Qué fue para mí, de todos modos? No importa lo que hice, ya me habría ido.

"Las personas son prescindibles. ¡Es el colectivo lo que importa!" Rangda cantado.

Su declaración me enfureció. ¡Rangda se trataba de ella misma! Rangda había comenzado una guerra galáctica entre las especies alienígenas Xenos y Zetans, para vengar a su madre. Hace eones, su madre Kalianka fue abandonada y dada por muerta por los científicos Zetani. Si no fuera por los Xenos que encontraron a su madre y la acogieron, Rangda nunca habría tenido tanto odio y celos. Tanto dolor y sufrimiento tuvieron lugar porque Rangda quería vengarse. Aunque sabía que Rangda era un ser divino que era de temer y obedecer, tenía que hacer lo que mi corazón deseaba hacer, salvar al mundo del Apocalipsis.

"La guerra es el epítome del progreso y el desarrollo. Se libra el universo de las formas de vida débiles para que los fuertes puedan vivir ". Escuché la voz de Rangda resonando en mi cabeza.

"Bueno, ¿quizás soy débil y es hora de que haga espacio para los fuertes?" Sugerí. *"Tal vez. Sin embargo, una explosión de rayos gama no se beneficiará el bienestar de la humanidad, aunque la especie más fuerte aún pueden sobrevivir* ". Rangda respondió.

"¿Por qué es eso?" Me preguntaba. *"Porque las especies más fuertes son los organismos unicelulares. Pueden sobrevivir a cualquier cosa. Aunque la humanidad ha estado constantemente haciendo medicamentos y antibióticos para matar a estos microorganismos, todavía prosperan. Una explosión de rayos gamma mataría a todos los humanos y animales. Al fuerte y débil por igual. Por lo tanto, no separaría a los débiles de los fuertes* ". Rangda gritó. "¿Por qué me elegiste?" Grité *"No lo hice. El destino hizo que nuestros caminos se cruzaran, y ahora depende de usted salvar a la humanidad. La única forma en que puedes hacer eso es cumplir mi voluntad"*. Rangda respondió. "¿Pero qué pasa si no quiero salvar a la humanidad?" Yo pregunté. *"Tus preferencias en este asunto no me preocupan. Ahora levántate y ponte a trabajar. ¡No estás destinado a morir aquí!* Dijo Rangda y se desconectó de mi mente. Una vez que Rangda se desconectó, caí en un sueño profundo sin ningún tipo de pesadilla.

¡SPLASH! ME DESPERTÉ con una sacudida cuando el agua helada me trajo de vuelta a mis sentidos. "¡Levántate! Encontré una pista. ¡Es hora de ponerse a trabajar! Elaine ordenó.

"¿Qué pasó?" Me preguntaba.

"Eso ocurrió," Elaine respondió y señaló el montón de opioides y varias pastillas.

"Me dejaste inconsciente para continuar con nuestra misión", me quejé.

"Lo siento. La misión es crucial para el futuro. Ni siquiera tu vida importa tanto. Elaine se lamentó.

"Lo siento, Elaine", respondí y aparté la vista. Elaine me abrazó y no dijo nada.

Después de un período de silencio, Elaine habló. “Entonces, ¿por qué sigue haciendo esta mierda? ¡El futuro de la humanidad está en juego y usted está ocupado con una sobredosis de drogas recreativas!

"Estoy actuando de esta manera debido a la inmensa presión de mi misión. Además, maté a dos hombres, ¡recuerda!" Respondí.

“Fay Zhed era un violador pedófilo. Una escoria, y su guardaespaldas fueron sus cómplices. ¡Tu has hecho el mundo mejor por matar a esos hombres!” Elaine afirmó.

“Eso era propaganda de la CIA” Comenté.

“Sí. ¡Pero que estamos en una mejor posición si lo creemos, entonces podremos seguir adelante con la misión!” Elaine respondió.

"Tienes razón", suspiré y me levanté del suelo.

MEDIA HORA DESPUÉS, estábamos desayunando en el restaurante del hotel. Me sentía mal, pero sabía que necesitaba mantenerme si quería continuar con la misión. Mientras tomaba mi segunda taza de café, Elaine habló. "He localizado un artefacto que es crucial para nuestra misión".

"Esas son buenas noticias. ¿Dónde está?" Pregunté.

Elaine me entregó una tableta con una imagen de una estatuilla de plata y habló. “Bueno, ese es el problema. Está ubicada en el Museo Nacional aquí en Lima ".

"¿Entonces qué sugieres? ¿Que lo compremos? ¿O que lo robemos? Yo pregunté.

“Sugeriría ninguno de esos. Ya hablé con el gerente del museo. Él no va a vender su patrimonio nacional a un par de gringos con dinero.

¿Y robarlo? Bueno, ese plan no funcionó demasiado bien en Nueva York, ¿verdad? Elaine desafió.

Suspiré. El dolor de cabeza y las náuseas eran demasiado para mí, y no podía pensar con claridad. "¿Entonces qué sugieres?" Yo pregunté.

"Bien. Me di cuenta de que el gerente del museo, Alejandro Orihuela, es un hombre de familia muy tradicional con fuertes deseos ocultos. Secretamente, le gustan los hombres. " Elaine sonrió

"¿Por qué me importa una mierda? Sabes " Yo pregunté.

"Bueno, el chantaje es la forma de convencer a Alejandro de que nos robe la estatuilla. Siendo el director del museo, se puede eliminar el registro de la estatuilla por lo que nadie sabría que alguna vez existió ". Elaine reveló. "Todavía no sé lo que estás sugiriendo." Bostecé mientras contesté

"Tenemos que asegurarnos de que Alejandro tenga relaciones sexuales con un hombre, y filmarlo. Entonces amenazamos con revelar las imágenes. Eso lo obligará a ayudarnos. Elaine explicó.

"De ninguna manera. ¡No voy a tener sexo con un hombre! Exclamé, un poco demasiado fuerte. Provocando así que la gente de las mesas vecinas nos mirara.

"Tsk, tsk, tsk. No pienses demasiado bien de ti mismo. No eres tan irresistible. Contraté a un cómplice que está dispuesto a seguir con nuestro plan. Miguel cumplirá con la parte de seducirlo ". Se burló Elaine.

Cuando Elaine mencionó su nombre, Miguel se pavoneó con las manos en su cadera delgada, caminando de forma sexy hacia nuestra mesa y lanzando un beso. Era un hombre demasiado afeminado pero apuesto, de etnia Latinoamericana de unos veinte años, y yo estaba seguro de que iba a hacer un trabajo excelente en seducir a Alejandro. Pero al mismo tiempo, me sentí celoso. Si Elaine había contratado a este hombre, ¿qué le había impedido utilizar sus servicios ella misma? También podría ser bisexual y abierto a cualquier solicitud sexual. Busqué contacto visual con Elaine, que estaba mirando el trasero y los abdominales de Miguel.

"¡Ah, joder!" Pensé mientras me marché y Elaine explicaba los detalles de su plan de chantaje.

UNAS HORAS MÁS TARDE, estábamos sentados en una camioneta sin ventanas, siguiendo los avances de Miguel con Alejandro. No sabía por qué teníamos que hacer las cosas de esta manera, pero no quería discutir. No había encontrado una pista durante meses, debido a mi automedicación fallida contra mi ansiedad y culpa. Me sentí como un paparazzi, totalmente frustrado y arrastrado. Este sentimiento se amplificó al sentarse en un automóvil caliente sin aire acondicionado.

"No seas un agrio, nuestro plan está funcionando", dijo Elaine, y estaba en lo cierto. Las imágenes de video revelaron que Miguel y Alejandro se estaban desnudando en una habitación de hotel, que habíamos alquilado para la escena. "¿Necesito ver esta mierda?" Me puse furioso.

"Si. Por favor, hazlo. Miguel es un profesional. Podrías aprender una o dos cosas. Elaine sonrió de lado.

"¿Aprendiste una o dos cosas de él?" Yo arremetí de nuevo.

"Jajaja. Por muy tentador que sería si no fuera un gigolo gay...pero bueno es totalmente homosexual. Entonces, no, no lo hice. Elaine respondió.

"Lo que sea. ¿Hemos terminado aquí? Respondí.

"Yo diría que sí. No estamos publicando el video en Pornhub, después de todo ". Bromeó Elaine.

"Está bien, me largo, necesito un poco de aire fresco", me quejé.

"Muy bien. Te veré de vuelta en el hotel. Después de todo, he salvado el día". Elaine bromeó cuando salí de la camioneta.

UN PAR DE DÍAS DESPUÉS, estábamos en las montañas cerca del lago Titicaca. Sostuve la estatuilla de plata Pachamama en mi mano, sintiendo alivio y enojo. Alivio de que teníamos la primera pista en la búsqueda del Cristal Zeto Primordial. Ira por cómo Elaine lo había adquirido. Había chantajeado a Alejandro Orihuela para que nos robara la estatuilla. Elaine hizo esto amenazando con revelar el video del encuentro homosexual de Alejandro a los miembros de su familia. Alejandro se había sentido obligado, y teníamos la estatuilla, pero era una forma inmoral de hacer negocios.

Salí de mi moralización. Elaine había hecho lo que tenía que hacer para recuperar la estatuilla, y al menos nadie había muerto esta vez. La figura fue crucial para encontrar la deidad inca, la tumba de Pachamama, donde se encontraba su legendario velo. Rangda no pudo decirnos nada sobre la tumba. Pero ella afirmó que el velo de Pachamama era crucial para revitalizar el cristal Zeto primordial. Estaba claro que necesitábamos encontrarlo y obtener más pistas.

"Hmm. Eee Mook Chiearei Taww Roookmwino. El traductor de Google dice que significa: abre tu corazón desde la boca del lago ". Elaine leyó la inscripción en la estatuilla escrita en la antigua lengua inca.

"¿Estás seguro de que esa es la traducción correcta?" Yo pregunté.

"No. ¿Por qué no lo intentas? Elaine espetó. Suspiré y miré la estatuilla. Si bien el monóculo aumentó mis sentidos e inteligencia, no me convirtió en un experto en todos los idiomas de la Tierra.

"Lo siento, cariño. Mi monóculo Zetan leyó la misma traducción. Dije. "¿Así que, qué significa?" Elaine reflexionó.

"Hmm, la boca de un lago, supongo que es donde el agua fluye hacia el lago. Abrir tu corazón puede significar mantener una mente abierta. Muchas civilizaciones antiguas pensaban que la mente estaba en el corazón ". Respondí. "Entonces, ¿abres tu mente?" Elaine reflexionó.

"Exactamente. El lugar más seguro para esconder algo sería en el fondo del lago. Hay un templo submarino construido por el pueblo Tiwanaku. Esa sería nuestra mejor apuesta ". Respondí.

"Bueno, vamos. Pero es mejor que consigamos algunos instructores de buceo con nosotros. Solo obtuvimos certificaciones básicas en buceo ". Elaine sugirió.

"No, es mejor que no involucremos a otros si podemos evitarlo. Vamos a buscar algo de equipo. Respondí y corrí hacia adelante.

ESTABA ESTUDIANDO LA majestuosa vista donde el río Ramis conectaba con el lago Titicaca. Me dolía la cabeza y podía sentir que un Cristal Zeto estaba cerca. Probablemente fuese una réplica, pero necesitaba averiguarlo. No podía dejar piedras sin mover. Habíamos encontrado un problema práctico que deberíamos haber previsto. No había tiendas de buceo cerca del lago, y cuando sumergí mi dedo del pie en el agua, me di cuenta de por qué. El agua estaba helada y no era adecuada para una inmersión recreativa.

'Ping, ping, ping' seguía zumbando en la parte posterior de mi cabeza. Un cristal Zeto de algún tipo estaba cerca. La paranoia severa me agarró. Llevaría días llevar el equipo de buceo requerido a esta ubicación. ¿Y si alguien más iba a encontrar el cristal en ese momento? Sabía que mi pensamiento no tenía sentido, pero cuando el miedo y la paranoia te golpean, ¡la lógica deja de funcionar!

Contra el mejor de mis juicios, me desnudé, corrí hacia el lago, me sumergí, y buceando me día a la búsqueda del cristal sin equipo. ¡No llegué lejos ya que el agua helada conmocionó mi cuerpo y me hizo regresar tan rápido como entré!

"Disfrutarás nadando más en Mancora Beach", dijo una voz femenina. Me congelé y lentamente me di la vuelta. Allí estaba, Josefina Fiero, la preciosa mujer latinoamericana que no había visto desde Nepal, cinco meses antes.

Al principio, me sentí como un idiota, temblando en mi traje de baño mojado. Esto fue particularmente vergonzoso ya que el agua helada había reducido la longitud ciertas partes del cuerpo. Pero entonces, la paranoia me golpeó. ¿Por qué estaba Josefina aquí, y cómo ella nos encontró?

"Josefina, ¿a qué se debe el placer?" Dije, fingiendo entusiasmo.

"Traigo noticias sobre el tipo que chantajeaste, Alejandro. A pesar de sus intentos bien intencionados de mejorar su vida sexual, terminó suicidándose. ¡Que tragedia!" Josefina bromeó.

Al escuchar esto, me di cuenta de que Josefina nos tenía bajo vigilancia, y me asusté. El monóculo debe haber actuado como una especie de dispositivo telepático, y activé rápidamente el modo de combate en mi monóculo para identificar cualquier amenaza en los alrededores.

"No lo intentaría. Probé la tecnología, y he llegado a la conclusión de que no podía identificar las amenazas a más de un kilómetro de distancia en el modo estándar. Y tengo francotiradores fuera de ese rango ". Josefina declaró.

"¡Estás mintiendo!" Exclamé

"Quizás, pero ¿estás dispuesto a correr ese riesgo para luchar contra una mujer que vino en paz?" Josefina preguntó.

Suspiré, golpeé la parte superior de mi monóculo y lo quité, revelando mi iris morado. Josefina hizo lo mismo y también se quitó el monóculo. Después de eso, me entregó una toalla, y caminamos hacia una mesa de picnic y nos sentamos.

"Entonces, Martin. Dime por qué estás aquí. Se preguntó Josefina.

"¿No puede una pareja visitar este hermoso lugar sin un motivo oculto?" Yo argumenté.

"¡Los turistas no chantajean a los administradores de los museos para que entreguen artefactos invaluables!" Josefina respondió.

"Entonces, ¿me has estado espiando por un tiempo?" Respondí.

"Bueno, no personalmente, pero mis asociados sí. Administró un negocio exitoso ". Josefina respondió.

"Supongo que conseguiste mucho más éxito debido a cierto artefacto". Respondí.

Josefina me sonrió seductoramente y respondió: "Sí, y por eso he venido a ayudarte. Necesito saber cuáles son tus objetivos, y mi organización puede ayudarte a alcanzarlos ".

Dudé por un momento, y luego cedí a la sugerencia de Josefina. No había forma de decirle que no a una sonrisa como la de ella, y además ella había venido en paz.

"Estamos buscando un artefacto alienígena. El velo de la Pachamama. Un Zetan extranjero que se hizo pasar por una deidad Inca ". Revelé.

"Oh, una búsqueda del tesoro. ¡Que interesante!" Josefina entusiasmada.

"Bueno, espero que puedas salvarme. Desde el incidente en Nepal, he estado viviendo con tiempo prestado. Tengo graves lesiones cerebrales que deberían haberme matado ". Respondí.

La sonrisa de Josefina desapareció y ella me miró preocupada. "Lamento mucho escuchar eso. Eres la razón por la que sigo viva, dijo con una mayor conciencia. Si hay algo que pueda hacer por ti, ¡solo dilo! Josefina la consoló.

Las amables palabras de Josefina me conmovieron, y estuve a punto de derrumbarme. Pero mantuve la compostura y respondí. "Gracias, Josefina. Si pudieras organizar una entrega urgente de equipo de buceo y un traje seco, ayudaría bastante".

"Por supuesto. Le diré a mi piloto de helicóptero que traiga los suministros aquí después de dejarme en el aeropuerto. Tendré que volver a Brasil ahora. Mantengámonos en contacto." Dijo Josefina, me abrazó y corrió hacia un helicóptero que se acercaba. Cuando se subió, vi a varios hombres con rifles de francotirador. Estaba agradecido de no haber probado la afirmación de Josefina sobre sus hombres que rodean la ubicación.

DESPERTÉ SINTIENDO mis huesos completamente helados A pesar de estar cerca del Ecuador, la gran altitud hizo que la región fuera árida y fría. Odiaba la idea de entrar en el de agua helada del lago, y esperaba que el traje seco funcionaría.

Le di un codazo a Elaine para que la despertara. Ella me miró con ojos preocupados. "Martin, no me gusta esto. ¿Por qué vino aquí Josefina? Elaine se estremeció.

"No lo sé. Considerando que Josefina trajo varios francotiradores a la reunión, eso significa que ella tampoco confía en nosotros. Pero ella nos trajo los equipos de buceo, y tenemos que irnos". Respondí.

"Supongo que tienes razón. Si ella nos quisiera muertos, ya estaríamos muertos, ¿verdad? Elaine reflexionó.

"Correcto. Josefina tenía todos los recursos para matarnos. Vámonos." dije

Me levanté, salí de la tienda y vi el magnífico amanecer sobre el pintoresco lago.

ME SORPRENDIÓ GRATAMENTE cuando entré en el agua con el equipo de buceo que me había proporcionado Josefina. Era de primera calidad, y el traje seco me mantenía abrigado y cómodo en el agua helada. Había optado por tener una máscara facial completa en lugar de una máscara de buceo típica. Necesitaba poder comunicarme con Elaine que estaba en un bote en la superficie alerta por si había peligros.

"Tu enlace de video está en funcionamiento", dijo Elaine a través de la radio.

"Entendido. Me estoy moviendo hacia la ubicación del Cristal Zeto. Martin fuera —respondí y no hice caso de los mensajes de seguimiento de Elaine.

El agua del lago estaba borrosa y no era ideal para bucear. Esto fue porque estaba en la entrada del lago adonde un río traía agua dulce y sedimentos al lago, y se mezclaban entre sí. Pero estaba donde necesitaba estar. La inscripción mencionaba la desembocadura del río, y pude sentir el Cristal Zeto actuando como un faro. Los golpes en mi cerebro se hicieron cada vez más fuertes cuando me acerqué al cristal en las profundidades.

Revisé el medidor de profundidad, estaba por debajo de los 30 metros, mucho más profundo de lo que había estado antes, y la visibilidad era bastante pobre. Sentí que la muerte me rodeaba y luché por mantener la calma. Respiré profundamente para calmarme, y vi una formación rocosa que parecía un antiguo templo tallado en la ladera de la montaña.

'Ping, ping, ping'. El cristal Zeto estaba cerca. Cerré los ojos para visualizar y noté un compartimiento oculto de la pared. Nadé hacia él, pero no podía empujar la puerta. ¡Mierda! Si solo hubiera usado el monóculo al bucear. Entonces sabría qué hacer. Desafortunadamente, tuve que quitármelo para que se ajustara a mi máscara de buceo de rostro completo.

Me di cuenta de que Rangda podría saber cómo abrir la puerta. La contacté a través del Chip de ángel Zetano. "Emperatriz Rangda. Estoy perdido. Sé que hay un cristal Zeto detrás de este muro oculto, pero no sé cómo abrirlo. " *"Maldito tonto. ¿No has ampliado tu mente al usar el Monóculo Zetan?* Siseó Rangda. "Tuve que quitármelo para caber en mi máscara de buceo. Lo siento, emperatriz Rangda. Respondí.

"Muy bien. Mira a tu alrededor en todas las direcciones. Mueve tu cabeza lentamente. Voy a acceder a su visión, y yo dejaré saber si veo algo ". Rangda respondió.

Comencé a mirar alrededor, esperando que la conciencia mejorada de Rangda detectara algo que me faltaba. Después de unos minutos escuché a Rangda gritar: *"Mira, allá. ¡Una palanca oculta enmascarada como una ramita rota!*

"¿Qué? Eso parece una pieza normal de escombros ". Yo objeté

"¡Necio! Esa ramita es de un árbol no nativo. ¿Cómo crees que llegó allí? Siseó Rangda.

"Lo siento, emperatriz Rangda", respondí.

"Vamos. Las disculpas no nos acercarán a encontrar el Cristal Zeto. ¡Nada hacia allí y tira de la palanca secreta! Ordenó Rangda.

Hice lo que Rangda me indicó, y me dirigí a la palanca secreta. Intenté mover la palanca, pero parecía estar atascada. ¿Qué tengo que hacer? No quería preguntarle a Rangda y hacer que se burlara de mí otra vez, así que busqué una herramienta adecuada.

Vi una piedra de tamaño mediano a pocos metros de mí. Traté de levantarla, pero no pude. Lo pensé unos segundos y luego tuve una idea. Inflé un poco mi chaleco de buceo mientras sostenía la piedra. Esto me dio suficiente flotabilidad para levantar la roca del fondo del lago. Nadé hacia la palanca con el embrague de piedra adjunta a mi pecho.

Cuando llegué a la palanca, agarré la piedra con ambas manos y golpeé la palanca. Oí un ruido, la barra se movió, y un pasadizo secreto se abrió ante mí en la cueva.

Nadé hacia el pasillo cuando escuché una alarma estremecedora y aterradora. '¡Bip, bip, bip!' Me congelé cuando varios robots parecidos a calamares se me acercaron.

"Rangda. ¡Ayuda!" Me estremecí.

" Hmm. Debería haber sabido que el templo oculto tenía defensas en su lugar. Quédate completamente quieto y no te resistas. La mayoría de las medidas defensivas de Zetan están configuradas para ser no letales por defecto. Trataré de llegar a algo. Dijo Rangda.

"¡Sí, emperatriz!" Respondí.

Miré con horror mientras los horribles robots se acercaban a mí. Parecía que venía directamente de una pesadilla, y mi corazón me decía lárgate allí. El camino más rápido apuntaba hacia arriba. Si inflo mi chaleco y dejo caer mis pesas, podría alcanzar la superficie y el bote rápidamente. Pero nunca sobreviviría a la enfermedad de descompresión. Estaba a 40 metros por debajo de la superficie, y a menos que eliminé el exceso de gas en mi torrente sanguíneo siguiendo los protocolos de buceo, estaba perdido.

Uno de los robots con forma de calamar me envolvió la pierna con sus tentáculos de metal, y todo lo que quería era despertar de la pesadilla. Pero no estaba durmiendo, y estaba sin aliento mientras me apretaba el cuerpo. Cuando los tentáculos metálicos se deslizaron sobre mi cuerpo, el robot desconectó la manguera del regulador de mi tanque de aire comprimido. ¡Mierda! ¡Iba a morir! Me retorcí para salir del agarre del robot pero fue en vano, y las cosas se desvanecieron.

'¡Trago!' Desperté en estado de shock al ingerir un bocado de agua. Había perdido mi máscara de buceo. Por otro lado, los robots parecían estar desactivados. Mi visión era borrosa, pero vi mi salvación. La iridiscente luz azul de un cristal Zeto delante de mis brazos. Agarré el cristal, solté mi cinturón de pesas e inflé mi chaleco de buceo. Ya no podía preocuparme por la enfermedad de descompresión, necesitaba levantarme.

Unos segundos después, llegué a la superficie y Elaine me arrastró hasta el bote. Entonces todo se volvió negro.

" BARRRRRFFFF!"

Desperté vomitando agua. Elaine tenía el equipo de buceo puesto y me estaba haciendo compresiones en el pecho. Me di cuenta de que necesitaba llegar a una cámara de descompresión rápidamente. Pero, ¿cómo llegaría a uno a tiempo?

"¡Llévame al hospital!" Yo jadeaba.

"¡Oh, gracias a Dios! ¡Estas vivo! ¿Qué eran esas cosas horribles? Elaine preguntó.

"Robots centinelas Zetan. La inscripción en la estatuilla nos atrajo a una trampa inteligente. Respondí.

"Si. Vi el enlace del video. Entré en pánico cuando vi esos robots parecidos a calamares que te perseguían. Me pregunto por qué los robots de repente se quedaron quietos. Se preguntó Elaine.

" Probablemente se estaban quedando sin batería. Debo haber muerto y regresado. Casi me desmayo cuando uno de esos robots con forma de calamar tenía sus tentáculos envolviendo mi pierna, y en un instante cuando vi el Cristal Zeto, lo agarré y lo apreté para salvar mi querida vida. Después de eso, todo se volvió negro. " Reiteré.

"Sí, lo vi todo en la pantalla de video. El cristal de Zeto causó una explosión submarina que destruyó los robots calamar a su alrededor. Tu cuerpo entró en estado de shock y se desmayó. Estuviste sin vida durante más de un minuto. Me metí en mi equipo de buceo con la esperanza de salvarte, pero luego flotaste a la superficie. Elaine reveló.

"Bien. Esperemos no tener la enfermedad de descompresión después de todo lo que ha sucedido ". Suspiré y cerré los ojos con calma y perseverancia.

"Si. Llamaré a un helicóptero ambulancia y rezaré por ti. Elaine respondió.

Me quedé dormido y comencé a soñar. Soñé con mi visita a la Dimensión Divina el año anterior y mi conversación con Brahma. Me había advertido sobre Rangda la Engañadora, pero aquí estaba, sirviéndole. Por otra parte, Brahma y los Zetans me habían pedido que advirtiera a Keila Eisenstein de Rangda la engañadora, pero no mencionaron que no podía seguir sus órdenes. Los Zetanos me tenían abandonado, mientras Rangda había salvado mi vida y me había hecho rico. Entonces, ¿quién era bueno y quién era malo?

'¡Despierta! 'Escuché un eco en la parte posterior de mi cabeza, y cuando abrí los ojos, un helicóptero se acercaba.

"ESTAMOS A SALVO. ¡LA ayuda ha llegado! Elaine sonrió cuando miramos el helicóptero mientras se abría paso. Quería compartir la afirmación positiva de Elaine, pero algo me roía la cabeza. ¿Cómo había llegado el helicóptero tan rápido?

Miré mi equipo de buceo roto y vi algo. Escondido dentro de una costura rasgada había una cámara y un rastreador GPS. Josefina Fiero debe haber decidido espiarnos cuando nos dio el equipo. Es probable que este helicóptero fuera pilotado por sus hombres disfrazados. En ese caso, sería mejor que nos fuéramos y nos escondiéramos.

Agarré la réplica del Cristal Zeto y usé su energía para sanar mis pulmones dañados. Luego me puse de pie y grité: "Elaine, toma tus cosas. Debemos correr y escondernos.

"Martin, ¿qué pasa?" Elaine preguntó.

"Josefina nos estaba espiando. La tripulación del helicóptero deben ser sus hombres. Tenemos que salir de aquí." Yo insistí.

Elaine me creyó, y agarramos nuestras maletas y corrimos tan rápido como pudimos antes de que el helicóptero aterrizara. Corrimos hasta llegar a una pequeña cueva. Una vez que nos perdimos de vista, nos derrumbamos en el suelo.

"¿QUÉ PASÓ ALLÍ?" ELAINE preguntó.

"Me di cuenta de que Josefina había manipulado nuestro equipo con cámaras espía y rastreadores GPS. ¡También me pareció extraño que el helicóptero de rescate llegara tan rápido! Respondí.

¿Crees que Josefina quiere hacernos daño? " Elaine preguntó.

"No estoy seguro. Pero no confío en alguien que manipule mi equipo con dispositivos de rastreo y cámaras espía". Respondí.

"¿Así que qué hacemos?" Elaine preguntó.

"Necesitamos encontrar el templo de Pachamama, robar el velo y alejarnos del Perú lo más rápido posible", respondí.

Elaine miró su tableta. "Hmm, vi un mapa en la pared cuando estabas inconsciente en el templo submarino", dijo Elaine.

"Déjame echar un vistazo", le respondí.

"Claro, tomé una captura de pantalla del mapa", respondió Elaine y me entregó la tableta.

Agarré la tableta y miré el mapa. Se parecía a la región del Titicaca, pero era diferente. ¿El área se veía así, hace varios siglos? Estudié el mapa junto con Elaine. "¿Qué piensas sobre esto?" Yo pregunté.

"No lo sé. ¿Quizás deberíamos enchufar nuestros monóculos? Elaine sugirió.

"Preferiría que no. Eso alertará a Josefina sobre nuestra posición ". Respondí.

"42! 42 es la respuesta ". Escuché un leve susurro.

"¿Rangda?" Pregunté, pero no hubo respuesta.

Miré el mapa nuevamente. 42 grados al noreste de nosotros había una ubicación marcada en el idioma inca. No quería usar el monóculo para confirmar mi teoría, pero quedarme aquí tampoco parecía una idea inteligente. Me decidí. Nos mudaríamos a la cueva, que se encuentra a pocos kilómetros de nosotros. Nos movíamos al anochecer cuando era más difícil para los hombres de Josefina detectarnos.

Le conté a Elaine sobre la idea, y aunque no estaba entusiasmada, no discutió en mi contra. Estábamos en una situación difícil y tuvimos que actuar.

UNAS HORAS MÁS TARDE, estábamos afuera de un antiguo templo, excavado en la montaña. Sentí una profunda sensación de alivio. Mi intuición me había llevado en la dirección correcta.

Recogí la brillante estatuilla plateada de Pachamama que había empacado en mi mochila rayada y desgastada por el clima. Miré a Elaine y ella asintió. Esto fue. Esta era la tumba sagrada de Pachamama, la diosa inca de la Tierra, un extraterrestre Zetan que había tomado una forma divina para ganar seguidores humanos.

Comparé la tumba con el mapa en mi tableta. De hecho, esta era la ubicación del mapa en el templo submarino. Teníamos la llave para entrar a este templo escondido, pues era la estatuilla que robamos del museo.

Miré a la pared. Había un espacio vacío en ella, con forma de estatuilla Pachamama precisamente. Estaba a punto de insertar la figurilla en el hueco del compartimento cuando oí de Elaine venir una suave voz, "Martin, me siento nerviosa. ¿Realmente estamos destinados a ver una deidad muerta? ¿Y si ella no está muerta?

"No te preocupes, Elaine. Los Zetans no son dioses reales. Si Pachamama estuvo encerrada aquí hace siglos, ya habría perecido". Respondí con confianza, aunque sentí que el malestar de mi compañero estaba influyendo en mi sensación de tranquilidad.

Alejé mis miedos. Estuve aquí en una misión, y completaría esa misión. Inserté la figura en la pequeña ranura y esperé a que sucediera algo. De repente, la pared emitió un fuerte crujido, se movió en una rotación de 270 grados y reveló un túnel bastante largo. Escuché una fuerte y aguda voz penetrante, siseando cánticos sin sentido en un idioma extraño proveniente del final del túnel.

"¿Que es ese ruido??"Elaine chilló.

"Es solo una grabación. Pachamama usó eso para mantener a los lugareños alejados en el día ", mentí " ¡De todos modos, tenemos una misión y voy a entrar! " Yo afirmé.

"¡No voy a entrar allí!! " Elaine insistió.

" Está bien, entonces iré yo solo," La sangre me hervía, y yo entré en el túnel.

Cuando entré en el santuario interior del templo Pachamama, un extremadamente dulce podrido- olor herbáceo había abrumado mis fosas nasales. ¿De dónde vino el hedor tan penetrante? Encontré la fuente del olor distintivo en el centro de la habitación, donde el cuerpo de Pachamama yacía sobre un altar.

Elaine cambió de opinión y corrió hacia mí. " ¿Encontraste el velo? " Ella preguntó.

"Entonces, parece, pero solo hay una forma de averiguarlo", respondí.

"¿Pero por qué un cadáver huele así?" Elaine preguntó. "Es probable que sea debido a una tecnología de conservación Zetan." Respondí mientras me acercaba a Pachamama y tocaba su prenda antigua. El cuerpo era delgado y pálido, su rostro tenía la apariencia de una hermosa pero de enferma Reina Madre y parecía estar durmiendo tranquilamente. Su rostro y cuerpo eran de color turquesa, su prenda estaba cubierta de gemas exóticas y sostenía un velo blanco sobre su amplio y pálido pecho. La deidad muerta perfectamente conservada me llenó de asco, pero al mismo tiempo estaba asombrado de lo que se mostraba frente a mis ojos.

"¿Qué hago ahora?" Le pregunté a Rangda. *"Tu misión aquí es conseguir el velo de Pachamama. Quema el cuerpo, la humanidad no está lista para descubrir la verdad ".* Rangda respondió. " Elaine, es mejor que tomemos el velo y quememos este cuerpo para que nadie sepa que existió ", respondí y tomé el velo.

Elaine estuvo de acuerdo en voz baja. Después de tomar el velo blanco majestuoso del cuerpo preservado de la Pachamama, procedimos a incinerar el cuerpo y salimos del túnel antiguo secreto. Cerramos la pared tomando con nosotros la estatuilla, sin pronunciar una palabra. ¡Nuestra verdadera misión todavía estaba por delante!

Capítulo 6: Sydney, febrero de 2021

Corrí por la pelota de tenis que gravitaba hacia el cielo mientras jadeaba por aire. Mi golpe de devolución falló y caí al suelo, sintiéndome agotado después del partido de tenis. No fue impactante ni inesperado. Mis pulmones se habían visto bastante comprometidos y afectados desde el rápido ascenso hasta la superficie cuando me zambullía en el lago Titicaca, y fue un milagro que todavía estuviera vivo. Sabía que no debía esforzarme físicamente considerando mi afección pulmonar actual, pero no me preocupaba demasiado. No me mataría de todos modos.

Había sobrevivido a un daño cerebral severo en Nepal, un tiroteo en Nueva York, una sobredosis de drogas en Lima y un accidente de buceo en el lago Titicaca. El plan divino quería mantenerme vivo y salvar a la humanidad del inminente Apocalipsis en forma de una explosión de rayos gamma, que sucedería el 20 de octubre de 2131. Si el plan divino pretendía que yo sobreviviera a todo esto para morir durante un partido de tenis, entonces que así sea. Sonreí ante la idea, sería de hecho un fin irónico para a mí.

Mi compañero de tenis, Sebastián Santiago, corrió hacia mí. "¿Estás bien?" Sebastián sonrió y me echó una mano para levantarme. Tomé su mano y me puse de pie, todavía sintiéndome exhausto.

"He estado mejor. Supongo que tendré que darte como ganador de este partido. Te venceré la próxima vez. Respondí.

"El próximo será en Colombia. Me voy a mudar a casa mañana. ¿Recuerdas?" Sebastián respondió.

Me había olvidado de eso. Mi mente estaba por todas partes, y estar técnicamente loco no ayudaba demasiado. Pero no quería compartir esto, así que en su lugar, respondí. "Oh sí, esperaba no tener que ir hasta Colombia para arreglar las cosas. Pero encontraré un entrenador adecuado, y pasaré a visitarte y te venceré.

"Jaja. Lo tomaré como una promesa. ¿Vas a venir entonces el año que viene? Sebastián preguntó.

"Sí, hay un evento cultural que celebra la etnia Guane el próximo febrero. Tengo un gran interés en asistir a ese evento ". Respondí.

"Jaja. Tu principal preocupación es probablemente adquirir merca de alta calidad. Pero todo bien, cuéntale a Elaine la historia de Guane. Sebastián se rio.

"Seguro que lo haré. Te veo el próximo año. Saluda a La Patrona de mi parte. Dije.

"Claro que sí. Te veo el próximo año." Sebastián respondió.

Cuando Sebastián se fue, tomé una nota mental: contratar a un entrenador de tenis para poder seguir jugando de vez en cuando. No sería lo mismo, pero preferiría tener un amigo con el que jugar así tuviese que pagarle a no jugar. Y en el gran esquema de las cosas, ¿qué mejor uso tenía para mi riqueza?

"ENTONCES, ¿CÓMO ESTUVO el tenis hoy?" Elaine preguntó.

"Estuvo bien hasta que mis pulmones fallaron. ¡Una pena que no pudiera enviar a Sebastián de vuelta a casa como un perdedor!" Yo suspiré.

Elaine me miró preocupada y habló: "¿Cómo te sientes? ¡No deberías esforzarte demasiado! "

La preocupación de Elaine me molestó. Debería estar muerto, pero no lo estaba. Entonces, ¿por qué debería dejar que mi muerte inminente afecte mi vida cotidiana? "Haré lo que quiera. Jugar tenis y escribir libros son algunas de las cosas que me hacen olvidar lo que ha sucedido en los últimos años ". Yo arremetí.

"No te enojes conmigo. Estoy preocupada por tí." Elaine respondió.

"Sí lo que sea. Me voy de paseo. Te veré más tarde" dije y me fui.

UNA HORA DESPUÉS, MI caminata me había llevado a Bondi Junction cuando unas caras conocidas se me acercaron. Fueron los hermanos Yehuda, Ben y Szymon Yehuda. Estaban participando en una procesión fúnebre cuando se separaron del grupo para hablar conmigo.

"Martin Orchard, nos encontramos de nuevo", dijo Ben Yehuda.

"Si. ¿Qué te trae a Sydney? Yo pregunté.

"Lo hubieras sabido si hubieras usado el monóculo. ¡Qué ingratitud, te niegas a usar el artefacto dado por Dios que permite que el gran Yahveh se comunique con nosotros! Szymon Yehuda declaró.

La declaración de Szymon me confundió. No fue Yahveh quien se comunicó a través del monóculo. ¿O era? ¿Cómo podría decirle a ciencia cierta, si se trataba de ellos, o yo que estaba siendo engañado? Tal vez la voz en mi cabeza era Rangda, ¿pero para ellos era el Señor? No quería discutir el asunto con los Hermanos Yehuda, por lo que respondí: "Espero que Yahveh me perdone. Soy demasiado débil para llevar a cabo su voluntad divina.

Ben me estudió por un momento y habló: "Sí, eres débil. Pero fuiste tú quien nos mostró nuestro propósito: asegurarnos de que nuestro pueblo judío gobernará el planeta por el bien de nuestro gran Dios, Yahveh. Si estás buscando un propósito, puedes unirte a nosotros ".

"Pero no soy judío. ¿Estás seguro de que soy lo suficientemente bueno para unirme? Me reí entre dientes.

Szymon ignoró mi tono sarcástico y respondió: "Sí. No eres judío, señor Orchard. Pero aún así puedes servir a nuestro gran señor. Mi hermano y yo estamos planeando reactivar una antigua orden encargada de hacer cumplir la voluntad divina sobre el mundo ".

"¿Qué orden sería esa?" Yo pregunté.

"Los caballeros templarios. " Proclamó Szymon.

"Son cristianos, no judíos", remarqué.

"Si. Pero pretendiendo ser caballeros cristianos nos podemos aprovechar e influir en las mentes de la ingenua sociedad y poder usurpar ". Szymon respondió.

"¿Eso es lo que están haciendo aquí? ¿Establecer la base de operaciones de los Caballeros Templarios? Pregunté.

Ben sacudió la cabeza y me lanzó una mirada de desaprobación. "No. Estamos aquí para la procesión fúnebre de Josef Silverstein. Un rabino local que abogó por la paz y la tolerancia. Podría o no haber sido asesinado por un musulmán radical ". Dijo Ben y giró su bigote.

Asentí. Szymon me tocó el hombro y habló. "Lo siento, pero tenemos que volver a nuestra procesión fúnebre ahora. Fue un placer verte. Por favor considera nuestra oferta.

"Sí, no desperdicies tu regalo en absoluto. Yahvé te castigaría por eso en la otra vida. Ben agregó.

"Lo consideraré", respondí.

Mientras veía a Ben y Szymon volver a unirse a la procesión, me sentí perplejo. ¿Rangda nos había dicho cosas diferentes, o Rangda y Yahveh eran alias para otra cosa? ¿O tal vez todo esto fue obra de los Annunaki? Sin embargo, estaba seguro de una cosa. No me involucraría en el antiguo conflicto entre el judaísmo y el islam, el cristianismo ni ninguna otra religión. ¡La vida era demasiado corta para eso, por lo que nunca podremos descubrir con absoluta certeza los orígenes de la misma!

ESTABA ACOSTADO EN la cama, empapado en sudor y sin poder moverme. La vida futura se acercaba a mí y, en cierto modo, me sentí aliviado. Pronto mis dolores de cabeza, mi culpa y mis dolencias físicas habrían desaparecido. Sí, el final podría ser un comienzo limpio. Sonreí ante la idea, y cerré los ojos, esperando lo inevitable.

Sentí una poderosa oleada de energía golpeando a través de mi cuerpo, devolviéndome la vida. Cuando abrí los ojos, vi a Elaine y Pierre Beaumont mirándome. ¿Por cuánto tiempo me había ido?

"Bienvenido de nuevo, Martin!" Pierre saludó y sonrió con picardía.

"¿Qué haces aquí, Pierre?" Yo pregunté.

"Solo estoy ayudando a un amigo. Cuando Elaine me pidió que viniera a Australia y trajera un tipo especial de zafiro azul, me sentí perplejo. Pero llegamos a un acuerdo de beneficio mutuo, entre tu esposa y yo. Pierre respondió.

"¡Déjame escucharte!" Suspiré.

Pierre se lamió los labios y pasó saliva durante unos segundos antes de responder. "Me gustaría convertirme en el CEO del Banco Mundial. Y me gustaría que ustedes dos me ayudaran.

"¿Por qué quieres que te ayudemos?" Yo pregunté.

“Bueno, señor Orchard. No soy un hombre violento. Soy un hombre de finanzas ". Pierre respondió.

"Eso no revela lo que quieres que hagamos". Gruñí de vuelta.

"Correcto. Me preguntaste por qué, y respondí esa pregunta. Causa y efecto, Martin. No hagas una pregunta como esa si quieres saber algo más. Pierre comentó.

"Entonces, ¿qué quieres que hagamos?" Suspiré.

Pierre sacó una foto de su billetera y me la entregó. Estudié la foto. Era de un hombre del Sudeste indio en traje de negocios que nunca había visto antes. "¿Quién es este?" Yo pregunté.

“Ese es Chakri Apinya. El actual CEO del Banco Mundial. Un idealista inútil que está arriesgando el futuro del banco y, en extensión, el futuro de la humanidad. Quiero tomar su lugar. Lo quiero muerto.

“No soy un asesino pagado. No hay nada que puedas ofrecerme, que me haga cambiar de opinión. Respondí indignado.

"Sí la hay. En realidad, hay dos cosas ". Pierre sonrió de lado

Dicho esto, Pierre me entregó una foto mía saliendo de la habitación de hotel de Fay Zhed.

“Muy bien, ¿me estás chantajeando para cometer otro asesinato, y entonces así poder encubrir mi primer asesinato? ¿Por qué aceptaría esta amenaza? Tendría más sentido matarte. Siseé

"Tal ingratitud después de salvarte la vida", se burló Pierre, hizo una pausa y luego cambió su tono. No te iba a chantajear. Creo en el látigo y el premio, y todavía no te he mostrado la gema dorada.

"Entonces, ¿cuál es la recompensa?" Suspiré.

“El cristal azul que te salvó la vida. Si me ayudas a convertirme en el CEO del Banco Mundial, dirigiré algunos de los vastos recursos del banco para encontrar más cristales para ti ". Pierre lo prometió.

Me conflicto interno llenó mi mente por completo. No quería asesinar personas por Pierre, pero por otro lado, sabía que Pierre podría ayudar a nuestro futuro. La humanidad necesitaba avaricia y poder si queríamos desarrollarnos como una especie espacial. Crear colonias en otros planetas era la única forma de asegurar la supervivencia futura de nuestra especie. La emperatriz

Rangda me lo había mostrado. "Un momento, Pierre", dije y entre en trance. Unos segundos después, había establecido una conexión con Rangda.

"Pierre tiene razón. La humanidad estará mejor con Chakri descansando 6 pies debajo del suelo. Quiero que Pierre dirija el Banco Mundial ". Rangda revcló y luego se desconectó de mi mente.

"Bueno. Te ayudaré, Pierre. Susurré.

"Sabía que lo harías. Es por una gran causa. Chakri Apinya estará en Ginebra para el Foro Económico Mundial en un par de semanas. El líder budista Arhat Somchai también asistirá. Esta es la oportunidad perfecta para matar dos pájaros de un tiro ". Dijo Pierre y se frotó las manos.

"¿Cuántos están en esa lista de afortunados exactamente?" Yo gemí.

"Solo hay Chakri. Pero alguien debe asumir la culpa del asesinato, y Arhat es el candidato perfecto ". Pierre respondió.

"Entonces, ¿ya no estamos apuntando a los musulmanes?" Me burlé.

"Nunca lo estuve. La religión es como un simple opio para las masas. El verdadero dios es el dinero. Dijo Pierre.

No respondí y Pierre volvió a hablar.

"Tengo que irme ahora, Martin. Te daré todas las instrucciones en mi jet privado de regreso a Suiza".

' KLONK! '

El vaso una vez lleno con vino tinto se hizo añicos contra la pared, dejando una considerable mancha en ella.

"¡Qué te pasa! ¿Por qué arrojaste ese vaso a la pared? Elaine reprendió.

"¿Por qué le pediste a Pierre que viniera aquí?" Exploté.

"Tenía que hacerlo. Estabas en coma y no sabía cómo encontrar esos cristales alienígenas que te salvaron. Pierre tenía una teoría y encontró una piedra de esas por nosotros. Elaine respondió.

Me calmé. No podía culpar a Elaine por mis decisiones. Aunque ella había invitado a Pierre, yo había aceptado sus términos. Si alguien tuvo la culpa, fui yo. "Lo siento. ¿Cuál fue la hipótesis de Pierre? Yo pregunté.

“Supuso que el cristal que necesitabas sería radiactivo y detectable en otras longitudes de onda distintas a la luz visible. Tenía razón, y aquí estás. Elaine reveló.

"Bueno. ¿Entonces, qué hacemos ahora?" Le pregunté

“¡Bueno, será mejor que limpies este desastre ahora mismo!" Elaine dijo y me entregó un trapeador.

¡Qué buena idea, Elaine!

Capítulo 7: Suiza, marzo de 2021

Tomé un profundo respiro de aire frío en los Alpes Suizos, y me sentí como un Zen. El aire era refrescante y la vista desde Monte Salève con vistas a la región de Ginebra era impresionante. Suspiré. Le había dicho a Elaine que quería estar solo para prepararme para la misión de esta noche. Los eventos del año pasado me agobiaron. Había matado a algunas personas en Nueva York, debido al calor del momento y un par de errores durante un robo frustrado. Pero hoy no iba a crear un gran desastre y arrastrar a Elaine conmigo dentro de mi incómodo comportamiento. Mi misión era entrar en la casa de un hombre y asesinarlo a sangre fría, sin dejar evidencia.

El actual CEO del Banco Mundial, Chakri Apinya, era mi próximo objetivo. Estaba en contra de los intentos de Pierre Beaumont de financiar un gran complejo minero en la región de Daen Lao de Tailandia. Simpatizaba con Chakri ya que la preservación natural era importante. Sin embargo, las minas sugeridas por Pierre eran cruciales para nuestra supervivencia como especie. Bajo la cordillera de Daen Lao, yacía una gama única de minerales desconocidos. Estos minerales eran fundamentales para nuestro avance tecnológico como especie. La falta de voluntad de Chakri para explotarlos ralentizaría nuestro progreso tecnológico. El reloj avanzaba, solo faltaban 110 años para que la explosión de rayos gamma golpeara la Tierra.

Pierre enmarcaría al famoso líder budista Arhat Somchai por los asesinatos. Él no había revelado cómo, pero no me preocupaba. Enmarcar a Somchai tenía mucho sentido. Arhat Somchai era un líder de una orden budista que consideraba sagrada la cordillera de Daen Lao. Pero si Pierre incriminaba a Arhat por el asesinato de Chakri, eso desacreditaría el movimiento de Arhat. Después de eso, no podrían enfrentarse a las ambiciones de Pierre.

Me senté tranquilamente en una hamaca, mientras tomaba una taza de café caliente. A pesar de estar en una montaña nevada, el sol me calentó la cara y alivió mis nervios. Envolví una manta alrededor de mi cuerpo y me quedé dormido.

ELAINE Y YO NOS ENCONTRÁBAMOS sentados en una camioneta sin ventanas con placas falsas. Estábamos cerca de la mansión rentada por Chakri. Pierre había prometido que habría un cambio de guardia a medianoche, y ese era el momento de atacar. Miré mi reloj, eran las cinco y media de la tarde.

"¿Cómo te sientes?" Elaine preguntó.

"No puedo parpadear y me pregunto si sería mejor si muriera. ¿Cuál es el punto de matar gente para mantenerse con vida? Reflexioné.

"Entiendo tu punto, pero esto es más grande que cualquiera de nosotros. El futuro de la humanidad está en juego ". Elaine instó.

"Pero, ¿y si todo es mentira?" Yo pregunté.

Elaine miró hacia otro lado y pude oírla sollozar. La toqué suavemente en el hombro. Se dio la vuelta con los ojos llorosos y habló:

"Solía creer que no había Dios, a pesar de que me habían criado con historias de la Biblia desde que era muy joven. Ahora que he presenciado verdaderos milagros, ¿cómo no puedo creer en la voluntad divina y nuestro propósito? Encontrar los monóculos fue nuestra evidencia de una verdadera vocación. "Elaine aclamó.

No tuve tiempo de responder, ya que era medianoche y mi pantalla mostraba que los guardaespaldas de Chakri estaban saliendo de la casa.

"Tengo que irme ahora, te hablaré más tarde ", le dije, señalé la pantalla y agarré mi pistola con silenciador.

ESTABA EN LA PUERTA principal de la mansión de Chakri. Usé la tarjeta de acceso que Pierre me había dado, y la puerta se abrió. Crucé el patio e ingresé el número de pin en la puerta principal. Presioné '5432', y la puerta se abrió. Era casi demasiado fácil, como si todo hubiera sido creado por Pierre, para que Chakri muriera.

Necesitaba moverme rápido. Pierre había dicho que el cambio de guardias solamente tomaría un par de minutos, y no quisiera estar en la mansión para cuando llegaran los nuevos guardaespaldas. Me apresuré hacia el dormitorio principal del palacio, ya que supuse que Chakri dormiría allí. Pierre había planeado que la esposa de Chakri asistiera a una fiesta de recaudación de fondos tardía, para que no tuviera que lidiar con ella.

Entré furtivamente en la habitación de Chakri, pero para mí consternación, él estaba completamente despierto.

"¿Hey Quién eres tú?! Chakri se estremeció.

No tenía intención de responder esa pregunta, y apunté con mi pistola a Chakri. Estaba a punto de disparar cuando una voz me sobresaltó.

"¡Papá, no puedo dormir!"

Me di la vuelta y en un instante, accidentalmente apreté el gatillo hacia la voz. Para mi sorpresa y terror, me di cuenta de que le había disparado al niño de Chakri, que ahora estaba sangrando y tirado en el suelo. Chakri cayó de rodillas, horrorizado y petrificado. Al herir a un niño pequeño me puse en estado de shock, y me congelé por varios segundos. Volví a mis sentidos, cuando mi monóculo brilló, 'Peligro, ¡esquivar AHORA! '. Me las arreglé para esquivar la lámpara de la mesilla de noche que Chakri balanceó agresivamente hacia mí, mientras gritaba locamente en hindi. Giré mi pistola hacia él y le disparé a Chakri desde una posición arrodillada, golpeándolo con varias balas, su sangre me salpicó totalmente.

Me levanté y estaba a punto de salir de la habitación cuando escuché la voz de Rangda. *"¡No puedes dejar un testigo!"* me dijo. Me quedé inmóvil por un segundo, mientras que mi mirada se clavaba en el niño herido de Chakri. El monóculo reveló que mi bala le había roto la columna vertebral. Si le perdonase el niño crecería totalmente traumatizado, pues había sido testigo del asesinato de su padre. Lo más misericordioso sería matarlo. Le disparé al niño entre los ojos y me escapé de la escena.

Un minuto después, regresé a la camioneta. Elaine miró mi ropa empapada de sangre y dijo: " ¿Qué pasó con tu ropa? ¡Espero quc no te vuelvas a equivocar! "

¡Te lo diré más tarde, solo conduce!" Grité

Elaine asintió, hizo lo que le dije, y dejamos la escena.

ESTABA SENTADO EN LA OFICINA de Pierre, en la sucursal de Suiza del Banco Mundial. Mi cabeza daba vueltas por el agotamiento y la conmoción. No había dormido en tres días, y todo parecía irreal, casi como si fuera una pesadilla de la que quería despertar desesperadamente.

"Preferiría alabar tu trabajo, pero la cagaste, ¿no?" Pierre se burló:

"¡No me hablaste del niño! ¡Esto es tu culpa!" Repliqué.

" ¡Bah! No me culpes por tu falta de investigación. ¿Cómo podría haber sacado al niño de la casa de Chakri por la noche? Y además, no debería ser un problema para un asesino como tú. Pierre respondió.

" No tenía intención de matar a un niño, ¿cómo se suponía que debía matar a Chakri y no dejar rastro?" Yo pregunté.

"Todo lo que tenías que hacer era dispararle a Chakri primero, y luego noquear al niño. Un niño de esa edad no puede testificar en la corte. Podría haber vivido. En su lugar, te arropó el miedo por su repentina aparición y apretaste el gatillo hacia él, te congelaste, y luego tuviste una pelea con Chakri en vez de disparar inmediatamente. Has creado un desastre en lugar de una escena limpia del crimen ". Pierre respondió.

"¿Cómo sabes esto?" Grité

"¡Echa un vistazo!" Dijo Pierre y me entregó una tableta.

Revisé la tableta. Eran las imágenes de seguridad de la mansión de Chakri. Pierre había grabado cada uno de mis movimientos. Al ver esto, me hundí en mi silla, llena de desesperación.

"No te preocupes demasiado, Martin. Te estoy cuidando. Mira lo que he organizado. Pierre dijo, sonrió astutamente y me entregó otra tableta. En la tableta, había un video editado donde había sido reemplazado digitalmente por Arhat Somchai. Seguí mirando y el siguiente video clips mostró cómo un grupo de policía había detenido el monje budista, lo torturan y lo hacen confesar el asesinato que no cometió. Arhat declaró su manifiesto mientras estaba en la cárcel, alabó a Buda y finalmente se cortó la garganta.

"¿Cómo hiciste esto?" Pregunté con asombro.

"Ya te dije. El monóculo me da muchos grandes talentos manipuladores. Vladimir fue de gran ayuda. Gracias Vladimir. Pierre dijo y señaló a alguien detrás de mí.

Miré a mi alrededor y allí estaba, Vladimir Kravchenko. El psicópata en todo el sentido de la palabra que había matado a Rajesh y Jorge Santiago durante nuestra terrible experiencia en Nepal el año anterior.

" Puedo oler el miedo ", amenazó Vladimir.

"Cálmate, Vladimir. Compórtate civilizadamente. Estás trabajando para la policía, ¿recuerdas? Dijo Pierre.

"Sí, Pierre", dijo Vladimir, y se sentó a mi lado.

"Vladimir es increíblemente talentoso. Mientras arruinabas la misión con Chakri, Vladimir drogó y secuestró a Arhat Somchai. Vladimir hizo tan bien los videos de Arhat de tal modo que todas tus acciones quedaron cubiertas. Sus habilidades de edición de vídeos fueron tales que funcionan mejor que las de un verdadero profesional. "Pierre reveló

"Entonces, ¿por qué necesitabas mi ayuda en primer lugar? ¡Podrías haberle pedido a Vladimir que matara a Chakri! "Yo arremetí.

"Porque te estaba probando. Y ahora eres de mi posesión. Pierre declaró.

"¡No, no lo haces!" Yo grité. Me levanté y me estaba listo para perforar a Pierre.

"Vladimir, ¡domínalo!" Ordenó Pierre. Un segundo después, todo se volvió negro.

DESPERTÉ EN UNA HERMOSA habitación, con vista a la ciudad de Ginebra, rodeada por los Alpes y las montañas del Jura. La primavera había llegado y derritió los últimos restos de nieve. Hermosas flores llenaron todo el valle, y había un dulce olor a tulipán en el aire. Elaine me sonrió.

"Bienvenido de nuevo, Martin", saludó Elaine.

"¿Qué pasó?" Yo murmuré.

"Pierre amenazó con exponer tus asesinatos, y me pidió que te curara. Ha enviado a sus agentes a encontrar otro cristal para su próxima misión ". Elaine respondió.

¿Y encontró algún otro cristal, supongo? Pregunté.

"Si. Pierre ya no está en la Torre del Banco Mundial. Necesitaba irse para supervisar el nuevo proyecto minero en las montañas Daen Lao en Tailandia. Los informes iniciales indican que las montañas son increíblemente ricas en minerales de tierras aún no conocidas. Estos minerales son cruciales para el desarrollo de nuestro futuro. Tenemos que matar y destruir para crear un futuro mejor. Ese nuestro destino. " Dijo Elaine.

Pensé si debía decirle a Elaine la verdad. Que había asesinado al niño de Chakri y cómo Pierre me había entrampado en ello. Decidí no hacerlo. No nos haría más felices, y además, todo estaba saliendo bien al final. Al menos esperaba que así fuera. En cambio, pregunté: "Entonces, ¿qué vamos a hacer ahora?"

Elaine miró por la ventana y respondió. "Quiero que nos quedemos aquí por un tiempo. Esta es una región tan hermosa, y quiero pintar el paisaje. Necesitas descansar, y estas hermosas montañas pueden inspirarte para el libro que estás escribiendo".

Pensé en la sugerencia de Elaine y decidí seguirla. Este era un lugar hermoso y tal vez algo de meditación y soledad podían traer paz. Además, no tenía ningún lugar al que ir antes de mi misión en Colombia al año siguiente.

"Tienes razón, amor. Quedémonos aquí por un tiempo y centrémonos en nuestra creatividad y nuestras artes ". Dije.

Elaine me sonrió seductoramente y dijo. "Tal vez, ¿podemos centrarnos en otra cosa durante los próximos veinte minutos, ya que no hay nadie más en la habitación?"

"¡Seguro Por qué no!" Susurré y sonreí dulcemente.

Capítulo 8: Colombia, febrero de 2022

"Señor, por favor venga conmigo".

Suspiré en silencio cuando el oficial de aduanas colombiano me llamó. Habíamos aterrizado en el Aeropuerto Internacional El Dorado en Bogotá, y preferiría no tener este dolor de cabeza. Estrictamente hablando, no llevaba ningún artículo ilegal. ¡Aunque preferiría que algún funcionario fronterizo al azar no examinara mis artefactos alienígenas!

"Señor, los tiempos son difíciles en Colombia. Quizás podamos ayudarnos los unos a los otros". El funcionario fronterizo insinuó. Estudié su etiqueta con su nombre. Se leía 'Miguel Santos'.

Odiaba a los funcionarios corruptos. Siempre podría ser un truco complicado, sobre todo cuando se presentan sobornos en países como estos. Si me vieran las ganas de pagar, mi lado débil saldría a relucir y me presionarían por más dinero. Pero si fuera demasiado obstinado, podrían detenerme por horas. En el peor de los casos, podrían meter droga confiscadas en mi equipaje para hacerme la vida más difícil.

"Miguel, no te encuentro útil en esta etapa. Tengo un hotel al que llegar después de un largo vuelo. Argumenté.

"Bueno, señor Orchard. Soy un funcionario trabajador que solo está haciendo mi trabajo. Mis tareas incluyen el registro de maletas al azar, y el proceso podría tomar varias horas si no cooperas "Advirtió Miguel.

"¿Y cómo sugieres que coopere?" Me burlé.

"Como dije, los tiempos son difíciles en Colombia para los funcionarios gubernamentales que trabajan duro". Miguel insinuó.

Ahora estaba en un dilema. Si hiciera alarde de mi riqueza, tendría a todos los funcionarios corruptos del país persiguiéndome por limosnas. Definitivamente no quería hacerme el quebrado, pero si tuviera una actitud demasiado obstinada, sé que me enfrentaría a problemas futuros. Fingí ser un turista ignorante y rico, y le di a Miguel un billete de 2000 pesos.

Miguel sacudió la cabeza y respondió: "Sr. Orchard, eso es menos de un dólar. ¡No alcanza para mi esposa e hijos hambrientos!

Fingí sorpresa y respondí: "Oh, pensé que 2000 pesos eran mucho dinero. Nunca he estado en Colombia antes. ¿Qué tal este?" dije en voz alta y le entregué un desmenuzado billete de 50.000 pesos a Miguel.

Miguel me miró unos segundos y luego tomó el billete. "Eso estará bien. Estás libre para entrar a Colombia. Espero que disfrutes de nuestra famosa hospitalidad colombiana". Miguel dijo y dibujó una gran sonrisa en su rostro, mostrando una nariz con rastros de cocaína y varios dientes faltantes.

"Gracias Miguel. Ten un día maravilloso." Me burlé, agarré mi bolso y me fui.

Tomé una nota mental para asegurarme de llevar suficiente efectivo para sobornos. Si bien era irritante que algún funcionario personalizado me chantajeara por AUD 22, yo era rico y el dinero no me importaba. Estaba molesto porque él estaba tomando mi precioso tiempo, ¡y pensé que habría sido más provechoso si hubiese dicho la suma que quería de inmediato, sin todos los malditos juegos de adivinanzas!

"6-0, 6-0. ESTOY DE vuelta, ¡qué tal la revancha! "Exclamé, mientras corría hacia mi compañero de tenis colombiano.

"Impresionante! No pensé que lo lograrías. ¿Cómo has logrado mejorar?" Sebastián preguntó con asombro.

"Me pasé seis meses en Suiza con Elaine, y decidimos perseguir algunos objetivos creativos. Durante ese tiempo, tuve lecciones diarias en la academia de tenis donde le enseñaron a Roger Federer ". Respondí.

"¿Oh, enserio? Pensé que era una academia para jóvenes dotados. ¿Cómo entraste? Sebastián bromeó.

"El dinero gobierna el mundo, amigo mío. No era barato, pero entré. Los niños me azotaron, pero perseveré y ahora estoy aquí. ¡6-0, 6-0! Declaré.

"Sí, jugaremos unas cuantas veces más. ¡No podemos dejar que nuestras habilidades de tenis se deterioren!" dijo Sebastián.

"Será un placer atenderte. Me quedaré aquí en Bogotá por otra semana antes de viajar por el país. Pero encontremos algo de comer. El lugar al otro lado de la carretera parece prometedor. ¡Yo invito! Dije, y nos dirigimos al restaurante local pasando la calle.

Una vez que estuvimos dentro del restaurante, pedí uno de cada ítem del menú. Si bien fue un desperdicio de alimentos, preferí apoyar a los dueños de negocios locales con mi efectivo que darlo a funcionarios corruptos.

"¿Disfrutaste la comida?" Sebastián le preguntó a Elaine.

"Sí, ¡debes enviarme las recetas más tarde por redes sociales!" ella respondió emocionada. Sonreí, pues sin importar cuál era la misión, Elaine no había perdido su amor por la cocina.

"Entonces, ¿cómo van tus libros? ¿Alguna venta? Sebastián preguntó.

" Oh, mi más reciente libro, James Locker 3ro, la secuela, ha tenido un millón de descargas. No cobro dinero por mis libros. Es mi regalo para la humanidad, me gusta compartir mis brillantes ideas ". Dije y guiñé un ojo.

"¿Algún nuevo fanático?" Sebastián bromeó.

"Bueno, probablemente sea bueno que use mi seudónimo Martin Lundqvist en los libros, en lugar de Martin Orchard". Dije y señalé mi lengua descaradamente.

"Tus libros no son tan malos. Yo he leído varios de ellos ". Sebastián respondió.

"Eso es porque te pagué para narrar las traducciones al español", comenté.

"Los pagos ciertamente ayudaron a que mantuviera mi interés", admitió Sebastián y se rió.

Entró un camarero con el postre, y me di cuenta de que rompería mi dieta, cuando vi la selección de postres. Después de terminar y arrasar con los postres de todos, Sebastián se desabrochó el cinturón y dijo: "¡Puaj! ¡Eso fue mucho para comer! ¿A dónde van a estar aquí en Colombia? Estoy feliz de hacer un recorrido con Uds. ¡Les ofrezco tarifas especiales!

"Genial. Estoy abierto a sugerencias; queremos visitar muchos lugares pero necesitamos estar en el Valle de los Muertos el próximo jueves". Respondí.

Al escuchar esto, la actitud juguetona de Sebastián desapareció, y me miró con cara de preocupación. "Valle de los Muertos? ¿Por qué demonios querrías ir allí?

"Oh. Pensé que te lo dije. Vine a Colombia a buscar el artefacto alienígena que se puede encontrar en los años bisiestos en el territorio de la tribu Guane ". Yo respondí.

"Bueno, estoy feliz de mostrarte otras partes de Colombia, pero yo no puedo llevarte allá", dijo Sebastián.

"¿Por qué? ¿Tienes alguna una ex novia enojada viviendo allí? Bromeé

"Un cartel dirigido por el infame Andrés Juárez controla esa región. Es el narcotraficante más brutal que haya atormentado a mi hermoso país. Estarías loco si vas allí. Sebastián advirtió.

"Bien. Nos vemos mañana entonces, y nos puedes llevar a algunos destinos mejores ". Respondí porque no quería discutir el asunto más de cerca.

"Muy bien. Los veo mañana chicos. Dijo Sebastián mientras pagamos y salimos del restaurante.

"¿QUÉ HAREMOS?" ELAINE se inquietaba.

"Tendremos que proceder según lo planeado. El templo solo es visible una vez cada cuatro años. Ni Rangda ni yo podemos aceptar un retraso de cuatro años en nuestra misión debido al dominio de algún capo de la droga ". Respondí.

¿Estás hablando tú o Rangda? Ella nunca me ha hablado; Solo escucho sobre ella a través de ti. "Elaine declaró.

"Los dos estamos de acuerdo en este asunto", dije.

Elaine parecía nerviosa y se acercó a la tetera en nuestra habitación de hotel. "¿Quieres un poco de té caliente?" Elaine preguntó.

La miré escépticamente y respondí. "Sí, pero no cambiemos el tema".

"Está bien, ¿entonces insistes en ir? Entonces, al menos, deberíamos obtener ayuda. Elaine instó.

"¿Que sugieres?" Yo pregunté.

"Bueno, Josefina Fiero dirige una de las compañías más grandes de Sudamérica. Tal vez ella pueda enviar algunas personas para ayudarnos. Elaine sugirió.

Pensé en la idea de Elaine. No había tenido noticias de Josefina desde nuestra reunión en Perú el año anterior. Ella me había ayudado en aquel entonces, pero también había colocado cámaras secretas en el equipo que nos había dado. ¿Y qué hay del helicóptero que había enviado a buscarnos? En mi estado paranoico después del ataque de los drones Zetan, había asumido que había enviado hombres a matarnos. Pero si ese hubiera sido el caso, ella lo habría intentado nuevamente en algún momento. Sin embargo, no confiaba en Josefina y no quería involucrarla en mi misión actual.

"No. No confío en Josefina. Además, es mejor que visitemos Valle de Los Muertos por nuestra cuenta. Traer guardias armados con nosotros solamente conseguirá llamar más la atención pública ". Dije.

"Tienes razón, ya recibimos suficiente atención tal y como estamos. No parecemos para nade de aquí en Sudamérica, tú eres tan rubio y escandinavo y yo asiática. Elaine respondió.

" Ajá. Mejor conseguimos algunas armas para nuestra propia protección. Organicemos este viaje mañana. Dije y bebí mi dulce té.

"Sí, descansemos. Tenemos días ocupados por delante. "Elaine respondió y nos fuimos a la cama acurrucados juntos.

ALMORZÁBAMOS EN UN restaurante local en la jungla de Valle de Los Muertos. Era una estación lluviosa, por lo que la jungla era húmeda y calurosa, y no era un buen momento para hacer turismo. Pero estábamos aquí en una misión. Mañana, la puerta secreta al templo perdido Guane se abrir-pia abrir. Era una puerta tallada en una de las montañas que rodean el valle, escondida detrás de hojas y maleza de hierba verde y paredes rocosas, dentro de bosques localizados en el interior profundo de árboles de nueces.

Acabábamos de terminar nuestras comidas cuando el problema apareció en la forma de dos ejecutores locales del cártel de Juárez. Miré mi comida, esperando que no me vieran. Al final resultó que, mis esperanzas eran en vano, y un hombre barbudo que empuñaba un machete se me acercó.

El hombre se detuvo incómodamente cerca de mí y habló. "¡Qué tal, Gringo! ¿Quién te dio permiso para visitar esta región?

El aliento del hombre apestaba a alcohol, tenía cicatrices y tatuajes en toda la cara, y sus dientes de oro y su cuerpo musculoso hacían que sus mandíbulas apretadas fueran más temibles.

"Estamos aquí como turistas. Solo queremos visitar este hermoso lugar y caminar. Puedo mostrarte mi pasaporte y el sello de inmigración". Respondí.

"¡Mierda! No hay turistas, cada vez vienen aquí con el mismo cuento...Ustedes son los perros de la CIA. ¡Lo sé!" El hombre rugió.

"Mira. Si se trata de dinero... estoy dispuesto a pagarte. Respondí.

La respuesta del gángster llegó en forma de puño en mi cara que me tiró al suelo.

"¿Dinero? ¿Crees que se trata de dinero? ¡Maldito perro blanco! Andrés Juárez tiene más dinero del que puede gastar. Se trata de proteger nuestro territorio. ¡Nos molesta que hayas entrado a nuestro territorio sin nuestro permiso! "El gángster gritó.

Intenté levantarme, pero me desplomé de inmediato cuando el otro gángster corrió hacia mí y me dio una patada en el pecho.

"Peligro, peligro", mostró el Monóculo Zetan. Ah, ¿en serio? ' Pensé.

'Autorizar fuerza letal'. Envié la orden al monóculo y se abrió el modo de combate, lo que ralentizó mi percepción del tiempo. Me di la vuelta y agarré el pequeño revólver, que tenía enfundado en el tobillo, escondido cómodamente detrás de mis botas altas.

Los indicadores de orientación mostraron que apuntaría a la cabeza de mis enemigos. Estaba enojado y quería que sufrieran. Le disparé a los testículos del hombre que me había pateado y luego rápidamente le hice lo mismo al gángster con el machete.

Me puse de pie y le disparé a mis adversarios en las rodillas. Luego tomé el machete y lo golpeé en el hombro del hombre que lo manejaba, enviándolo muerto al suelo.

"¡Vámonos!" Le grité a Elaine.

"¿Que estabas haciendo? No necesitabas matarlos. Elaine gritó de vuelta.

"¡Esos imbéciles no merecían vivir!" Rugí.

"¿Pero y si viene la policía?" Elaine preguntó.

¡Me preocuparía más por el cartel! Apurémonos, vamos al Templo de Guane. ¡Necesitamos agarrar el artefacto y largarnos de aquí! Yo insistí.

Elaine no discutió. Corrimos rápidamente a nuestro jeep alquilado y abandonamos la escena.

"¿POR QUÉ NO PASA NADA?" Elaine preguntó decepcionada.

Miré la pared de la cueva vacía en busca de una respuesta. Estábamos en el lugar correcto, señalado por las inscripciones en el velo blanco de Pachamama, supuestamente un templo secreto de Zetan se revelaría en este lugar. Por supuesto, el templo no se revelaría como por arte de magia, sino no sería un templo oculto, pero habría una forma de encontrarlo.

Habíamos descifrado el código para abrir la puerta en el tiempo transcurrido desde nuestra expedición peruana. Al menos pensamos que lo teníamos. Como no había piedra de Rosetta para el idioma Zetan, todas nuestras especulaciones eran puras conjeturas, y odiaba pensar que podríamos estar equivocados.

Me tranquilicé a mí mismo. Incluso si Elaine y yo no hubiéramos entendido el idioma Zetan, habría alguien que sí, Rangda. Me contacté con ella para saber por qué el texto Zetan no era visible.

"Rangda. Estoy seguro de que estamos en el lugar correcto. ¿Por qué no se ven los símbolos de Zetan? Yo pregunté. *"Maldito tonto. Deberías esperar hasta la medianoche.* Siseó Rangda.

"¿De qué estás hablando? ¿Son las doce y media de la noche? Respondí.

"El templo Zetan está alineado con la medianoche solar. Los humanos están usando zonas horarias, debido al gran tamaño de la Tierra. Pero eso es incorrecto. En el área donde te encuentras será medianoche astronómica en diez minutos. Rangda reveló y se desconectó de mi mente.

"Está bien, Elaine. Acabé de hablar con Rangda. El código Zetan se mostrará en diez minutos. Me tranquilicé.

"Espero que estés bien. Quiero salir de este lugar. Estamos en serios problemas ". Elaine respondió.

Asentí pero no dije nada. Unos minutos más de espera y luego encontraríamos el artefacto escondido detrás de ese acantilado.

Unos minutos más tarde, me sentí emocionado cuando aparecieron símbolos Zetan luminiscentes en la pared de la cueva. Era lo que estaba esperando. Ahora necesitaba utilizar el monóculo para descifrar el código y los jeroglíficos del tatuaje Zetan en mi brazo. Luego encontraríamos el pasaje al templo Zetan, que con suerte contendría el cristal Zeto primordial.

«Peligro, peligro», se veía mi monóculo, y escuché una voz. "Hijo de puta! ¡Hola hijo de puta!

Me di la vuelta y vi a un gran grupo de miembros del cartel vestidos con ropa de combate, apuntando sus rifles de asalto hacia nosotros.

'La probabilidad de sobrevivir al encuentro armado es extremadamente baja. Te recomiendan rendirte. El monóculo sugirió. Eché un vistazo a Elaine. Parecía que ella había recibido la misma recomendación.

"¡Nos rendimos!" Les grité a los hombres armados y alcé los brazos en el aire. Algunos de ellos caminaron para someternos.

"¿Qué es ese texto azul?" Uno de los hombres preguntó.

"Es solo pintura luminiscente azul. Estamos haciendo documentales falsos para Internet". Respondí.

"Lo que sea, hijo de puta. ¡El jefe quiere verte créeme que no te va a gustar! Me dijo el hombre con tonó amenazante

Después de decir esto, el hombre me golpeó en la parte posterior de la cabeza con la culata de su rifle, dejándome inconsciente.

VOLVÍ DE LA CONMOCIÓN cuando alguien vertió una cubeta de agua helada sobre mí. Estaba en ropa interior, atado a una silla. Un hombre sudamericano grasiento que transpiraba a través de su costoso traje sonrió amenazadoramente hacia mí.

"Señor Orchard. ¿Asumo que no te sientes tan fuerte ahora? El hombre gruñó como un cerdo loco.

"He estado mejor. ¿Asumo que eres el jefe por aquí, Andrés Juárez? pregunté.

" Jajaja! Si. Debes ser un agente de la CIA que ha sido enviado para causarme problemas. ¿Es por eso que has venido aquí, señor Orchard? Andrés se burló.

"No", respondí. No tuve tiempo para esta sangrienta conversación. Necesitaba abrir el templo Zetan mientras todavía era la fecha correcta en el calendario de la gente de Guane. Si perdiera esta oportunidad, tendría que esperar otros cuatro años. ¡Lo último que quería era un retraso de cuatro años!

"No tengo tiempo para esta mierda. Tengo un lugar en donde estar. Déjame ir ahora y nadie saldrá lastimado. Yo amenacé.

Como era de esperar, mi terrible intento de diplomacia no funcionó. Aunque para ser justos, no creo que ninguna diplomacia funcione cuando eres prisionero de un narcotraficante, especialmente después de matar a algunos de sus hombres. Andrés me golpeó extremadamente fuerte sobre el monóculo. La fuerza del golpe me tiró al suelo. Cuando caí, escuché el sonido de un crujido, que indicaba que la silla a la que estaba amarrado estaba rota.

Cuando recuperé el sentido, levanté la vista y noté que Andrés se estaba quejando del dolor. Se había quemado la mano al golpear el campo de fuerza invisible que protegía el monóculo.

"Puta! ¿Qué maldita tecnología de la CIA es esa? ¡Me quemé la mano, que hijo de puta!" Gritó Andrés.

"¿Crees que esto es tecnología CIA? Esta es la tecnología Zetan controlada por la emperatriz Xeno Rangda Kaliankan. ¡Has firmado tu propia sentencia de muerte, Andrés! " Grité.

"¡Cállate, perro americano!" El secuaz de Andrés exclamó y me dio una patada en el riñón. ¡Ay!

"Trae a la esposa", dijo Andrés a uno de sus hombres.

Unos minutos más tarde, el secuaz de Andrés arrastró a Elaine a la habitación.

"Señor Orchard. Te has portado mal. Violaré a tu esposa delante de tus ojos. ¡Entonces los mataré a los dos lentamente! ¡Esto enviará un mensaje a la CIA para que deje de enviar gente por mí! Andrés gruñó como un cerdo lleno de rabia.

Me di cuenta de que la única forma de salir de esto era invocar a Rangda.

"Rangda. Por favor, ayúdame. Necesito que me saques de este lío. Quiero que me ayudes a matarlos a todos, matar a todo el sangriento cartel y salvar a mi querida Elaine" supliqué.

"Entonces, ¿estás cediendo a tu ira? Excelente, te ayudaré. Déjame tomar el control de tu cuerpo. " Rangda respondió.

Después de eso, sentí cómo me corría la sangre por las venas. Una fuerza extrema se apoderó de mí y sentí el verdadero poder. Arranqué las cuerdas que me ataban, y entonces tomé al hombre de confianza más cercano y lo utilicé como escudo humano. Agarré la pistola de su funda y le disparé a Andrés entre los ojos antes de que tuviera tiempo de reaccionar. Los otros secuaces me dispararon con sus metralletas, pero mi escudo humano tomó todas sus balas.

Empujé el cadáver sin vida frente a mí y rápidamente le propiné cuatro disparos en la cabeza, matando a todos los cocainómanos en el acto.

"Establecer el monóculo a modo de combate! Le grité a Elaine.

"Pero indica un daño colateral excesivo, ¡no puedo cambiarlo al modo de combate! Elaine entró en pánico.

"No te preocupes por eso. Tenemos que salir de aquí. ¡Tenemos que luchar! Rugí

Elaine agarró una metralleta y algunas municiones. Luego empezamos a retorcernos y esquivar adversarios que habían llegado a la escena y veía balas volando alrededor de nuestras cabezas.

"¿Qué hacemos?" Elaine gimió.

Disminuí mi percepción del tiempo usando las capacidades predictivas del monóculo. Si nos abriéramos paso, minimizaríamos el daño colateral. Pero entonces tendríamos menos del 20% de posibilidades de supervivencia. Si tomamos el descenso por cable hacia abajo al helicóptero de ataque militar en el centro del recinto y disparó todos los sistemas de armas, entonces enfrentaríamos víctimas civiles catastróficas, pero nuestra probabilidad de supervivencia sería del 78%.

Disparé al miliciano más cercano y lo maté, y luego grité. "Tomaremos la ruta de la tirolina. ¡Ponte de espaldas!

Me acerqué a la ventana y agarré la tirolina con ambos brazos. Elaine se puso de espaldas, sujetándome con sus piernas y un brazo mientras disparaba su metralleta a nuestros enemigos con la otra mano. El terrible ruido de la ametralladora me ensordeció e hizo que todo el campo de batalla pareciera surrealista.

Al final de nuestro viaje en tirolina, caímos al suelo cerca del helicóptero de ataque. Un miliciano nos atacó con un machete. Esquivé su golpe y lo golpeé en la cabeza con el arma vacía de Elaine. Luego corrí hacia el helicóptero. Rompí la ventana con la culata de mi rifle, y entré.

No podía controlar el helicóptero ya que las balas zumbaban a mi alrededor como abejorros enojados. En cambio, estaba gateando en el piso del helicóptero. Apreté todos los interruptores y disparé todos los sistemas de armas sin rumbo.

Después de unos segundos de cacofonía, levanté la vista y vi cadáveres e incendios en todo el complejo.

"¡Métete en el helicóptero!" Le grité a Elaine, pero ella negó con la cabeza.

"No sirve de nada. Destruiste el helicóptero. Elaine respondió.

Me di cuenta de que ella tenía razón.

"¡Ven conmigo, hay un coche que parece todavía funciona por allí!" Elaine gritó y corrió hacia el auto.

La seguí y llegamos a una limusina con muchos agujeros de bala y el conductor muerto sentado en el asiento del conductor.

"¡Yo manejaré!" Elaine gritó y arrojó al conductor muerto fuera del auto, mientras yo me recostaba en el asiento del pasajero.

Elaine condujo la limusina hasta la puerta principal del complejo. Fui testigo de la destrucción que el helicóptero de ataque había causado en el pueblo cercano. Los cohetes perdidos y los misiles desde el helicóptero habían ocasionado la explosión de varios edificios. Las explosiones habían causado que los laboratorios de cocaína y metanfetamina se desestabilizaran y explotaran a medida que un incendio forestal se extendía por todo el valle.

"Elaine, ¡no me siento muy bien!" Jadeé al notar la multitud de agujeros de bala acribillando mi cuerpo.

"¡Espera, nos vamos de aquí!" Elaine gritó mientras conducía hacia la serpenteante carretera que subía la montaña, que era la única salida del valle.

"¡Mas problemas!" Jadeé cuando varios miembros del cartel en motocicletas disparaban contra nosotros con sus metralletas.

De repente, el tiempo se ralentizó hasta casi detenerse. Mi monóculo reveló la pistola escondida en el guante de caja de compartimiento del coche. Cuando recogí el arma, aparecieron unos pequeños objetivos en la cima de la colina en mi monóculo. Disparé instintivamente sin pensar.

Con el tiempo volvió volver a la normalidad, me di cuenta de lo que había hecho. Mi monóculo todavía estaba configurado para causar el máximo daño. Entonces, en lugar de disparar a los miembros del cartel que perseguían, había destruido una gran cisterna de combustible causando que inundara la colina con gasolina. La gasolina se incendió cuando golpeó las llamas de abajo y envolvió las motos que nos perseguían.

En el último segundo, agarré el volante por Elaine, e hice que nuestro coche cayera por un acantilado en un pequeño lago para evitar el fuego que venía desde la montaña.

El impacto del accidente automovilístico me dejó inconsciente.

"CREASTE UN DESASTRE enorme, Sr. Orchard".

Abrí los ojos y estaba en un centro médico de última tecnología, sin ventanas. Elaine, James Winter, Josefina Fiero y Pierre Beaumont estaban en la habitación.

"¿Qué pasó, James?" Yo murmuré.

"Causaste un gran desastre y moriste. Has estado muerto por días. James respondió.

"¿No entiendo?" Yo pregunté.

"Tu muerte no es notable. Te golpearon muchas balas y tu auto se estrelló contra un lago. No sé si las balas, el choque o el ahogamiento causaron tu desaparición, pero en el gran esquema de las cosas, es irrelevante ". James dijo.

"¿Pero no estoy muerto?" Comente.

"Sí, tu resurrección es un milagro. Elaine nos pidió que la sacáramos a ella y a tu cuerpo de Colombia. Estabas muerto, entonces pusimos tu cadáver en hielo, y estábamos planeando hacer una autopsia completa. Fue entonces cuando Pierre nos llamó y dijo que quería resucitarte con un tipo especial de cristal de color azul. De alguna manera, el cristal que no hizo nada a otros cadáveres, te trajo de vuelta de entre los muertos. James reveló.

Estuve en silencio por unos segundos y lo asimilé todo. Finalmente, hablé. "¿Qué pasa ahora?"

Noté que las lágrimas corrían por las mejillas de Elaine, y ella habló. "Te dejo, Martin. Cumplí mi obligación matrimonial y me quedé contigo hasta que la muerte nos separó.

"Pero, no estoy muerto ahora". Me opuse.

"Lo sé, y eso es lo que me hace tan doloroso. El incendio forestal, que comenzó durante la batalla con Andrés Juárez, quemó toda la aldea. Esto mató a cientos de inocentes. Sé que elegiste aceptar daños colaterales durante la batalla para aumentar tus posibilidades de supervivencia. No estuvo bien. Vi la devastación que ocurrió. Los niños pequeños se morían a causa de quemaduras y asfixia. Todo esto porque valoras tu vida más que la de tus semejantes ". Elaine despotricaba.

"Pero también lo hice para salvarte". Respondí.

Elaine se secó las lágrimas y respondió. "Lo sé, y aún te amo. Pero no puedo despertar junto al hombre que me dará pesadillas constantes sobre los niños quemados y no sé qué más. Además, tengo algunos objetivos nuevos ".

Asentí y respondí. "Entiendo. ¿Cuáles son tus nuevas metas?

La cara de Elaine se movió y parecía orgullosa cuando respondió. "Bueno, Pierre y Josefina me hicieron darme cuenta de mi verdadero potencial y de lo que estoy destinada a lograr".

"Ya veo y qué es eso?" Yo pregunté.

"Es hora de que aplaste a mis tíos corruptos. Es hora de que tome el control del conglomerado de Harapan y eleve a mis compañeros a la gloria ". Proclamó Elaine.

"Bueno. Te deseo la mejor de las suertes." Respondí.

"Gracias. Me voy ahora. Pero siempre seré tu amiga. Mantengámonos en contacto y avísame si alguna vez necesitas ayuda". Elaine dijo.

Después de eso, Elaine salió de la habitación.

"Me voy también. Por muy encantadores que sean, tengo un negocio que dirigir y ya voy tarde a mi vuelo. ¿Puedo esperar un apoyo continuo de la CIA y el Banco Mundial? Josefina preguntó.

"Sí, mientras nuestros intereses coincidan", aseguró Pierre.

"Y lo harán. No pelearía con los más grandes maestros títeres del planeta ". Josefina gritó, hizo una reverencia teatral y salió de la habitación.

"Entonces, ¿qué hay de mí?" Suspiré.

"Bueno, espero que nuestros intereses también coincidan", dijo Pierre.

"¿Y cuáles son tus intereses?" Yo pregunté.

"Bueno, tu resurrección es un milagro. Necesitamos estudiarla en esta instalación secreta. James respondió.

"¿Y supongo que sería perjudicial para mí si nuestros intereses no coinciden?" Me burlé.

"Sí, eso sería extremadamente imprudente en contra de ti", respondió James.

"Pero no te preocupes. Tu estadía aquí no será tan larga. Después de ayudarnos con nuestra investigación, eres libre de irte". Pierre agregó.

Suspiré. Volver de entré los muertos para ser abandonado por mi esposa y luego quedar encerrado en un centro médico como un conejillo de indias. ¡Qué terrible experiencia de resurrección!

Capítulo 9: Sudáfrica, octubre de 2023.

Estaba sentado en mi habitación de hotel, situado en una colina con vistas al magnífico Parque Nacional Kruger en Sudáfrica. Siempre quise ver la majestuosa vida salvaje de la sabana africana. Ahora, cuando estaba finalmente libre de las instalaciones médica secreta de la CIA, sentí que era el momento de tachar esta actividad de mi lista de cosas por hacer en la vida.

Cerré los ojos, y Ellen Hines apareció como un reflejo intermitente frente a ellos. ¿Qué tan loco fue eso? La mujer con la que tuve un breve encuentro casi cinco años antes había afectado mi decisión de ir a Sudáfrica. Mi decisión de visitar el Parque Nacional Kruger fue mi justificación para acechar la cita de hace cinco años. Me sacudí tratando de erradicar la idea de volver a verla. Estuve aquí porque me encantó la majestuosa fauna africana. La posibilidad de volver a conectar con la bella Ellen después de mi dolorosa separación con Elaine era solo una ilusión.

Me había encontrado con Elaine en Yakarta antes de venir aquí. Ella había usado el engaño y la paranoia de sus tíos a su favor y los manipuló para que se mataran mutuamente. Al final, Elaine se había convertido en la única heredera del emporio. Lo había logrado al tomar la justicia con sus propias manos y llevarlos a una derrota merecida y humillante. Sin embargo, cuestioné la moral de Elaine. Para mí, era lo mismo si los había matado ella misma, o si había manipulado a sus tíos para que se mataran entre sí, para convertirse en el líder del conglomerado Harapan. Elaine se enfureció y me dijo que sus tíos malvados merecían morir, ya que habían robado la herencia de su padre cuando él murió, dos años antes. Salí de Indonesia al día siguiente, cuando logré arreglar toda mi documentación. Me di cuenta de que Elaine tenía un punto justo, y que no debería haber dicho nada.

Pensando en Elaine, cerré los ojos. Yo la quería mucho, pero la maldición que soltó en mi contra me había afectado también. En lugar de ver a Elaine, vi los restos carbonizados de niños muertos y pueblos en llamas. Con dolor y trauma entre nosotros, las cosas nunca podrían estar bien otra vez.

Vertí un vaso grande de whisky escocés del mini bar de mi habitación de hotel, cerré los ojos y pensé en Ellen Hines. Cuando la oscuridad me cubrió, mi mente necesitaba un santuario. Ellen era ese santuario, ella me dio la sensación de excitación, de pasión, y de alegría. Terminé mi bebida, me acosté en mi cama y experimenté otra noche de masturbación orgásmica mientras pensaba en su delicioso cabello, su hermoso rostro y el tenue olor de su cuerpo que nunca pareció olvidar.

"SEÑOR ORCHARD. ERES mi único cliente hoy". El guía turístico, Chim Mwanza, dijo.

" Muy bien, pero no reservé un recorrido privado. ¿Dónde están el resto de los viajeros? Me opuse.

"Lo siento señor. Todos los turistas han dejado de venir. Tu fuiste la única persona con ganas de venir a este lugar ". Chim respondió.

Suspiré. Me había apresurado a alejarme de mi decepcionante reunión con Elaine, y no había hecho mi investigación. Sudáfrica estaba al borde de la guerra civil, estaba llena de terroristas y estaba en estado de caos. Era el último lugar que cualquier persona en su sano juicio quisiera ir. De alguna manera, me había encontrado en problemas nuevamente.

"¡Toma esto, señor!" Chim dijo y me entregó un rifle de caza.

"Estoy aquí para ver la vida silvestre, no matar a los animales," Yo argumenté, al tiempo que rechaza el arma.

"Esta es un área peligrosa. Necesitamos armas para estar a salvo. Necesitamos mantenernos a salvo de los animales y otras formas de peligro ". Advirtió Chim, con su fuerte acento africano. "Entiendo. Gracias." Dije mientras tomaba el rifle de Chim y cuidadosamente lo ponía a mi lado.

'¡Maldito infierno! ¿En qué me he metido? " Me juré a mí mismo como llegamos al jeep de Chim que nos llevaría alrededor del parque.

Mientras Chim conducía por el parque, noté la completa falta de vida salvaje. Bueno, excepto por pequeños bichos comunes que puedes ver en cualquier otro lugar. Finalmente, tuve suficiente del silencio incómodo y comencé a hablar.

"¿Que está pasando? ¿Dónde están todos los animales que vinimos a ver? Me quejé.

Están más cerca del centro del parque, señor. Estoy seguro de que hay más vida salvaje allí. Pero me da miedo ir allí, ya que es un área muy peligrosa". Chim respondió.

" ¿Cómo es eso, no los podemos ver desde el auto? No he venido aquí para ver ciervos, conejos, y aves comunes. ¡Conduce a esa área! " Insté.

"Esa área está llena de cazadores furtivos y delincuentes. No es seguro para nosotros visitarlo, señor. Chim respondió.

"¿Qué pasa con los guardaparques, no son contratados para detener a los cazadores furtivos?" Bromeé.

Chim me lanzó una mirada nerviosa y respondió. "Yo pienso que Ud no está muy al tanto sobre la condición política de Sudáfrica Sr. Orchard ".

"Me importa una mierda tus políticas internas. Vine a ver animales salvajes ". Respondí.

"De acuerdo. Para que te concienties de la situación, el Banco Mundial quiere que el gobierno de Sudáfrica renuncie a todas nuestras minas como garantía de sus deudas. Nuestro gobierno se negó, y unos días después los medios informaron sobre varias presuntas violaciones de los derechos humanos. Esto ha causado protestas internacionales y sanciones por parte de la ONU para detener el turismo, lo que significa la destrucción de nuestra economía. Muchos de los guardaparques renunciaron a sus trabajos, y algunos incluso se unieron a los cazadores furtivos. No hay nadie que pueda proteger a los animales en el parque, la mayoría han sido exterminados o vendido a la zoológicos ". Chim reveló.

Apreté los dientes con frustración. ¿Todas estas muertes innecesarias de animales majestuosos debido a algunos chinos millonarios pensaron que un tapete de cuerno de rinoceronte podría darle una satisfacción y toque elegante a su propiedad? ¿Porque algún otro maldito millonario se sentía poderoso con decoraciones de marfil de elefante y cortinas de piel de león colgando por toda su lujosa casa de 6 dormitorios? No podía lidiar con estos ricos idiotas, pero podía matar a algunos cazadores furtivos para desahogar mi ira y enseñar a los demás una lección.

"Oye Chim, ¿amas a los animales del Parque Nacional Kruger?" Grité

Mi postura ruidosa y agresiva asustó a Chim, que detuvo el auto y salió.

"No puedo escucharte. Responde a mi pregunta." Yo grité.

"¡Sí, señor! Chim murmuró.

¡Habla más alto! Grité de nuevo.

"Sí, amo a los animales salvajes, y odio a los cazadores furtivos que traicionaron lo que alguna vez representaron, ¡y ahora están matando a estos animales por dinero! Chim exclamó.

"¡Bueno!" Respondí.

"Entonces, ¿qué hago ahora?" Chim preguntó.

"Saldremos del parque para conseguir algo de equipo. Esta noche volveremos a matar a estas escorias y mostrar al mundo que la gente está dispuesta a defender lo que es correcto ". Yo prediqué.

"Estás loco, pero tienes razón. Señor. Hagámoslo a tu manera. Chim dijo mientras sonreía mostrando sus dientes perfectamente blancos, en contraste con su piel muy oscura pero brillante.

"Te encantará. ¡Sigamos adelante! Dije y Chim condujo hacia la zona peligrosa.

"¿POR QUÉ ME IMPORTARÍA si los cazadores furtivos están matando a los animales por dinero? Es el orden natural que los humanos los matan y se los comen". Rangda gritó, mientras Chim estaba ocupado conduciendo el Jeep más hacia el territorio peligroso.

Esperé para contactar a Rangda nuevamente, hasta que alcanzamos una posición estratégica, cerca del cadáver de un rinoceronte sin cabeza.

"Emperatriz Rangda. Estos sucios humanos están matando a los animales y dejando que la carne se eche a perder. Me enfurece que la carne se desperdicie. Por favor, dame la fuerza para matar a algunos de los cazadores furtivos para que otros me teman ". Le dije a Rangda.

Rangda guardó silencio por un momento. Finalmente, ella respondió: *"Tienes razón. Vamos a matar a estos cerdos blasfemos y codiciosos. Que los cazadores sean los cazados. Abracemos la sed de sangre que llevas dentro de ti. Heeheeeheeee! "*

" Como desees, Emperatriz. Me pondré en contacto contigo cuando esté fuera de su campamento y necesite tu ayuda. Dije.

Me acerqué a Chim, que me miró con asombro. ¿A quién le susurraba, señor? Está poseído, ¿verdad? Creemos en lo sobrenatural, y creo que le está hablando a un fantasma", preguntó Chim.

"Estoy hablando con la diosa de la venganza. Venguemos tu vida salvaje. Vamos a matar a los cerdos codiciosos que han traicionado tus valores. Afirmé.

Chim parecía vacilante, pero finalmente habló. Te ayudaré, Sr. Martin Orchard. Soy un hombre muerto de todos modos, ya que no pude darme el lujo de pagar la medicación contra el VIH pues ya no hay turistas que vienen por acá nunca más. También podría morir sabiendo que he ayudado a matar a algunos cazadores furtivos.

"Excelente. Si salimos de esta con vida, pagaré por tu medicamento. ¡Ahora vamos! " Insté.

AL CAER LA NOCHE, NOS colamos en el campamento de los cazadores furtivos. Había conectado una cámara de visión nocturna a mi atuendo. Iba a grabar mis asesinatos en video y transmitirlos en Internet usando una cuenta anónima. No tenía sentido matar a estos cazadores furtivos si sus muertes no se hacían públicas, ya que no asustaría a otros cazadores. Sin embargo, mi identidad tenía que permanecer oculta, así que me cubrí la cara con una máscara y equipé un distorsionador de voz para cambiar mi tono. "Ataquemos desde el otro extremo del campamento", le susurré a Chim.

Encendí el 'modo de combate: enfoque sigiloso' en mi monóculo, y salté hacia el cazador furtivo más cercano. Le corté la garganta con el cuchillo usando mi brazo derecho, mientras le cubría la boca con la mano izquierda para que no pudiera gritar. Después de una breve lucha, yació muerto en el suelo, y yo arrastré el cadáver hasta la oscuridad.

De repente, escuché fuertes gritos y disparos. Me di cuenta de que Chim se había excitado y que necesitaba cambiar mi enfoque. Ajusté mi monóculo a 'modo de combate, máximas bajas'. Saqué mis dos pistolas y corrí hacia la fogata en el medio del campamento. Me tiré a los dos hombres cerca del fuego desde atrás, ya que se enfrentan a la dirección de Chim. Después de eso, hice algunos agujeros en el tanque de combustible del campamento, recogí una brasa ardiente de la fogata y la arrojé al tanque. Esto causó una masiva explosión.

Hice una mueca de dolor, qué idea más estúpida fue recoger ceniza flameante a mano limpia. Positivamente, la explosión había incendiado el campamento, y varios de los cazadores furtivos fueron incendiados. Cogí un AK47 de un cazador furtivo caído y disparé a las tiendas, matando a cualquiera que estuviera dentro. Usando mi monóculo, fui realmente invencible. Me encontré a Chim, que estaba en el suelo, gravemente herido.

“Sr Martin Orchard, por favor, ayúdame. No quiero morir ". Chim gimió.

"Lo siento, Chim", le dije y le disparé en la cabeza con mi pistola, evitándole el dolor.

Estudié la escena a través de mi monóculo. Había siete cazadores furtivos muertos y quince heridos en el suelo. Podía matarlos uno por uno, pero tenía un mejor plan para la justicia poética.

Me fui a la zona cerrada donde mantenían capturados a leones, y abrí la puerta. Eso les daría justicia a los cazadores furtivos, dejando que los leones se coman vivos a estas personas. Regresé a mi jeep. A partir de ahí, vi cómo los leones y hienas fueron acumulando para una comida bien merecida. Después de eso, encendí el vehículo y salí de la zona de campamento, regresando a mi hotel.

¡OH, MIERDA! ¡LA GRABACIÓN de video! ¡Maldito infierno!!

Había tomado el tren nocturno a Ciudad del Cabo, y ahora estaba en una situación difícil. Esa maldita grabación fue evidencia en mi contra. En la grabación de Chim, él mencionó mi nombre y yo mencioné el suyo. No sería difícil para las autoridades para averiguar quién era yo pues en los registros de Chim como guía turístico yo figuraba como uno de su clientes

Envolví el vendaje y la loción calmante alrededor de mi mano quemada. ¿Qué había estado pensando? Por supuesto, Chim reprimiría el ataque secreto. Era un tipo normal que moría de VIH. No era un asesino experimentado, ayudado por tecnología alienígena. ¿Por qué me importaba? Me encantaba la carne, y yo no era un fanático defensor de derechos de los animales.

Me di cuenta de que había proyectado mi propio dolor y agresión hacia los cazadores furtivos. Los había asesinado para llenar el vacío dentro de mí. Había actuado como lo hice porque podía comportarme de esa manera. Ya había estado muerto una vez, así que no experimenté el miedo a morir. Esto liberó mi mente para bien o para mal, y me hizo sentir justificado.

Ponderé mis opciones. Me di cuenta de que debía salir de Sudáfrica lo antes posible. Mi mejor opción era esconderme en un país, que estuviera en malos términos con el gobierno sudafricano, para que no me extraditaran.

Pero había venido aquí con una misión. Necesitaba ver a Ellen Hines, la misteriosa y bella mujer con la que tuve una breve cita. Ella era el único rayo de luz en mi mente oscura y perpleja.

Desconecté mi monóculo e inserté una lente teñida de azul para cubrir mi ojo depredador púrpura. Ya había causado suficiente daño. Cuando la policía vino a buscarme, era mejor que la tecnología alienígena no me ayudara.

Salí de la estación de tren y pedí un taxi a la casa de Ellen en el afluente suburbio de Baileys Muckleneuk.

ESTABA SENTADO EN LA cafetería al otro lado de la calle de la lujosa mansión de Ellen. Mi obsesión con ella me había llevado hasta aquí, pero ahora que estaba aquí, me sentía como un idiota. ¿De qué serviría llamar a la puerta de Ellen y presentarme? ¿Se acordaría de mí y, si lo hacía, qué esperaba lograr al conocerla?

Me di cuenta de que si amaba a Ellen, o como fuese que se llamara mi obsesión, debería alejarme y permitirle vivir una vida feliz. Mientras era rico, también sufría daños mentales. Fui responsable de cientos de muertes y estaba controlado por una malvada deidad extraterrestre. Esta no era el escenario perfecto para convertirse en un buen marido.

Me quedé mirando la casa, y vi a un hombre que jugaba con una joven rubia en el patio delantero. ¿Podría ser esa la hija de Ellen? ¿Podría ser ella hija mía? Si es así, esta sería otra buena razón para que me quede.

Estaba a punto de dejar la cafetería cuando un criado de la lujosa mansión de Ellen se acercó al establecimiento. El criado habló con el cajero. "Estoy aquí para recoger el pastel para la familia Hines, señorita ", dijo con un fuerte acento africano. "Por supuesto, está justo aquí. Serán 300 Rand", dijo el cajero.

El criado pagó el pastel, y cuando el cajero lo trajo, lo miré rápidamente. La leyenda del pastel decía, ' 20 de octubre de 2023. Feliz cumpleaños número 4, Mi querida Sabina.

Esto me sorprendió. Recordé, que mi encuentro con Ellen se dio en Egipto el 2 de febrero de 2019. Y por alguna extraña razón esta fecha se había quedado atascada en mi cabeza durante años. Al contar desde el momento en que Sabina nació, lo que habría sido el 20 ° de octubre de 2019, había demasiadas razones para pensar que Sabina pudiera ser mi hija. La conclusión me sorprendió y no supe cómo reaccionar.

Fuertes gritos y sonidos de disparos desde las calles me trajeron de vuelta a mis sentidos.

"¡Ha llegado el movimiento SVAPO! ¡Odian a los blancos! ¡No puedes quedarte aquí por más tiempo, debes irte! El cajero tembló.

Al escuchar esto, corrí hacia la puerta trasera de la cafetería. Inserté mi monóculo, lo configuré en ' Evitar confrontación ' y escapé ileso de la escena.

VI LA GRAN PANTALLA de televisión en el aeropuerto internacional de Ciudad del Cabo. Todos los vuelos regulares habían sido cancelados, y la gente gritaba y gritaba. Miré otra pantalla, que mostraba las noticias locales. Las terribles imágenes me hicieron congelar. Los rebeldes de SVAPO habían masacrado a varias familias blancas ricas. Una de las fotos era de una joven rubia. ¿Podría ser Sabina, mi hija potencial? En cualquier caso, necesitaba salir de aquí.

De repente, vi una cara familiar entrar en la terminal. Era Ben Yehuda.

Corrí hacia él y hablé. "Ben Yehuda. ¿Qué estás haciendo aquí?" Me preguntaba.

"El gobierno israelí me ha asignado rescatar a nuestros hermanos judíos sudafricanos de este caos. ¿Es esto lo que estás haciendo? Dijo Ben Yehuda y me miró severamente.

"Por supuesto no. Sólo estoy mirando como largarme de aquí ". Respondí.

Ben hizo girar su bigote y me miró en estado de shock. "Soy escéptico, Sr. Orchard. Aparentemente, los rebeldes SVAPO mataron a esos blancos como un acto de venganza. Un hombre blanco asesinó al líder SVAPO Amadi Aren en el Parque Nacional Kruger, el otro día. SVAPO afirma que el asesino era un hombre blanco y que estaba acompañado por un guía turístico africano ". Ben reveló.

Me congelé y no dije nada. Me daba vueltas la cabeza y tuve que asimilarlo todo. ¿Mi decisión de matar a los cazadores furtivos causó indirectamente las masacres de estas personas y posiblemente la muerte de Ellen y su hija?

Ben volvió a hablar. "Mira, sé que fuiste tú quien mató al líder, Amadi. SVAPO es una organización terrorista, y sus reclamos no tienen credibilidad ante los ojos de la ley. Tan pronto como salgas de Sudáfrica, estarás a salvo. Qué desafortunado que se cancelen todos esos vuelos ".

"Ben. ¡Por favor, ayúdame!" Yo supliqué.

" Oh, ¿ahora quieres mi ayuda? No parecías muy interesado durante nuestra última reunión. Se burló Ben.

"¡Las circunstancias cambian!" Respondí.

"Sí que lo hacen. Estás de suerte. A pesar de tus defectos, sigo creyendo que serías un candidato adecuado para dirigir a los Caballeros Templarios, respondió Ben.

"Gracias Ben. Te debo mucho". Respondí.

"Más de lo que puedes soñar. Necesitarás una nueva identidad, y aun todavía quiero que te unas a nuestros Caballeros Templarios. De hecho, ya te he inventado un nombre. De ahora en adelante, irás bajo el nombre de Martin Al-Sham, serás uno de nosotros." Ben dijo.

"Acepto esta oferta. Gracias, Ben," respondí, sin saber a dónde ir.

Ben no tuvo tiempo de responder cuando una explosión masiva golpeó el edificio, y la onda expansiva nos tiró al suelo. Ben me levantó y gritó. "Levántate, Al-Sham. Hora de irse."

Nos apresuramos a un jet privado que Ben había organizado, y desde el aire vimos el caos que había causado la lucha entre SVAPO y el gobierno sudafricano.

¡Oh Martin, debería haber dejado a esos cazadores furtivos solos!

Capítulo 10: Roma, marzo de 2025

"Ahh! ¡¡Si!! "

Suspiré aliviado mientras eyaculaba después de mi relación de 30 minutos con la barata prostituta local, Fabiana Diamante.

Olfateé otra línea de metanfetamina que yacía sobre la mesa, me di la vuelta a un lado de la cama y miré al techo. Había pasado un tiempo desde que tuve sexo, ya que mi asignación con los Templarios me había mantenido ocupado. Pero ya que hoy era mi cumpleaños número 40, he decidido darme gusto con una sesión de sexo con prostitutas de tres horas. Cinco píldoras de viagra, 1 g de metanfetamina y ácido, follándome al azar a tres putas rusas, junto a un montón de bebidas alcohólicas, y jugando al póquer ruso. Las cosas no podrían haber sido mejores para el triste y solitario yo de 40 años.

Mientras miraba a las otras dos prostitutas que estaban durmiendo desnudas sobre la cama, tuve un momento de la realización y explosión repentina de angustia. ¿No se veían las prostitutas notablemente más jóvenes en comparación con sus fotos de perfil publicadas en la aplicación de citas Uber Fucks? Luché por mantener los ojos abiertos, ya que había consumido demasiado ácido y metanfetamina.

"Hrmphhhh, Fabiana. ¿Cuántos años es que tienes? Murmuré.

"Tengo 22 años, soy una sugar babe". Fabiana respondió con su falso acento americano, mientras fumaba un cigarrillo delgado y encendido y cruzaba sus largas y delgadas piernas desnudas.

Me deshice de mis sospechas y las hice a un lado. Tenía suficiente en mi mente como para preocuparme por la edad de consentimiento y la edad real de estas jóvenes trabajadoras sexuales. Podrían tener solo 16 años, pensé justo después de la sensación de sexo orgásmico al haber terminado sobre ella, pero mi mente decidió ignorarlo. "¿Puedes traerme un vaso de bourbon y coca cola del minibar y luego darme un masaje, cariño?" Le pregunté y le entregué a Fabiana un alijo de billetes de 100 euros. "Sí, cariño. Ya vuelvo. Fabiana respondió mientras saltaba asustada al mini bar.

Cerré los ojos, me relajé y me quedé dormido al sentir que sus pequeños dedos trabajando sobre mis doloridos músculos de la espalda. Las otras dos prostitutas de aspecto un poco mayor todavía dormían profundamente. Había cosas peores en la vida.

CUANDO ABRÍ LOS OJOS, estaba listo para un rudo despertar. En lugar de ver la cara de la dulce muchacha rusa, Fabiana, masajeando mis doloridos hombros, me encontré cara a cara con los hermanos Yehuda. Ninguna de las chicas fue vista en la habitación. Debo haber dormido por algún tiempo. ¿Había una pastilla para dormir en esa bebida que me dieron?

"Hrmmpph!! ¡Cubre tu maldito pene, Martin! Szymon Yehuda gruñó y arrojó una toalla para cubrir mi entrepierna.

Me quedé sin aliento, poniendo la toalla alrededor de mi entrepierna y me levanté de inmediato.

"¡Así que esta es la forma de celebrar tu cumpleaños número 40, pagando por putas baratas y drogas!" Se burló Ben.

"Gaaah! ¿Qué quieres que haga?" Discutí de vuelta.

"Bueno, como Caballero Templario, preferiría si rezaras y buscaras la iluminación espiritual", respondió Ben.

"Muy divertido. ¿Por qué viniste a verme? Pregunté.

Szymon me entregó una tableta y dijo. "Hoy habrá un ataque terrorista contra el papa Septimus. El líder salafista Salman Bin Saladin no está contento con el esfuerzo del Papa por conciliar las diferencias religiosas entre musulmanes y católicos ".

"¿Sabes que me importa una mierda? Ni siquiera me gusta el hombre. Respondí.

"Bueno esto puede terminar de varias maneras. En el mejor de los mundos, detendrás el ataque terrorista y nuestro movimiento de Caballeros Templarios obtendrá el reconocimiento papal. Pero si el ataque tiene éxito, experimentaremos guerras y trastornos internacionales entre estas dos religiones.

Cualquiera sea el resultado, no podemos aceptar que estés aquí copulando con prostitutas en lugar de cumplir con tu legítimo deber. Estoy seguro de que los seguidores católicos no apreciarían si se difundiera esa noticia. Como eres un espía que trabaja para nosotros, no podemos hacer que piensen que eres cómplice del ataque ". Ben amenazó.

"Entonces, ¿qué quieres que haga?" Yo pregunté.

"El ataque se llevará a cabo hoy a las 6 pm durante el Domingo de Ramos en la Ciudad del Vaticano. Eso te da seis horas a partir de ahora. Encuentra a James y Michael e infórmales sobre la situación. Te esperan en la iglesia de Santa María. Szymon respondió.

'Sprankkkk! 'Nuestra conversación se interrumpió cuando Fabiana apareció detrás de las cortinas, rompiendo los vasos de bebida al ver a los hermanos Yehuda. Le temblaban las piernas de miedo.

"Oh bebé! ¿Quiénes son esos hombres que dan miedo? Fabiana gritó en su roto inglés ruso.

Szymon miró a Fabiana con lujuria y respondió: "Somos socios comerciales de Martin. Desafortunadamente, tiene algunos asuntos urgentes que atender, pero estoy feliz de tomar su lugar. Supongo que ya ha pagado su servicio. ¡Ahora es nuestro turno de divertirnos! " Szymon se humedeció los labios con excitación.

Fabiana me miró, y le respondió al Szymon. "Por supuesto, guapo. Estoy feliz de ganar más dinero. Déjame ducharme y les diré a mis colegas que salgan. Están escondidas en el baño. "

Salí del burdel sintiéndome muy molesto. Era típico del pueblo judío devoto de justicia propia primero reprender a los pecadores y luego actuar de la misma manera. Szymon y Ben Yehuda eran realmente un montón de hipócritas!

CUANDO LLEGUÉ A LA Ciudad del Vaticano, encontré a Michael y James arrodillados frente a una estatua de la Virgen María. Qué pérdida de tiempo era la religión, arrodillarse frente a una estatua muerta cuando había otras cosas mejores que hacer. Pero tuve que jugar al ritmo de la farsa. Yo era el líder de la Orden Templaria, y como tal, tenía que actuar como un ser extremadamente devoto y católico. No importaba que la alianza impía entre el Banco Mundial y el Mossad hubiese financiado en secreto nuestro movimiento, todavía teníamos tareas que hacer.

"Michael, James. ¡Tenemos que irnos!" Dije.

Michael se dio la vuelta y dijo. "Saludos, Gran Maestro Martin Al-Sham. ¿Dónde has estado?"

No estaba dispuesto a decirles la verdad, así que respondí: "He estado en una reunión con algunos policías del Vaticano. Recibieron un mensaje proveniente de algunos espías judíos sobre un ataque el día de hoy contra el Papa. Necesitamos evitar el ataque para obtener el reconocimiento papal".

James me dio una expresión preocupada y habló. "Martin, estoy preocupado por ti. Estás demasiado confiado en los judíos. Somos católicos devotos, sirviendo a nuestro Señor a través de la Orden de los Caballeros Templarios. No debemos correlacionar con él a los traidores que asesinaron a nuestra Salvador Jesucristo ".

Pensé en decirle a James que en realidad yo mismo era uno de esos espías, pero en su lugar respondí: "No culpes a los judíos por la muerte de Jesucristo, nuestro Salvador. Su muerte y resurrección fueron lo que demostró su divinidad para la humanidad ".

"¡Amén! ¡Gloria a Cristo, gran maestro Al-Sham! James respondió.

Maldita sea, si pudiéramos dejar de perder el tiempo con estas frases de mierda vacías.' Pensé. Pero en cambio, respondí. "¡Amén! ¡Gloria Cristo, nuestro hermano James!

Para mi alivio, Michael fue al grano. "Entonces, este supuesto ataque. ¿Qué sabemos al respecto?"

"Según la policía del Vaticano, los terroristas patrocinados por el líder musulmán Salman Bin Saladin atacarán al Papa esta noche. El ataque se llevará a cabo durante el Domingo de Ramos a las 6 pm. La vida del Papa y de cientos de personas están en riesgo. ¡Necesitamos encontrar y detener a los terroristas ahora! " Afirmé.

James y Michael se miraron el uno al otro. No parecían sorprendidos por mi revelación. ¿Alguien más ya los había informado o tenían otros medios para averiguarlo?

"Martin, no creo que salvar la vida del papa Septimus sea lo mejor para nuestra orden. Deje esto en manos de la policía del Vaticano", dijo Michael.

Antes de que tuviera tiempo de responder, Rangda habló dentro de mi cabeza. *"Michael tiene razón. ¿De qué sirve buscar la comprensión y la reconciliación papal, qué bien trae a un grupo de monjes guerreros como ustedes? Dejar que lo maten terroristas musulmanes te abre más oportunidades para sobresalir "*.

"¡Deja de influenciar mi mente, maldición!" Rugí.

Michael y James me miraron con incredulidad. Maldición, tengo que dejar de discutir con Rangda cuando había otras personas alrededor. Aclaré mi garganta y hablé. "He estado pensando en la inacción. Pero lo que sugiere es traición, ya que es nuestro deber proteger a los inocentes, y muchos inocentes morirán ".

a lo que James respondió, "Sí, pero no estamos equipados con la artillería adecuada para luchar, déjaselo a la milicia del Vaticano."

Suspiré. No iba a discutir con mis subordinados cuando estaban de acuerdo conmigo. El papa Septimus necesitaba partir, y el daño colateral era un sacrificio necesario. "Está bien, Michael. ¿Qué sugieres?"

"El cardenal José Santamaría no asistirá a la misa de esta noche. Plantaremos evidencia de que estaba conspirando contra la Santa Sede. Eso le va a destruir y desacreditar a todos los católicos que quieren lograr la paz con los musulmanes ". Michael respondió.

"¿Estoy seguro de que tienes algo en mente para que yo haga?" Pregunté sarcásticamente.

Michael dobló una rodilla y me hizo una reverencia con falsa humildad. "Nunca esperaría ser yo quien te dé ordenes, Gran Maestro Martin Al-Sham. Los únicos que pueden hacerlo son el Papa y Dios. Michael dijo.

Sacudí la cabeza y luché por contener mi irritación. Malditos aduladores. "Está bien, ¿qué me sugerirías que le pida la opinión de Dios?" Pregunté.

"Le sugiero que pregunte si debe retrasar la asistencia del cardenal Paul Montebianco al culto del Domingo de Ramos para que no tengamos que cargar con la muerte de un mártir esta noche". Michael respondió.

Pensé en la sugerencia de Michael. El cardenal Montebianco era un hombre con un ferviente celo militante. Sería el reemplazo perfecto de piezas de ajedrez para promover el alcance e influencia de los templarios en el mundo católico. "Dios ha hablado. Está de acuerdo con la sabiduría en tus palabras.

"Excelente. Dios te bendiga Gran Maestro Al-Sham. Hacia un futuro mejor para la Orden de los Caballeros Templarios. ¡En Omnia Paratus! Michael dijo.

" ¡Domine, dirígenos!" Respondí y salí corriendo. Necesitaba llegar al cardenal Montebianco a tiempo.

"BIENVENIDO A MI HUMILDE morada, Líder de los Caballeros Templarios, Martin Al-Sham". El cardenal Paul Montebianco me saludó cuando entré en el Palazzo Farnesio, un hermoso palacio del Vaticano en el corazón de Roma.

El cardenal había adquirido el lujoso palacio renacentista del gobierno francés unos años antes. Era todo menos humilde, vivía en un palacio extravagantemente rico. Pero como la religión era un gran esquema para hacer dinero para la sociedad ingenua y complaciente, tenía sentido que el cardenal Montebianco fuera súper rico y poderoso.

Gracias, cardenal. Necesito discutir algo contigo en privado. Dije.

"Lo siento, Martin Al-Sham. Necesito asistir a la misa del domingo de Ramos, y tú también deberías. Montebianco respondió.

Me congelé por un segundo. Necesitaba encontrar algo que impidiera que el cardenal Montebianco estuviera en el sitio donde habrá un próximo ataque terrorista. Pero no pude revelar mi conocimiento previo sobre el ataque. No sabía si Paul sería lo suficientemente despiadado como para permitir que el ataque tuviera lugar para elevar su propia posición.

"El Cardenal está interesado en tu interés en verlo. Úsalo para su ventaja. Rangda susurró en la parte posterior de mi cabeza. Esta vez, controlé mi impulso de discutir con Rangda.

"Por favor, Cardenal Paul. Escúchame. Hay un asunto personal que me atormenta. Siento que eres el único en el Vaticano que entendería por lo que estoy pasando". Dije y acaricié al cardenal suavemente sobre su hombro derecho.

"Muy bien. Por favor, ven conmigo por un poco de vino en mis habitaciones privadas. Espero que el Papa no note nuestra ausencia durante la misa ". Paul respondió.

Paul se dirigió a sus habitaciones privadas de la residencia, y yo caminé detrás de él un tanto nervioso. Necesitaba encontrar una manera de retrasar su asistencia a la misa, pero definitivamente no iba a sucumbir a la satisfacción de un hombre homosexual en secreto.

Paul cerró la puerta detrás de él y nos sirvió dos copas de vino tinto.

"Sé por qué estás aquí, Martin", dijo Paul.

"Sí, cardenal Montebianco. Tengo una carga que debilita mi espíritu. Un deseo carnal prohibido. Respondí.

"¡Hmmm, creo que sé lo que estás haciendo! "Paul exclamó.

"¿Huh? No entiendo lo que estás implicando", dije.

"Usted está aquí para retardar mi asistencia a la Misa de Ramos, con la esperanza de que usted me pueda chantajear con el ánimo de inducirme para volverme el nuevo Papa. Todo el mundo sabe que los días del papa Septimus son sagrados, y usted está haciendo sus apuestas. Pero déjame decirte algo. No obtendrás nada de mí. La homosexualidad y la pedofilia son muy frecuentes entre el clero. ¿Quién más se comprometería a no casarse y no engendrar hijos por el bien del trabajo? Paul despotricaba.

"No vine a chantajearte. Vine a salvarte. Respondí.

"¿Salvarme de qué? ¿Cómo podría un asesino al que le pagan salvarme de mis propios deseos? Eres una herramienta para deshacerte de los indeseables mientras me enfoco en objetivos más altos ". Paul despotricaba.

"Muy bien. Si así es como te sientes, supongo que me iré. Dije y me levanté.

"Bueno. Para futura referencia. No te cojas a un par de prostitutas unas horas antes de confesar tus ' pecados de homosexualidad ' a tu cardenal. Y deja de involucrarte con el Mossad. No comparten los objetivos de la Iglesia Católica ". Gritó Paul.

Me fui sin decir una palabra. Me di cuenta de que tendría que tratar con Paul Montebianco en algún momento, pero no era prudente actuar ahora.

Llamé a James. "James, tenemos un problema. El cardenal Montebianco todavía asistirá a la misa ".

Después de unos segundos de silencio, James respondió. "Ya veo, bueno, parece que tendremos que salvar al papa, después de todo. Encuéntranos en la Plaza de San Pedro.

MIRÉ HACIA LA PLAZA de San Pedro desde el ático de uno de los edificios cercanos. Llegué al ático a tiempo y detuve al francotirador del Medio Oriente que había estado mirando la plaza. Exhalé. Encontrar y matar al hombre había sido fácil. Había usado mi monóculo Zetan para detectarlo. Una vez que supe dónde estaba, fue fácil acercarse sigilosamente y cortarle el cuello.

Exhalé nuevamente. Asesinar personas siempre fue estresante. Al menos podía decirme a mí mismo que era necesario, y que ningún inocente resultó herido esta vez. Consideré si debía informar sobre la existencia de la policía o si se debe limpiar la escena del crimen y desaparecer. Mientras que quería obtener el crédito por salvar la vida del Papa, existía el riesgo de que la policía me inculpara del asesinato. Mi papel como Caballero Templario no me daba la autoridad de asesinar gente.

Vi la procesión papal caminando por la plaza. El cardenal Montebianco estaba del lado derecho del papa. Por un segundo, pensé en levantar el rifle de francotirador y silenciarlo. Decidí no hacerlo. Era demasiado conspicuo. En cambio, decidí borrar la evidencia de la escena del crimen, volver a mi departamento y vestirme para la misa.

Estaba a punto de irme cuando escuché chirriar neumáticos desde un camión, dirigiéndose hacia la procesión. ¿Así fue como los terroristas musulmanes habían planeado el ataque? Conduciendo una camioneta a toda velocidad, matando a una gran cantidad de peatones las multitudes inocentes y luego disparar al papa durante la confusión y el caos que se produce por tal locura.

El camión se dirigió directamente hacia el obstáculo y se detuvo de golpe. "Un ataque terrorista fallido, nada sobre lo que escribir". Pensé por un momento. Luego vi una explosión masiva, y a pesar de estar en el piso 12, tuve que agacharme para protegerme y evitar ser golpeado por la metralla. Cuando me puse de pie, estudié la escena similar a una carnicería ante mis ojos. Toda la plaza estaba llena de muertos y heridos. Con la ayuda de mi monóculo Zetan, llegué a la conclusión de que tanto el papa Septimus como el cardenal Montebianco estaban entre las víctimas.

Puse mi monóculo para ' evitar confrontaciones ', y me apresuré a regresar a mi departamento.

"¡HICISTE ALGUNAS ELECCIONES interesantes!" Ben Yehuda se burló y me pasó la tableta con el titular de las noticias de hoy, que decía: "El papa Septimus entre cientos de muertes en un ataque terrorista salafista en Roma".

"¿Hubo alguna forma en que hubiésemos podido detener esto?" Pregunté.

"Sí. Mi monóculo predijo varios resultados en los que detendría el ataque y salvaría el día ". Ben respondió.

"Bueno, no tenía la información que tenías. Si hubiera sabido antes, las cosas podrían haber terminado de manera diferente ". Respondí.

"Sí, pero para ser honesto, no estoy seguro de que quisieras que las cosas sucedieran de otra manera", respondió Ben.

"¿Qué pasa ahora?" Yo pregunté.

Szymon suspiró. "Es difícil de predecir, Martin. En todas nuestras simulaciones, el papa Septimus o el cardenal Montebianco sobrevivieron al ataque. Pero ningún pronóstico es 100% exacto. En cualquier caso, te vamos a reasignar. No podemos ver un escenario en el que el Mossad controle más a la Iglesia Católica". Dijo Szymon.

"¿Veo, a dónde quieres que sea reasignado?" Yo pregunté.

"No me importa una mierda. Simplemente vete de vacaciones sin causar masacres ni caos. Y no dejes que la bebida o las prostitutas te maten. Te encontraremos cuando te necesitemos. ¿Puedes hacer eso?" Ben se burló.

Asentí, pero no respondí. Caminé hacia la puerta. Una que la abrí, me di la vuelta y hablé. "¿Qué pasó con James y Michael?"

"Están en el hospital. Sobrevivieron, pero no gracias a ti. ¡Ahora vete de aquí, Al-Sham! Ben exclamó.

Me di la vuelta sin decir nada. La muerte y la destrucción parecían seguirme por todo el mundo. Tanto mis acciones como mis inacciones causaron terribles consecuencias donde quiera que fuera. ¿Estaba maldecido y qué debería hacer con mi vida a partir de ahí?

Capítulo 11: Colombia, febrero de 2026

"Me mataste." La voz resonante de una chica inquieta carbonizada me aterrorizó en el centro de mi alma.

"Lo siento." Yo supliqué.

"No lo sientes. Lo siento es solo una palabra. Nunca pidas perdón si lo vas a hacer de nuevo. La voz hizo eco.

"Pero tuve que hacerlo. El destino de la humanidad está en mis manos. Respondí.

"Si el destino de la humanidad está en las manos de aquellos que son inhumanos, nuestra especie ya está condenada." La niña dijo.

La inquietante chica me agarró con los brazos y mientras lo hacía firmemente, sentí que estaba en llamas.

¡Déjame ir, demonio malvado! ¡Debo vivir! "Grité.

"Nunca te dejaré ir". La chica respondió y me prendió fuego.

La niña me miró a los ojos. No sé qué me causó más dolor: su mirada muerta o el fuego. Eventualmente, los gusanos salieron de los ojos de la niña, y grité con todo el aire que tenía en mis pulmones.

ABRÍ LOS OJOS Y PIERRE sacudió la cabeza.

"Si hubiera sabido que habría tantos gritos en este viaje, habría traído una camper van a prueba de sonido". Se burló Pierre.

"¡Este lugar me da pesadillas terribles!" Respondí.

"Le hiciste un favor a la humanidad, librando a este lugar de esas alimañas humanas que habitaban el valle. Además, los incendios nos dieron ideas invaluables que nos darán miles de millones". Pierre sonrió de lado.

"¿Cómo es eso?" Yo pregunté.

Pierre se rio y respondió con un tono arrogante. "Tecnología. Josefina, Sandra y yo hemos utilizado nuestros intensos intelectos para desarrollar nuevas tecnologías. Estas tecnologías impulsarán a la humanidad hacia adelante. Una de ellas puede detectar la composición química del suelo del humo de los incendios forestales. Ha demostrado ser crucial para nuestros intereses ". Pierre dio una conferencia.

La respuesta de Pierre me confundió, y no entendí qué tenía que ver todo esto conmigo. Además, la voz inquietante del niño de mis pesadillas seguía resonando en la parte posterior de mi cabeza. Pierre sintió mi confusión y aclaró lo que quería decir.

"Josefina y yo desarrollamos una tecnología satelital que podía detectar minerales de tierras raras en el humo de los incendios forestales. Esta tecnología es adecuada con la mayor prevalencia de incendios debido al calentamiento global. El incendio que tú y Elaine causaron demostró que este valle es rico en recursos naturales. Como mataste a los habitantes, compramos la tierra y los derechos mineros a bajo costo al gobierno colombiano". Pierre reveló.

"Entonces, te beneficias de la tragedia humana. ¿Como duermes en la noche?" Yo repliqué furioso.

"Bueno, la tragedia sucedería en cualquier caso, para todos los gustos. Solo elegimos aprovechar la oportunidad que las personas como usted crean para nosotros. ¿Cómo duermes en la noche?" Pierre se burló de nuevo.

"Yo no." Suspiré.

"Bueno, así como estoy de conmovido por tu insomnio y sentimiento de culpa, así y más te digo, soy un hombre ocupado. Toma un poco de Valium. Tenemos un día ocupado mañana ". Dijo Pierre y me entregó un poco de Valium.

Me tragué una pastilla sin decir una palabra y volví a la cama. No tenía sentido discutir con Pierre, y teníamos un día bastante agitado por delante.

"¿DORMISTE BIEN?" PREGUNTÉ e intenté agarrar la mano de Elaine.

"No, no lo hice", respondió Elaine y apartó mi mano.

"Cálmense. No discutan, tortolitos. Dijo Josefina y sonrió.

"Imagina que todos nos hemos reunido de nuevo, después de todo este tiempo". Dijo James Winter.

"No digas que Vladimir viene. Ese bastardo mató a mi padre. Si lo veo, lo mataré. Sandra Santiago gritó.

"Yo también lo mataría. ¿Pero estoy seguro de que Pierre tiene más lógica y no traería a su perro de ataque? Josefina agregó.

"Vladimir está en una misión para el banco en Europa del Este. Está resolviendo algunos atrasos de los clientes ". Pierre dijo con una voz distante.

Se produjo un período de silencio. No estábamos particularmente cerca el uno del otro, y compartíamos tanto la desconfianza mutua como la interdependencia mutua. Los monóculos habían ampliado nuestra mente y nos habían hecho únicos. Para bien o para mal, éramos los únicos de nuestro tipo, y en algún nivel, todavía confiamos el uno en el otro.

"Entonces, esta noche es la noche, Martin y Elaine. ¿Puedes llevarnos al templo secreto de Guane? ", Preguntó Pierre.

"No es tan fácil como parece. Este lugar parecía muy diferente antes de los incendios, y perdimos todas nuestras posesiones en el". Respondí.

"Maldito infierno, Al-Sham. ¿Por qué no nos lo dijiste? ¡El templo perdido es la única razón para que estés aquí! Pierre exclamó.

"Lo siento, Pierre ", le respondí.

"No te preocupes. Tenía a Martin y Elaine bajo vigilancia por satélite en 2022. Sé dónde los emboscó el cartel de Juárez ". James Winter reveló.

Me sentí aliviado. Mi plan había funcionado. Los otros no sabían que todavía tenía el velo de Pachamama, y James Winter había revelado su conocimiento secreto.

"Muy bien, James. Si puedes liderar el camino, sería útil". Dije.

"Bueno. Necesitaré organizar un perímetro con mis asociados de la CIA. He enviado las coordenadas a sus teléfonos encriptados. James respondió.

Abrí mi teléfono Las coordenadas decían '7.1127 sur, 75.9458 oeste'. Perfecto. James nos había dado las coordenadas correctas. Ahora necesitábamos evitar caer en una trampa y asegurar la entrada.

"¿PERDISTE EL VELO DE Pachamama?" Elaine dijo con una expresión de preocupación en su rostro.

"¿Qué diferencia hace eso?" Respondí.

Elaine suspiró y sacudió la cabeza. "Significa el mundo para mí. El Cristal Zeto primordial puede salvar el futuro de nuestra especie. Pero no hará nada a menos que lo carguemos". Elaine dijo.

"Entonces, ¿por qué necesitas el Cristal Zeto y qué harías con él?" Yo pregunté.

"Bueno, no lo necesito por mi propio bien. El monóculo está elevando mi mente, y el conglomerado de Harapan está floreciendo bajo mi supervisión. Deberías venir a visitarme a Indonesia algún día. Se ha desarrollado mucho desde tu última visita en 2023 ". Exclamó Elaine entusiasmada.

"Me encantaría acompañarte a Indonesia una vez que hayamos terminado nuestra misión aquí", respondí.

"Genial, estoy ansiosa por mostrarte la nueva ciudad que estamos construyendo", dijo Elaine.

Estudié a Elaine. Confié en ella y creí que ella usaría los poderes del Cristal Zeto primordial para mejorar a la humanidad y evitar el apocalipsis futuro. De las personas de nuestro grupo, Elaine o Josefina harían lo mejor con el cristal si fueran ellas quienes lo consiguieran. Si Pierre conseguía el cristal, solo lo usaría para acumular más dinero para sí mismo. Los hermanos Yehuda usarían el cristal para comenzar una guerra religiosa contra cualquiera que no sea judío, lo que mataría a millones de personas.

"Tienes el velo de Pachamama. Te lo dejé la última vez que te visité. Dije.

"¿Es eso así? ¿Cómo es que no lo he visto? Elaine preguntó.

"Lo dejé donde nunca mirarías", le respondí.

"¿Y, dónde está eso?" Elaine preguntó.

"En el fondo de tu cajón. Siempre eliges el par superior y nunca miras la parte inferior de tu ropa ". Respondí.

"Oh, me conoces demasiado bien", dijo Elaine y sonrió.

"Bueno, técnicamente nuestro divorcio nunca finalizó ", le dije y le guiñé un ojo.

"¡Y sin embargo, no hemos tenido relaciones sexuales en cuatro años!" Elaine respondió y acarició mi mejilla.

"Me estás proponiendo un trato difícil, pero está bien", le respondí, guiñé un ojo y cerré la puerta del remolque.

ERA CERCA DE LA MEDIANOCHE y nos paramos en el mismo acantilado donde el cartel de Andrés Juárez nos había tendido una emboscada cuatro años antes. Se sintió diferente esta vez. La última vez estaba preocupado de que el cartel viniera detrás de mí. Había decidido no involucrar a los demás, y mi elección había terminado en una tragedia aterradora. Esta vez, los aliados me rodearon. Aunque con 'amigos' como estos, hubiera preferido la soledad.

Volví a mis sentidos cuando llegó James Winter, llevando una caja pesada junto con un agente de la CIA. "Eso es, Adam. Regresa al campamento base. Te veré allí más tarde. James dijo, y el agente de la CIA nos dejó donde estábamos sin decir una palabra.

¿Qué está pasando, James? ¿Qué hay en esa caja? Yo pregunté.

"Granadas EMP y rifles EMP". James respondió.

"Huh, ¿qué es eso?" Elaine preguntó.

"Armas de pulso electromagnético. Serán útiles si nos enfrentamos a alguno de los centinelas robóticos que encontraste en el lago Titicaca. James explicó.

"Excelente. Bien pensado. Mejor nos armamos ". Dije y todos nos armamos con rifles EMP y granadas EMP de la caja.

Después de eso, James hizo una breve presentación sobre cómo operar y usar este prototipo de armas alimentadas por batería.

20 MINUTOS DESPUÉS, el acantilado se iluminó con símbolos alienígenas. Reconocí los símbolos. Eran similares a los que tenía en mi tatuaje Zetan. Pero, no importa cuánto estudié el tatuaje, no pude encontrar y descifrar la contraseña escrita en el acantilado.

"Es inútil. No puedo descifrar el código ". Suspiré.

"Bah, eres un zombi con daño cerebral. Deja que alguien inteligente resuelva este código. Dijo Pierre.

Pierre caminó hacia mí, miró mi tatuaje brillante y luego empujó algunas de las marcas en la pared.

Se escuchó una melodía y se abrió un pasadizo secreto. "¿Ves? ¡No es demasiado difícil de descifrar para alguien que aunque sea tiene medio cerebro! Pierre se burló y entró en el túnel.

El resto de nosotros tomamos nuestras linternas y armas, siguiendo a Pierre en la oscuridad.

"Parece que no fuiste el primero en descifrar el código en la pared", gruñó Josefina, mientras nos topamos con algunos cadáveres descompuestos. Los reconocí por la insignia en su ropa. Eran del Cartel de Juárez y probablemente serían algunos de los hombres que nos habían capturado hace cuatro años.

"¿Que pasó aquí?" Pierre exclamó.

"Probablemente murieron por asfixia, ya que alguien a quien no vale la pena mencionar, incendió todo el valle", respondió James.

"No tenemos tiempo para esto. Avancemos." Szymon instó, y continuamos nuestro descenso.

Llegamos al santuario interior del templo, y había una intensa luz azul de un cristal en el centro de la habitación. Emitía la misma luz azul como la que vimos en el templo escondido en Nepal.

"Finalmente. Con este artefacto invaluable en nuestra posesión, el banco será imparable ". Pierre declaró.

"Cállate, codicioso cerdo. Usaremos el cristal para librar a la Tierra Santa de las alimañas no judías. Lo necesitamos para restaurar el Templo de Salomón a su antigua gloria ". Ben Yehuda gritó.

"Este cristal es sudamericano, y lo necesito para desarrollar el continente", agregó Josefina.

Todos comenzaron a gritarse unos a otros, y sus discusiones hicieron que mi mente divagara. Cerré los ojos y escuché la voz de Rangda. *"Están discutiendo sobre nada. Ese es un Cristal Zeto replicado cargado. Si bien es poderoso, no es nada comparado con el premio real, el Cristal Zeto Primordial ".*

"Pero, Emperatriz Rangda. Este cristal emite mucha más energía que los cristales que me salvaron la vida ". Respondí.

"Sí, esos eran cristales menores. Este sigue siendo poderoso. Pero tienes un problema más urgente a mano". Dijo Rangda y se desconectó de mi mente.

'Bip, bip, bip'. El sonido de la alarma chirriante puso fin a la discusión. Se abrió una pared y varios robots centinelas flotantes entraron al templo. Los robots eran como los que me habían atacado en el lago Titicaca.

"Ua iloa le mea na tupu. T tafai sa'o po o le alu i le itu i saute ". El robot declaró. "¡Qué es esa cosa!" Sandra exclamó aterrorizada. " Upu le sao. Faamolemole alu ese mai le itu i saute. El robot respondió. "A la mierda esto. Dispárales a esas cosas. James exclamó y comenzó a disparar a los robots centinela con su rifle EMP.

"Mala elección. ¡Esas armas no pueden hacer nada contra los robots! Rangda susurró en la parte posterior de mi cabeza.

"Na mata'ituina galuega fa'afefe. Fa'ase'ene'eina sini ". El robot respondió. El robot apresuró a James y lo estrelló contra la pared, dejándolo inconsciente.

"¡A la mierda esta pistola de juguete!" Szymon exclamó y sacó su pistola para disparar al robot. El arma no hizo nada, y vimos con asombro cómo las balas se detuvieron en el aire y cayeron al suelo, a un metro del robot. Más robots entraron en la habitación, se acercaron a los hermanos Yehuda y los dejaron inconscientes.

'Pelear es inútil. El curso de acción recomendado: diga la siguiente frase a los robots. Matou te tu'uina ATU, fa'amolemole AUA le fasioti i Matou.' Rangda me habló.

"Aquí no pasa nada", pensé al expresar la frase que Rangda me mostró.

'Pronunciación incorrecta. ¡Inténtalo de nuevo!' El monóculo mostro en forma de alerta. 'No mierda! 'Pensé para mí mismo.

Si bien mi intento de hablar con los robots en un lenguaje sin sentido había fallado, había llamado la atención de ellos.

"Date prisa, apúrate y agarra la réplica del cristal Zeto, y aprétalo entonces para liberar una ráfaga psiónica. Pero te deseo aún la mejor de las suertes cuando intentes pronunciar el comando de voz, en caso de que prefieras que ese sea el método para desarmar a los robots ". Rangda comentó.

Decidí no darle al control por voz otro intento. ¡Ya fue bastante difícil hacer que mi teléfono inteligente entendiera mi pesado inglés con acento sueco! Me apresuré hacia el cristal, lo apreté y lancé una explosión psiónica que me dejó inconsciente.

DESPERTÉ UN RATO DESPUÉS en una habitación completamente oscura. Afortunadamente, sabía que todavía estaba vivo. Había muerto aquí en Colombia, en este día, cuatro años antes y no tuve señales del más allá, tal como me encontré antes de haber nacido, sin claridad de nada.

Cambié mi monóculo para mostrar luz infrarroja. Para mi gran alivio, noté que los otros estaban vivos. Me apresuré hacia la fuente más cercana de luz infrarroja. Resultó ser la joven Sandra Santiago. La empujé y ella se despertó.

"¡Uh, no me mates, por favor!" Sandra gimió.

"Relájate Sandra. La explosión desactivó los robots. Cambie a infrarrojo en su monóculo. Yo instruí.

Sandra hizo lo que le dije, y pareció aliviada de verme. ¿Por qué está tan oscuro aquí? qué hacemos?" Preguntó Sandra.

"Está oscuro porque las armas EMP destruyeron todos los artefactos electrónicos de aquí. ¿Tienes un encendedor por casualidad? Respondí.

"Sí. Pero no le digas a mi madre que fumo hierba. Sandra respondió.

"¿Ni siquiera conozco a tu madre?" Respondí confundido.

"Josefina. Ella me adoptó después de la muerte de mi padre. Ella odia las drogas y afirma que las drogas han destruido nuestro continente ". Sandra reveló.

"Veo. Tu secreto está a salvo conmigo. Pásame tu encendedor y tu porro. Respondí.

Sandra hizo lo que le pedí, y sentí una profunda sensación de alivio cuando encendí el porro. Más importante aún, el monóculo amplificó la luz limitada que venía del porro unas mil veces, por lo que la habitación se hizo visible. Reuní a los demás y salimos del templo.

NOS HABÍAMOS REUNIDO en un semicírculo, estudiando el mapa de la Tierra en la pared del templo. Habían sido unos días difíciles. Las armas EMP que James había traído habían resultado ser mega efectivas en la tecnología humana. Eran tan efectivas, que la onda expansiva de las granadas EMP había destruido nuestro equipo que estaba fuera del templo oculto. Debido al secreto de nuestra misión, nadie más nos había acompañado. Nuestra única opción había sido la de caminar 15 kilómetros a través del paisaje carbonizado para llegar al campamento minero que el Banco Mundial había levantado. No es la tarea más fácil, especialmente después de casi ser asesinado por robots centinelas alienígenas.

Miré el mapa del mundo en la pared. Era un mapa antiguo, diferente de cómo se veían las masas de tierra hoy. Me di cuenta de que era de la última edad de hielo cuando los niveles del mar eran más bajos. El mapa mostraba cuatro pirámides y varios templos más pequeños diseminados por la Tierra. De los más pequeños, ya había visitado este, así como los de Nepal y Perú. El templo principal marcado en el mapa estaba en Jerusalén.

Ben Yehuda brilló con orgullo y habló: "Esta es la prueba, caballeros. Yahvé es el único Dios verdadero y Jerusalén es la tierra santa ".

"No tan rápido, Ben. Este mapa se asemeja a la Tierra antes del final de la última edad de hielo. Eso fue hace 10.000 años. Eso es mucho antes de que tu pequeña religión fuera creada. Pierre comentó con su aire de arrogancia suizo francés.

"Mierda. Este mapa es de la Tierra antes de la gran inundación. Ben respondió de nuevo.

"Cállense, los dos. Centrémonos en lo que podemos entender en este mapa ". Grité

Para mi gran alivio, hice que los demás se callaran y volví a hablar. "Entonces, este es el mapa... He estado en varios de estos templos pequeños. También he estado en la Pirámide de Keops, y he oído hablar de la Pirámide del Sol y la Gran Pirámide de China. Pero, ¿qué hay de esta pirámide en el Océano Pacífico? No hay pirámides en el Océano Pacífico ".

"Espera. Encontramos los monóculos que expandieron nuestras mentes en la cueva nepalí. Pero no parece haber artefactos útiles en este templo. Pierre se opuso.

"Quizás, el cristal que Martin destruyó para repeler a los centinelas fue el valioso artefacto en este templo". Josefina especuló.

"Hey, yo no soy a quién culpar", argumenté.

"No te estoy culpando. Estoy agradecido de que me hayas salvado. Prefiero estar viva que poseer otro artefacto. Josefina respondió.

Un momento de silencio se extendió por el grupo. Finalmente, decidí hablar: "Entonces, ¿qué hacemos ahora?"

"Regresemos a Jerusalén. Este mapa demuestra la importancia de la Ciudad Santa, y necesitamos encontrar el artefacto oculto ". Ben Yehuda dijo.

"Tengo algunos asuntos urgentes que tratar con el banco. Esta expedición ha sido un fiasco. Varios días de retraso, casi morimos y no encontramos ningún artefacto valioso. Pierre se quejó.

"Yo también me voy a casa. Venir aquí fue la elección equivocada. Te amo Martin, pero no llegamos a ninguna parte, y casi morimos. Necesito concentrarme en mi empresa y mejorar mi querido país de origen. ", Dijo Elaine.

Los otros dieron respuestas similares, y cuando salí de la cueva, estaba lleno de dudas sobre lo que me depararía el futuro. Me di cuenta de que la respuesta podría estar en una de las pirámides.

Capítulo 12: Egipto y Kiribati, octubre de 2026

Estaba de vuelta en la habitación oculta de la Pirámide de Keops, donde había entrado en un portal interdimensional siete años antes. La habitación era oscura y poco inspiradora, para nada como la impresionante exhibición de tecnología alienígena que había visto en mi última visita. La réplica de Cristal Zeto, que había encontrado en un pequeño santuario Zetan en la cordillera de los Pirineos en España, no parecía reaccionar al entrar en contacto con la habitación. Intenté colocar el cristal en la abertura de la pared, pero no pasó nada.

"¿Por qué no se abre el portal?" Yo gruñí.

"Idiota. Los cristales Zeto replicados generalmente no abren portales interdimensionales. Rangda chilló en mi cabeza.

"¿Pero por qué sucedió en 2019 entonces? " Pregunté.

"Debido a un fenómeno raro. La distancia entre la Dimensión Divina y el portal en Egipto fue más corta. Entonces, la energía limitada del Cristal Zeto replicado fue suficiente para abrir el portal. Esto no volverá a suceder durante tu vida ". Rangda respondió.

"Entonces, ¿qué hago entonces?" Yo pregunté.

"Necesitarás encontrar y cargar el cristal Zeto primordial. Una vez que se carga, es lo suficientemente potente como para abrir el portal. Entonces podrás llegar a la Dimensión Divina y liberarme. Rangda declaró.

"¿Y si no puedo encontrarlo?" Yo pregunté.

Rangda hizo una pausa por un momento. Parece que estaba haciendo un esfuerzo para contener uno de sus arrebatos inducidos por la ira por una vez. Después de una larga pausa, ella habló. *"Hay otra forma. Las cuatro pirámides están conectadas y pueden ser alimentadas por la energía de la rotación de la Tierra. Encuentra los interruptores en las cuatro pirámides y podemos manejarlo desde allí ".* Rangda respondió y se desconectó de mi mente.

Pensé que no quedaba nada que hacer en el túnel oscuro en la Pirámide de Keops. Saqué el Cristal Zeto de la ranura y lo puse en mi bolsillo. Después de eso, me dirigí al aeropuerto. Necesitaba volar a Kiribati y encontrar la pirámide hundida que estaba allí en algún lugar, en las profundidades de la superficie del Océano Pacífico. Una vez que supe la ubicación de la pirámide desaparecida, pude contactar a Elaine. Juntos, podríamos encontrar una manera de abrir los portales y liberar a la Emperatriz Rangda, para salvar el futuro de la humanidad.

ESTABA SENTADO EN UN bote en medio del Océano Pacífico en la pequeña república insular de Kiribati, estudiando la inmensidad del mar. Mientras me sentaba en el bote, mirando el horizonte, tenía ganas de dejarlo todo, cuál era el punto de mi lucha.

Un pitido de mi sonar me devolvió a mis sentidos. Había algo escondido aquí a una profundidad de 100 metros. ¿Podría ser la pirámide, y por qué nadie la había encontrado a lo largo de los años?

Me di cuenta de que la inmensidad del océano significaba que guardaba muchos secretos. Después de todo, solo se había cartografiado una pequeña fracción de los océanos. Necesitaba bajar y echarle un vistazo. ¿Pero cómo lo haría? No podía simplemente nadar hasta allí abajo. Aunque era posible bucear a tal profundidad con entrenamiento específico y mezcla de gases, no tenía ninguno en este momento.

Pensé en Elaine. El conglomerado de Harapan se había convertido en la compañía más grande de Indonesia bajo su liderazgo. ¿Estaría dispuesta a ayudarme?

Decidí llamarla.

"Hola Elaine. ¿Me puedes ayudar con una misión? Yo pregunté.

"No lo creo. La gente tiende a morir durante tus misiones. Esta vez paso. Elaine respondió.

“Por favor Elaine, necesito tu ayuda. Estoy a punto de redescubrir la pirámide hundida de Kiribati. Imagínate la cantidad de maravillosas tecnologías que podrían estar dentro ". Yo supliqué.

Hubo un largo silencio al otro lado. Finalmente, Elaine habló. “De acuerdo, Martin. ¿Que necesitas?"

“Necesito que traigas un submarino y algunos seguidores tuyos leales. También necesito un dispositivo de intermitencia ya que creo que estoy bajo vigilancia por satélite. Quiero que descubramos este sorprendente descubrimiento juntos sin involucrar a los demás ". Respondí.

"Bueno. Nos vemos en la isla de Banaba en dos días. Tengo un equipo de investigación allí que investiga si podemos extraer energía del volcán. Me aseguraré de suministrarles un submarino. Elaine dijo.

“Gracias Elaine. Te veré en dos días. Respondí.

"Si. Una cosa más. Intenta evitar la violencia esta vez. Elaine respondió y colgó el teléfono.

EL HUMO DE AZUFRE ERA espeso en la isla Banaba, y no entendía por qué Elaine quería encontrarse en este lugar. Por un segundo, temí una trampa. Estaba atrapado en una isla volcánica abandonada junto con mi recién separada ex esposa y sus asociados. Un escenario para nada cómodo. Me relajé cuando Elaine se me acercó con un lenguaje corporal amigable.

“Bienvenido a la isla Banaba. ¿Espero que mis asociados hayan sido amables contigo? Elaine preguntó.

"Bueno, no les hablé mucho, pero no me causaron ninguna molestia", respondí.

“Tolong, tinggalkan kami. Saya akan menghubungi Anda nanti ". Elaine dijo a sus guardaespaldas y nos dejaron en paz.

"¿Qué les has dicho?" Yo pregunté.

"Tú debes saber. Estuvimos juntos por más de diez años antes de nuestra separación. Pero nunca te molestaste en aprender indonesio, ¿verdad? Elaine respondió.

No respondí, y Elaine volvió a hablar. "He organizado todo lo que me pediste. Abordaremos un submarino aquí en la isla de Banaba. Luego, nos llevarán a tus coordenadas.

"Muy bien, jefe. Lidera el camino. Respondí.

ME DIERON ESCALOFRÍOS cuando me encontré con la mirada de nuestro capitán de submarino. Era un hombre africano musculoso, y sentí que lo había conocido en el pasado. La mirada hostil que me dio reforzó mi sospecha de que nuestros caminos se habían cruzado en el pasado.

Llevé a Elaine a un lado y hablé. ¿De dónde sacaste al capitán? Creo que lo conocí en el pasado. No me gusta su aspecto.

"No seas racista, Martin. El capitán Danjuma ha trabajado para mí durante varios años. Es leal y discreto ". Elaine respondió.

"No soy racista. Soy desconfiado. Odio todas las razas por igual. Hay una diferencia." Dije en broma.

"Muy bien. Si no te gustan todas las razas de la misma manera, entonces no veo una razón por la cual tu aversión debería afectar a la tripulación que traigo conmigo. Elaine declaró.

¿Al menos dime de dónde viene el capitán Danjuma? Yo pregunté.

" Él es de Sudáfrica. Es un hombre talentoso cuyas operaciones se redujeron durante la Guerra Civil Sudafricana en 2023. Pero ya es suficiente. Soy una mujer ocupada y ya me he tomado un tiempo de mi agenda para ayudarte con esto. Ni siquiera pienses en retrasarme en esta misión solicitando un nuevo reemplazo para la tripulación ". Elaine me espetó.

Asentí y abordamos el submarino sin decir una palabra.

"AQUÍ ESTÁ TU CAFÉ de jengibre, señor. "El miembro de la tripulación dijo y me entregó una taza de un café negro muy aromático y fuerte.

Acepté la bebida caliente, pero me sentí un poco molesta con Elaine. ¿Por qué trajo personas adicionales al submarino, cuando lo mejor es que menos personas conozcan esta misión?

Mientras tomaba el café, reflexioné sobre el sabor amargo y poderoso. ¿Sabía el café un poco inusual? Abandoné mi sospecha. No había bebido esta maravillosa bebida de café negro de jengibre indonesio en años, y he olvidado cómo sabía. Terminé la taza y me sentí muy somnoliento. Me recosté en mi silla y caí en una profunda inconsciencia.

DESPERTÉ DE LA SENSACIÓN de ardor de una fuerte bofetada golpeando mi mejilla. Miré hacia arriba y vi al Capitán Danjuma sonriendo amenazadoramente. Para mi consternación, me di cuenta de que alguien nos había atado a mí y a Elaine a una silla, y ella se había desmayado.

"Sr. Orchard, nos encontramos de nuevo ". Danjuma dijo.

"¡Grrr! Sí, pensé que reconocía tu cara. ¿Cuándo y dónde nos encontramos antes? ¿Supongo que fue en Sudáfrica, octubre 2023?" Me puse furioso.

"Sí. Nuestra reunión en Sur África fue breve, pero me dejó con marcas permanentes ". Danjuma dijo y se quitó la camisa.

Miré el torso de Danjuma. Si bien tenía un físico cincelado, también tenía varias cicatrices profundas en el costado de su cuerpo, signos de que una vez fue mordido y arañado por un león.

"¿Jugando duro en el dormitorio con tu señora?" Me burlé. Danjuma me dio un puñetazo en la cara tan pronto como terminé de burlarme de él. Argh, cuando iba a alguna vez aprender a mantener mi estúpida boca cerrada?

"Has causado estas marcas en mi cuerpo. Yo era uno de los cazadores furtivos a quien diste por muerto, cuando usted libró a nuestros capturados leones para dejar que nos comieran vivos. Los leones mataron a muchos de mis compañeros, pero algunos de nosotros sobrevivimos. Encontramos sus datos en la oficina de Chim Mwanza unos días después. Danjuma divulgó.

"Entonces, ¿fuiste uno de esos patéticos cazadores furtivos que trabajaban incansablemente para financiar la revolución de SVAPO contra el gobierno sudafricano? Escuché que tu grupo terrorista perdió la guerra. Lamento haberlos dejado con vida, debería haberme asegurado de que todos estuvieran muertos. Me burlé.

Danjuma gruñó enojado y me golpeó en la cara otra vez, esta vez con más fuerza. La silla se derrumbó y caí al suelo. La silla no se rompió y no me rompí ninguna mandíbula ni perdí ningún diente, solo tenía un poco de sangrado en mis encías y un desagradable ojo izquierdo magullado.

Dos cómplices de Danjuma plantearon la silla hacia arriba y Danjuma volvió a hablar. "¡Cierra la puta boca, blanco mestizo! Te mataremos lentamente por lo que nos hiciste.

"Sin embargo, hay un problema con ese plan. He demostrado ser extremadamente difícil de matar ". Me burlé.

Danjuma sacó su pistola y me golpeó con la parte de atrás. *Oh, maldito infierno.* Necesitaba aprender cuándo no ser sarcástico. Decidí contactar a Rangda para sacarme de este apuro.

"Emperatriz Rangda. Estoy en un aprieto. Ayúdame a salir de acá ".

"El Monóculo tiene un mecanismo de defensa contra usuarios no autorizados. Quien no sea el dueño del monóculo se quemará cuando toque el dispositivo. Ofrece a Danjuma el monóculo. Luego agarra su pistola y mata a los otros dos cuando el monóculo lo mate. Sugirió Rangda.

"Gracias, Emperatriz," respondí y me desconecté de Rangda.

"Hola, loco hijo de puta. ¿Con quién estabas hablando también? Danjuma exclamó. "Estaba hablando con mi guía divina. Mira, ya que ustedes están ganando en este juego. Estoy atado a una silla y me han golpeado demasiado, no tengo nada que ofrecer excepto mis disculpas por dejar que te mordieran los leones. Aquí, has demostrado ser digno de recibir este monóculo. Es un tesoro que elevará su conciencia ". Respondí.

"¿Te crees superior o qué putas? ¡Vete a la mierda! Puedo quitártelo de tu cadáver si quiero. Danjuma se burló.

"¿Por qué no lo tomas ahora?" Respondí.

Danjuma tomó mi monóculo y le quemó la mano cuando su piel se encontró con el campo de fuerza del monóculo.

"Jefe, matemos a este mestizo blanco ahora. ¡Nos está poniendo una trampa! Uno de los cómplices de Danjuma gritó.

"Silencio, Jabu y Luan. Con esta tecnología en nuestras manos, SVAPO puede elevarse nuevamente. Vamos a crear un nuevo futuro para el Sur de los africanos. Expulsaremos a los invasores blancos de una vez por todas. Black Powa 'Foreva '! "Danjuma proclamó.

Danjuma se volvió hacia mí y me dijo: "Martin, dame el monóculo y podrías salir vivo de esto".

Golpeé la parte superior del monóculo y se desconectó de mi iris. Se lo entregué a Danjuma, cuando Jabu lo interrumpió. "¡Usted debe estar poseído, diablo pálido! ¡Tu globo ocular me persigue! "

¿Qué pasa? ¿Nunca has visto un iris púrpura brillante antes? Me burlé mientras miraba a Jabu con mi mirada helada púrpura.

A Danjuma no pareció importarle, y conectó el monóculo a su iris. Después de unos segundos, exclamó. "Esto es un milagro. Mi mente ha cambiado. ¡Me siento tan inteligente!

"¡Prepárate para un magnífico espectáculo! Será quemado vivo", susurró Rangda.

Unos segundos después, Danjuma comenzó a gritar de dolor, lo que distrajo a Jabu y Luan y los hizo entrar en pánico. Incliné la silla hacia un lado hacia Danjuma, y agarré el cuchillo de su funda, ya que todavía estaba atado en la silla. Me las arreglé para cortar la cuerda y a libera mi mano, y tomé su arma mientras Danjuma estaba siendo quemado vivo. Me lancé hacia Jabu y Luan. Después del tercer disparo, la pistola se atascó. Me las arreglé para matar a Luan, pero Jabu no resultó herido de muerte, y vino en su venganza. Jabu se abalanzó sobre mí con sus piernas estiradas y comenzó a estrangularme mientras aún estaba atada a la silla. Entré en pánico porque no tenía la ayuda del monóculo. Además, todavía estaba atado e incapaz de defenderme. Mi visión parpadeaba cuando un milagro me salvó. El monóculo había quemado y matado a Danjuma, y su cuerpo en llamas cayó hacia Jabu, quemándole la espalda.

Jabu se alejó, gritando de dolor. Vi una oportunidad para liberarme. Me retorcí y corté el resto de las cuerdas que me ataron a la silla. Me levanté y corrí hacia Jabu y lo pateé en la cabeza. Luego tomé la pistola de Luan y me volví hacia Jabu. "¡Hasta la vista, Jabu!" Dije y le disparé en la cabeza como Arnold Schwarzenegger en El Terminador.

Luego me dirigí a Danjuma y desconecté el monóculo perfectamente ileso y brillante de su cadáver quemado. El monóculo había perforado su tallo cerebral, y manchas de sangre lo cubrían. *Yuck, esto necesitaría un enjuague antes de volver a usarlo.*

Iba a ver a Elaine, pero antes de llegar a donde estaba tirada en el suelo, mi adrenalina se había desvanecido y mi agotamiento extremo comenzó a desmoronarme. La combinación de mis lesiones y los sedantes con los que Danjuma me había drogado hicieron que me cayera de rodillas, mientras percibía todo a oscuras.

"¡MARTÍN! ¡MARTÍN! ¿QUÉ pasó aquí?" Elaine gritó frenéticamente, mientras trataba de despertarme.

Abrí mis ojos. Sí, estábamos todavía en el mismo submarino donde sólo momentos antes, habíamos matado a tres ¿hombres africanos. *Al menos fue en defensa propia esta vez.* Pensé dentro de mí.

"Danjuma me atacó y tuve que defenderme", respondí.

"Increíble. ¿Los contraté como mis guardaespaldas y resultaron ser tus enemigos del pasado? Elaine replicó.

" Deberías haber hecho algunas verificaciones de antecedentes antes de contratarlos como guardaespaldas. ¡Ha pasado el punto de la diplomacia cuando mi enemigo me droga, me ata a una silla y planea matarme! Yo respondí.

Elaine respiró hondo y respondió. " Lo siento. Tienes razón, debería haber hecho mi investigación de antemano. Debieron haberme drogado también. ¡Es muy difícil encontrar empleados leales en estos días!

"¿Por qué contrataste a africanos en primer lugar?" Yo pregunté.

"Ellos son mi guardia varangiana", respondió Elaine.

"¿Guardia Varangiana?" Yo pregunté.

"El emperador bizantino durante la época medieval contrató a extranjeros como sus guardaespaldas personales. La idea era que esos extranjeros al no tener lealtades locales, dependían del emperador para su propio éxito. Me había funcionado muy bien conseguir guardaespaldas al azar durante los 4 años pasados." Elaine reveló.

"Ya veo", respondí.

"Sí. ¿Puedo preguntar por qué estos hombres decidieron matarte de la nada? Elaine preguntó.

Medité sobre mis opciones. Quería mentir a Elaine y decirle que sus guardaespaldas me habían atacado sin razón alguna, pero dudé de que me iba a creer, y además, ¿qué clase de hombre sería si le estoy mintiendo a mi propio aliado más cercano? Decidí decirle a Elaine la verdad.

“Eran cazadores furtivos de animales contratados por terroristas SVAPO. Tuve un altercado mortal con algunos de ellos cuando visité Sudáfrica, hace tres años ". Admití.

Estás malditamente desesperado. No te quedes ahí sentado. Mataste a los hombres. Es mejor que les coloques pesas, los amarres y te deshagas de ellos a través de la esclusa de aire ". Elaine ordenó.

"Pero estoy herido y ellos son pesados". Me retorcí de dolor.

Elaine fue a buscar un vendaje de compresión, y el sangrado en la herida se detuvo. Los golpes y cortes solamente causaron heridas superficiales, y no habían dañado el hueso, por lo que no era una amenaza letal contra mi vida e integridad.

Después de hacerme curación sobre las heridas, Elaine volvió a hablar. “Bueno, al menos vives para pelear otro día. Vamos, vamos. Ponte a trabajar. Desháste de los cuerpos. Dicho esto, Elaine se levantó y salió de la habitación.

Mientras arrastraba los pesados cadáveres hasta la esclusa, tuve una epifanía. ¡Ser un protagonista despistado, viajar por el mundo buscando artefactos alienígenas, es un trabajo sangriento y arduo!

"¡GUAU, ES MAGNÍFICO!" Elaine dijo con asombro cuando la Pirámide Hundida de Kiribati apareció frente a nosotros. Era una vista magnífica, 100 metros debajo de la superficie del océano.

Solo podría estar de acuerdo. La pirámide hundida era gigantesca, estaba cubierta de una cantidad inimaginable de plancton marino, corales, algas y musgo, y toneladas de hermosos peces oceánicos nadaban alrededor de ella, como si la Pirámide no hubiera sido tocada durante siglos. La Pirámide parecía enorme, pero sus dimensiones exactas eran difíciles de determinar desde nuestra posición. Después de todo, estábamos en una enorme profundidad y la única fuente de luz era el faro de nuestro submarino.

"¿Entonces, qué hacemos ahora? Elaine preguntó.

Era una pregunta válida, en la que yo no había pensado. Planeaba usar minisubmarinos controlados por radio para entrar e investigar las pirámides y tenía varias razones para ello. En primer lugar, era demasiado peligroso nadar en un túnel negro como un pez a una profundidad de más de 100 metros. Mi segunda razón, era que temía que los drones de calamar centinela de Zetan estuvieran al acecho en las profundidades de la pirámide, listos para atacarnos, tal como lo había experimentado antes.

"Enviaremos drones marinos autónomos controlados por radio. Pueden mapear la pirámide por nosotros y sacar todo lo que encontremos de valor". Dije.

" Pero ¿qué pasa si hay algún centinela Zetan vigilándolo?" Elaine se preocupó.

"Bueno, entonces esperamos que esos robots no sean lo suficientemente inteligentes como para nadar fuera de la pirámide buscándonos". Contesté y añadió rápidamente en. "Pero vamos a asegurarnos de permanecer a cierta distancia de la entrada de la pirámide hundida".

Enviamos los mini-submarinos para examinar la pirámide. El Conglomerado Harapan había desarrollado submarinos marinos en miniatura bastante avanzados, afortunadamente.

"Asegúrate de filmar todo". Le recordé a Elaine mientras enviamos los drones marinos a los túneles submarinos de la pirámide. Vimos el video de los drones marinos. Fue una vista decepcionante. El interior de la pirámide estaba oscuro, vacío y sin interés. Era como lo que esperarías de un edificio arcaico vacío, sumergido durante milenios. No había nada de valor.

Una hora después, los drones marinos habían cartografiado toda la pirámide. Nos quedamos mirando las imágenes de video y las dimensiones de la pirámide. Nada indicaba una presencia extraterrestre, y no había tesoros por encontrar.

"Bueno, supongo que un arqueólogo, o un biólogo marino, o un historiador encontrarían este lugar más interesante ", afirmó Elaine. "Sí, pero no es por eso que vinimos aquí. Vinimos a buscar el cristal de Zeto primordial —respondí. "Entonces, ¿qué hacemos ahora?" Elaine preguntó.

Reflexioné sobre la cuestión al recordar que todavía tenía el cristal Zeto replicado que me encontré en España. Después de una búsqueda frenética, la encontré en la parte inferior de mi mochila.

"Enviaremos este Cristal Zeto con uno de los drones marinos. Dado que los Zetanos impulsaron sus estructuras con estas cosas, espero que tenga poder para activar el mecanismo de la pirámide ". Dije.

"Bueno. Eso tiene sentido, vale la pena intentarlo ". Elaine aprobó.

Adjunté el cristal Zeto a la garra de uno de los drones marinos autónomos y los puse en la expedición. Los drones marinos entraron en la Pirámide y observé lo que ocurría cuidadosamente. Durante mucho tiempo, nada pareció suceder. Pero en un túnel sin salida, el dron dejó caer el cristal accidentalmente al piso de la pirámide. Cuando la réplica del Cristal Zeto golpeó el piso de la pirámide, se hizo añicos en cientos de piezas. Cuando se hizo añicos, envió una oleada de energía y una chispa muy brillante, iluminando toda la arquitectura de la antigua pirámide hundida. La luz brillante hizo que las paredes brillaran y emanaran majestuosos rayos azules eléctricos, revelando varios planos de jeroglíficos y símbolos de tecnologías avanzadas, escritos en las paredes de la antigua pirámide.

" ¡Guau! ¡Qué maravilloso hallazgo! Asegúrate de guardar el video y grabar todo lo que filman los drones. Estos planos pueden ser invaluables". Dije con asombro.

"Por supuesto! Nuestras fuentes de alimentació de vídeo se almacenan de forma permanente en cuanto se registran, en el Banco de Datos de Información de Harapan. Pero parece que también despertaste algo más. Elaine se estremeció mientras decía.

Miré los videos de los drones submarinos. Elaine estaba en lo correcto. La oleada de energía del disperso cristal de Zeto había despertado a los robots centinelas con forma de calamar que hicieron una avanzada para atacar nuestros drones marinos, y las transmisiones de video murieron. ¡Qué suerte que no hayamos entrado en la pirámide nosotros mismos!

"Salgamos de aquí. ¡Dejemos esos robots con forma de calamar donde están, no queremos arriesgar nuestras vidas contra sus feroces tentáculos de metal! Exclamé

"Si. ¡Salgamos de aquí! Elaine estuvo de acuerdo, y dirigimos el submarino a toda velocidad lejos de la pirámide, configurándolo para que volviera a la superficie.

ESTÁBAMOS SENTADOS en nuestra suite privada en el Hotel Tarawa Boutique en Kiribati. Elaine había decidido que no debíamos volver a su laboratorio de investigación en la isla Banaba. Como nuestros guardaespaldas submarinos habían intentado matarnos, era probable que hubiera otros con intenciones asesinas entre sus empleados en la isla. Suspiré. Había perdido un Cristal Zeto, pero no había encontrado nada que me ayudara con mi búsqueda, aparte de la transmisión de video de los extraños jeroglíficos y símbolos escritos en la pared.

"Bueno, eso fue una decepción. No llegamos a ningún lado y la gente intentó matarnos ". Dije.

"No seas tan negativo, Martin. Registramos algunos detalles alienígenos increíblemente inteligentes y misteriosos dignos de tecnología superior. Tenemos equipos científicos muy superiores trabajando para nosotros en el Conglomerado de Harapan. Creo que uno de los jeroglíficos es un método escrito de hacer poder desarrollar invisibilidad por medio de un dispositivo. Puede generarnos billones de dólares, y será particularmente útil para operaciones militares encubiertas y actividades del gobierno de alto secreto ". Elaine respondió.

"Felicidades. Pero todavía nos enfrentamos al problema de encontrarnos con los robots Zetanos en las entradas de la pirámide ". Yo comenté.

"No te preocupes por eso, Martin. Tengo tecnología y bolsillos profundos. Enviaré algunos mini submarinos armados para destruir los centinelas de calamar. Eventualmente, la corrosión de los haces de ácido y el daño de mis ataques con drones los destruirá. Te lo haré saber una vez que la costa esté despejada.

Elaine respondió. "Gracias, Elaine", aprobé.

Sentí hambre, así que tomé un menú de servicio a la habitación. Solo había comida de mar en el menú, y eran platos muy exóticos. Me decidí a ordenar pescado con fruta llamada Pandanus, sobre todo porque nunca había probado con Pandanus antes, y quería saber a qué sabía.

"Hola Elaine. Voy a pedir algo de comida. ¿Quieres algo de comer? Pregunté.

"No. Me dirijo a Yakarta lo antes posible. Mi jet privado llegará para recogerme. Comeré en mi avión privado ". Elaine respondió.

"Oh ya veo. ¿Puedo ir contigo?" Yo supliqué.

"No. Hemos estado juntos durante tres días, y has logrado matar a mis guardaespaldas y destruiste mis drones marinos. No es nada personal. Pero siento que siempre atraes demasiada molestia ". Elaine señaló.

"Entonces, ¿qué sugieres que haga?" Yo pregunté.

"Bueno, puedes quedarte aquí o unirte a Ben Yehuda y buscar el cristal Zeto primordial en Jerusalén. Me voy ahora." Elaine declaró y salió de la habitación del hotel.

"Creo que me quedaré aquí", murmuré para mí mismo. Me recosté en mi cama y me quedé dormido, sintiéndome decepcionado conmigo misma por dejarla ir.

DOS AÑOS DESPUÉS, TODAVÍA estaba en la isla de Kiribati. Algo era placenteramente relajante cuando estás solo en el último lugar del mundo. Me había establecido en una isla deshabitada y había usado parte de mi riqueza para construirme una vivienda cómoda. No veía mucha gente, y en mi soledad, encontré la paz. El mundo nunca perdonaría mis crímenes si lo supieran, pero el mundo no me rodeaba mucho por aquí y el mundo no lo sabía. Además, estaba solo la mayor parte del tiempo, y me había dado cuenta de que tenía que perdonarme por las cosas terribles que había hecho. Era la única forma de sobrevivir.

Recibí mi comida y suministros entregados por una isleña local del Pacífico llamado Alani Mariwati. Ella estaba criando a su hija Elenoa sola, y le pagué un buen salario para asegurarme de que pudiera vivir una buena vida. A veces, pensaba si amaba a Alani o no. Llegué a la conclusión de que no podía saberlo. Ella era la única persona que conocía en la isla, aparte de su hija Elenoa. ¿Qué tal el amor tal vez solo una necesidad desesperada de ser parte de algo más grande en la vida?

Decidí darle una oportunidad. Después de todo, ¿qué sentido tenía poseer toda esta riqueza si no podía compartir mi tiempo con nadie? Si bien temía que Alani me odiara si le contaba sobre mi pasado, ¿qué tenía que perder exactamente? En mi soledad, solo contaba los días hasta mi distante muerte.

Habiendo tomado esta decisión, me sentí feliz. Me gustaría casarme con Alani, tentarla a ella con la oportunidad de proporcionar una vida buena a su hija y a ella misma así ella no me correspondiera con su amor de vuelta, al menos podría aceptarme.

Con pasos ligeros, corrí al muelle cuando escuché el ruido de una lancha motora. Una vez que llegué allí, caí en una profunda desesperación. Mi visitante fue James Winter, acompañado por un grupo de agentes armados de la CIA.

"Entonces, aquí es donde te estás escondiendo, Martin. Sube a bordo. Tenemos un trabajo que hacer ". James ordenó.

Pensé en negarme, pero me di cuenta de que no tenía sentido. Moriría si decidiera pelear hoy, e incluso si ganara la pelea contra James y los demás, ¿qué lograría?

"Bueno. Ya vengo. Solo necesito hacer algo primero ". Suspiré.

"Bah, ¿qué podrías necesitar hacer? ¡Has estado viviendo fuera de la red durante dos años! James respondió.

"Donaré esta casa y mi cuenta bancaria de Kiribati a mi amiga y ama de llaves Alani. Ella lo necesita más que yo. Respondí.

"Tienes razón sobre eso. Muy bien. Date prisa, no me gusta esperar. James instó.

Un rato después, estaba en una lancha motorizada que se dirigía al aeropuerto internacional de Tarawa. El destino se había mostrado. Era hora de dejar de buscar la paz interior y continuar haciendo lo que era bueno. ¡Para bien o para mal de la humanidad!

Capítulo 13: Washington, noviembre de 2028

Estaba sentado en el salón de una suite de lujo en el Hotel Jefferson en Washington DC. Suspiré. ¿Por qué me arrastraron de nuevo a esta situación? Justo cuando había planeado renunciar a mi vida de villanía, el destino me hizo volver a ella. Especulé por qué James Winter había venido hasta Kiribati para sacarme de la jubilación. Sospeché que la elección de Eva Moreno como el próximo presidente estadounidense tenía algo que ver con eso. Eva Moreno era una política independiente que había obtenido una victoria sorpresiva en las elecciones presidenciales estadounidenses, unas semanas antes. Ella había derrotado tanto al candidato republicano como al demócrata. Un hecho sin precedentes.

Eva Moreno había basado su campaña en exponer la corrupción dentro de los partidos políticos dominantes, corrupción apoyada por la CIA y su director James Winter. La población estadounidense tenía suficiente de políticos corruptos que iniciaban guerras falsas, y habían votado por un cambio. Esto era algo que no sería del interés de James.

Hablando del diablo, entró en la habitación cargando una pila de documentos.

"¿No es tener un archivo físico así de gordo una forma precaria de entregar información?" Yo comenté.

"Todo lo contrario. En nuestro mundo con los hackers y cifrado digital avanzado, las copias de papel son la opción más segura, particularmente en la forma de almacenamiento ". James respondió y sonrió con una sonrisa torcida.

James me entregó el archivo y eché un vistazo a las páginas. Estaban llenos de galimatías incomprensibles.

"¿Qué es esta tontería?" Pregunté desconcertado.

"Exactamente la respuesta que busco. Eso es lo que pensarían las personas que están revisando esta carpeta. Sin embargo, si usas la clave de cifrado X72 en su monóculo, la verdad se mostrará ". James respondió.

Hice lo que James me indicó, y el texto se hizo legible. Como esperaba, se trataba de Eva Moreno. 'Proyecto Safe Eagle: Terminación de la candidatura residencial de Eva Moreno '. Leía el encabezado del documento.

"Por lo tanto, esta es la planificación para cometer traición, ¿y me estás usando como una herramienta? Qué antipatriótico de tu parte. Dije.

"¡Nunca cometería traición!" James siseó.

Su comentario me confundió. ¿No iba a pedirme que matara al próximo presidente? Toqué el documento encriptado varias veces y le di una mirada inquisitiva. "Bueno, entonces, ¿qué es este documento?" Yo pregunté.

"Bueno, técnicamente Eva Moreno es solo una candidata presidencial. El colegio electoral aún no la ha ratificado. James explicó.

"¿Cuál es la diferencia entre matarla ahora o más tarde?" Yo pregunté.

"Es una diferencia monumental. En este momento, Eva Moreno es una ciudadana normal que representa una amenaza para la seguridad nacional, por lo que debe ser eliminada. Es mi deber patriótico. Una vez que el colegio electoral haya ratificado a Eva, se convierte en presidenta. Matarla a ella una vez se convierta en la presidente sería traición ". James discutió.

Sacudí mi cabeza. No estaba particularmente interesado en entrometerme en la política estadounidense. Además, no podía ver cómo matar a Eva Moreno evitaría que ocurriera el apocalipsis en el año 2131.

"Estoy fuera. No voy a abolir la democracia estadounidense matando a los presidentes electos que ustedes no aprueban". Gruñí

"Martin. Lee el documento antes de hacer declaraciones sin fundamentos. Nunca te encargué de matar a Eva Moreno. James se burló.

Hice una mueca a James, pero no dije nada. Leí el documento. El resto de la conspiración del monóculo se había reunido en la sede del conglomerado de Harapan en Yakarta. Durante la reunión, acordaron eliminar a Eva Moreno. Esto fue para asegurarse de que el corrupto y amigable corporativo Damien Vanderbilt se convertiría en el nuevo presidente. Damien actualmente ocupaba el segundo lugar entre los candidatos y se convertiría en presidente si algo le sucediera a Eva Moreno. La conspiración del monóculo no había contratado a un tirador para el asesinato. Pero sabían que un nacionalista taiwanés, Tzi Tsong, planeaba matar a Eva para causar un conflicto entre China y Estados Unidos.

Después de terminar de leer el documento, me sentí confundido. ¿Qué tiene que ver todo esto conmigo? Decidí preguntarle a James. "Ah James, no entiendo. ¿Qué se supone que debo hacer?

"Oh sí. Lo siento por eso. Queremos que Tzi Tsong mate a Eva, pero hay un problema. El servicio secreto tiene francotiradores que escanearán los tejados en busca de posibles atacantes. Alguien tendrá que eliminar estos obstáculos. Tú eres ese alguien ". James respondió.

"¿Por qué estaría de acuerdo con eso?" Yo pregunté.

"Porque nos debes una, ¿recuerdas? Te traje de entre los muertos. Tanto Elaine como Pierre también te han ayudado en varias ocasiones. James respondió.

" Qué hay si decido no pagarte de vuelta?" Me burlé.

"Eso sería desafortunado. Pero estoy seguro de que cooperarás. ¡Después de todo, puedo causarte un dolor inconmensurable en cualquier momento! James sonrió burlonamente.

Un dolor terrible me agarró, y me desplomé al suelo, temblando incontrolablemente. Unos segundos más tarde, todo terminó y James me miró. "¿Ves lo que quiero decir?" James se burló.

"¿Cómo hiciste eso?" Yo pregunté. "Cuando te tuvimos en nuestra atención médica, llenamos tu cuerpo con nanorobots cerca de tus nervios. Si disientes, puedo convertir tu propia bioelectricidad en un terrible dolor que ataque directamente al nervio. James reveló.

"Creo que no tengo más remedio que cumplir. ¿Cuáles son los detalles?, pregunté.

"Excelente. Déjame ayudarte ahora que hemos resuelto este malentendido. James dijo y me prestó una mano para levantarme del piso.

Una vez que me senté junto a la mesa, James volvió a hablar. "El discurso de Eva comenzará a las 13:00. Tu trabajo es eliminar rápidamente a los francotiradores a las 12:59 justo antes de que salga. Te proporcionaré una lista que detalla con las posiciones de los francotiradores. También te proporcionaré un rifle de francotirador silenciado sin límite de alcance.

"¿Por qué no hay alcance?" Yo pregunté.

"Porque el monóculo te da un objetivo mucho mejor que cualquier alcance. No eres un francotirador entrenado. Además, con un rifle silenciado, y si reflejo de alcance, le serás casi invisible a tus enemigos ". James explicó.

Asentí y me di cuenta de que solo tenía una pregunta. "Y bien , James. ¿Por qué no matas tú mismo a los francotiradores? Serías una gran oportunidad, y también tienes un monóculo Zetan ", le pregunté.

"Me pararé junto a Eva Moreno durante su discurso. Esa es la única forma de evitar ser sospechoso. ¡Esperemos que Tzi Tsong sea un buen tirador! James respondió.

"Estoy seguro de que el monóculo te ayudaría a esquivar la bala si entras en la línea de fuego", le respondí.

"Sí, pero arruinaría mi coartada", comentó James.

James caminó hacia la puerta. Te veré mañana, Martin. Prepárate." Dijo James y salió de la habitación del hotel.

Después de que James se fue, me serví una gran bebida del minibar. Había regresado a la civilización hace menos de 24 horas, y ya estaba involucrado en otra conspiración de asesinato. Cómo extrañé mi soledad en Kiribati.

DESPUÉS DE TOMAR DEMASIADAS bebidas alcohólicas, decidí hacer lo que cualquiera haría. Decidí confrontar a mi ex esposa Elaine, por teléfono. Normalmente, no apruebo este tipo de comportamiento, pero cuando tu ex lo involucra en una conspiración de asesinato contra tu voluntad, es razonable sentirse molesto.

Cuando Elaine levantó el teléfono, me quejé. "Oye, perra insensible. ¿Por qué aceptaste enviarme en esta misión? Me había retirado Estaba tratando de hacer las paces. Estaba tratando de comenzar una nueva vida para mí ".

"Martin, no es tan fácil. No puedes desaparecer y esperar que todos te perdonen. Te he hecho muchos favores. Ahora debes detener a Eva Moreno por el resto de nosotros ". Elaine respondió.

“Pero no es lo correcto. La gente votó por el cambio. Se merecen un cambio ''. Me opuse.

“Las masas llevan vidas poco notables y nunca explican mucho. No vamos a renunciar a nuestros objetivos a largo plazo para complacer sus caprichos y deseos. Matar a Eva y culpar del asesinato a China arrojará los mejores resultados. Damien Vanderbilt no hará nada para impedir nuestro progreso. Comenzar una nueva guerra fría acelerará la carrera espacial, mejorando nuestras perspectivas de construir colonias espaciales para 2131 ”. Elaine explicó.

Me di cuenta de que no tenía sentido discutir. Podría completar la misión y mantener satisfechos a los demás, o podría rechazar y hacer que todo el mundo venga a por mí. "Vale jefe. Haré lo que tú digas. Suspiré y colgué el teléfono.

AL DÍA SIGUIENTE ESTABA en una azotea en Washington. Era un día frío de noviembre y el viento me penetraba hasta los huesos. Había vivido en una isla tropical durante los últimos dos años, así que no estaba acostumbrado al frío. Entré en modo de combate en mi monóculo, y me di cuenta de que solo podía ver a tres de los cuatro francotiradores. ¿Qué debería hacer? Pensé en dispararle a Eva Moreno, pero esa no era una opción, ya que no la veía desde mi posición.

'12: 58 '

Tzi Tsong aparecería en cualquier momento, y tan pronto como sacara el rifle, los agentes del Servicio Secreto lo matarían. Vi a Tzi tomar su posición a través de la visión infrarroja. Tenía que moverme ahora.

Rápidamente disparé a los tres francotiradores del servicio secreto desde mi posición con mi rifle de francotirador silenciado. Tzi Tsong estaba a punto de dispararle a Eva cuando le dispararon. Al recibir un disparo, el disparo de Tzi Tsong falló.

Mi percepción del tiempo se congeló. Mi monóculo mostró la trayectoria estimada de tiro de Tzi Tsong, que se desviaría por cinco metros. Pero, si pudiera disparar y empujar la bala en el aire, eso podría cambiar su trayectoria para matar a Eva. "Probabilidad de éxito: 1 en mil millones", reveló mi monóculo. 'Oh, bueno, ya gané el Powerball', pensé, y tomé el tiro.

'¡Doble matanza!' apareció en mi monóculo, y no entendí nada en absoluto. "¿Estaba Eva muerta?" Le transmití a James a través del monóculo. "Sí. ¡Sal de ahí! James respondió.

Al leer esto, desarmé el rifle y lo empaqué en una mochila. Después de eso, usé el modo 'Evitar confrontación' en mi monóculo y regresé sin ser detectado a mi hotel.

EXISTE UNA TEORÍA CIENTÍFICA de que uno podría atravesar una pared sin ningún contacto. Esto se debe a los espacios y al posicionamiento entre los átomos. No recomiendo a nadie que lo intente, ya que tomaría billones de años hacerlo bien. La repetición de mi doble disparo mortal que logró matar a Eva Moreno y al cuarto contra-francotirador me recordó esta teoría.

No solo me las arreglé para golpear la bala perdida de Tzi en el aire redirigiéndola a un curso de colisión contra la cabeza de Eva. La colisión también había cambiado la trayectoria de mi bala, haciendo que golpeara al cuarto contra francotirador que ni siquiera había visto. Creo que si el tiempo se reinicia una cantidad infinita de veces, no se podría replicar el mismo disparo.

James entró en mi suite del hotel, mostrando una sonrisa petulante. "Excelente disparo, Martin. Ya no estás en deuda conmigo. Dijo James.

"¿Viste esos disparos? ¡El último disparo fue un milagro! Dije con asombro.

James me dio una mirada escéptica y respondió. "No sé de qué estás hablando. Tu cuarto disparo fue el más fácil de los cuatro. Es una pena que no pudieras matar al contra francotirador a tiempo, pero tan pronto como se reveló, fue un disparo fácil ".

"Pero le disparé a la bala de Tzi en el aire. Esto cambió la dirección de ambas balas, causando que Tzi golpeara a Eva y que la mía golpeara al cuarto francotirador". Respondí.

Al escuchar esto, James me estudió por un tiempo. Después de una larga pausa, respondió. "Mira, no es así como sucedió. Al explicar algo, siempre ve con la explicación más fácil. Si nuestros trabajos no fueran tan secretos, te recomendaría que busques a un profesional de la salud mental".

Me di cuenta de que no tenía sentido discutir mi caso. La explicación de James tenía mucho más sentido, ¿y qué obtendría al lograr probar mi loca historia?

"¿Qué pasa ahora?" Yo pregunté.

"Bien. Hemos colocado un agente iraní muerto en la ubicación de su francotirador. Enmarqué a un empleado de alto rango del Servicio Secreto entregando las ubicaciones de francotiradores del Servicio Secreto para ayudar a enmarcar el ataque. La policía de Washington encontró a Tzi Tsong donde le dispararon. Afirmaremos que este fue un ataque coordinado de Irán y China ". James reveló.

"Entonces, ¿habrá guerra?" Yo pregunté.

"No es una guerra adecuada. Este resultado deleita a todos en Washington. Es negocio como de costumbre y no hay más amenaza contra tus políticos ni a sus adinerados patrocinadores. Habrá huelgas de represalia, por supuesto. Pero nosotros en la CIA coordinaremos estos ataques culpando a China e Irán. De esa manera, pueden llenar los sitios atacados con indeseables migrantes de sus propios países". James explicó.

"Entonces, lo tienes todo resuelto. ¿Qué pasa conmigo?" Pregunté.

Te volverás a unir a los templarios y al Mossad. Ben y Szymon han estado luchando para abrir esa maldita puerta en Jerusalén. Ve a echarles una mano, ¿quieres? James ordenó.

"¡Prefiero volver a mi casa en Kiribati!" Me opuse.

"No te detendré, y tu deuda conmigo ha sido pagada. Pero dudo que Ben, Szymon y Pierre lo vean de la misma manera. James respondió.

Me acerqué al sofá y me desplomé en resignación. ¿Cuándo terminaría esta maldita pesadilla? Me di cuenta de que no podía volver a Kiribati hasta que todos consideraran que mi deuda había sido pagada. Estudié la foto de Alani. Ahora que estaba de vuelta a la civilización, vi la verdad tal cual erae era, era un hombre de 40 años de edad, viudo y de aspecto normal. Aunque para mí no fuera un problema, eran los hechos. La única forma en que podía mantener a salvo a Alani y Elenoa era alejándome hasta que hubiera cumplido mi destino.

Próxima parada, Jerusalén.

Capítulo 14: Jerusalén, noviembre de 2028

"Bienvenido a casa, Martin!"

Mis antiguos ayudantes, James y Michael, me recibieron con entusiasmo cuando pasé la aduana en el aeropuerto internacional de Tel Aviv. Experimenté sentimientos encontrados al verlos de nuevo. No los había visto en casi cuatro años. Un ataque terrorista en Roma lesionó a James y Michael. Mi falta de acción en Roma había permitido que el ataque terrorista salafista tuviera lugar, matando a cientos de personas, entre ellas el Papa. Nuncame había sentido adecuado para mi nombramiento como gran maestro de la revitalizada Orden Templaria. Pero ahora estaba de vuelta, y aunque no me sentía entusiasmado por eso, al menos tenía un propósito en la vida nuevamente.

"Me alegro de que Dios te haya mantenido a salvo, James", le dije y forcé una sonrisa pretenciosa. Había visto a James y Michael cuando estaban en coma después del ataque salafista. Me sentí obligado a irme, a alejarme lo más posible de Roma. Mi culpa me había impulsado, pero si me hubiesen importado un poco, ¿no los habría visitado en los años siguientes?

"Me alegra que hayas encontrado a Jesús y regresado a casa", respondió James.

"Sí, pensamos que te habíamos perdido", agregó Michael.

"Bueno, ya he vuelto. ¿Quién es el líder de la orden templaria en estos días? Yo pregunté.

"¡Usted lo es!" James respondió.

"¿Yo lo soy? Entonces, ¿estuvieron sin líder durante más de tres años? Yo pregunté.

"Un cuerpo no puede vivir sin la cabeza. Su partida nos dejó en una situación difícil. "Michael respondió.

"Pero para ser justos, estábamos haciendo rehabilitación la mayor parte del tiempo, y de todos modos no pudimos realizar tareas activas", admitió James.

Asentí, pero no dije nada. Yo era el líder reacio de una organización religiosa difunta. Y ni siquiera compartía las creencias religiosas de la organización.

"Entonces, ¿vamos a los Túneles Templarios para desbloquear esa maldita puerta?" Me burlé.

"Sí, gran maestro. Pero primero, debemos dirigirnos a la tumba de la Virgen María y presentar nuestros respetos, como es la costumbre de nuestra organización ". James respondió.

"Por supuesto. Muestra el camino, hermano James. Respondí.

OBSERVÉ A JAMES Y MICHAEL mientras rezaban a la estatua de la Virgen María. La adoración a la Virgen María siempre me había fascinado. Incluso si María era virgen cuando quedó embarazada de Jesús, lo cual parece descabellado, tuvo otros hijos más tarde. ¡En algún momento, ella tendría que haber dejado de ser virgen para que esto sucediera, o Dios tendría que haberse mantenido ocupado, mientras que José era el hombre más triste de la antigüedad!

"¿Por qué están rezando a un humano muerto?" Rangda preguntó dentro de mi cabeza.

Me alejé de los demás. No quería molestar sus oraciones al hablarme a mí mismo como un loco frente a ellos.

"Supongo que les brinda consuelo, creer en algo más alto que ellos mismos", respondí.

"No tiene sentido. No importa cuán poderosos crean que María fue durante su vida, ella está muerta ahora. ¿Qué esperan lograr?" Rangda se opuso.

"Bueno, ¿estás celosa? ¿Prefieres que te recen? Me burlé.

"No me importa la adoración humana. Solo me importa la obediencia humana ". Rangda respondió.

"Entonces, ¿a quién deberían rezar?" Yo pregunté.

"Si deben rezar, pueden rezarle al Verdadero Creador, el creador de nuestro universo. Pero eso sería una pérdida de tiempo ". Rangda respondió.

"¿Por qué?" Yo pregunté.

"Porque la Verdadero Creador nunca hace nada. Ella solo está mirando mientras pasa el tiempo. Cómo las especies suben y bajan. Por eso la depondré. Juntos vamos a extender y llenar de vida a una galaxia casi muerta ". Rangda gritó.

"¡Entendido!" Respondí

" Ahora, diles a tus subordinados que dejen de perder el tiempo. Necesitas llegar a esa puerta, abrirla y recuperar mi cristal. " Rangda ordenó.

"Entendido, emperatriz Rangda", dije y me desconecté de Rangda. Después de eso, insté a James y Michael a darse prisa.

"NOS ENCONTRAMOS DE nuevo, Al-Sham". Ben Yehuda dijo y giró su bigote.

"Si. Han pasado dos años. ¿Puedes decirme qué los está retrasando de abrir esa maldita puerta? " Gruñí.

"Relájate, Al-Sham. Recuerda dónde estás. Szymon respondió.

Me tranquilicé y no dije nada.

"Así que, caballeros. Déjenme mostrarte nuestro progreso hasta ahora. Dijo Ben.

Caminé en silencio detrás de los Hermanos Yehuda, quienes nos llevaron a los Túneles Templarios debajo del Templo de Salomón. Eran los mismos túneles en los que había pasado meses buscando pistas durante mi último período con los templarios. Estar de vuelta aquí, me generaba curiosidad sobre lo que los hermanos Yehuda habían descubierto. Cuando llegamos al final de un camino, noté que se había abierto un túnel a la derecha desde mi última visita. Sentí una fuerte aura fluir desde el túnel y mi ritmo cardíaco aumentó cuando Ben nos condujo por el camino de la derecha.

Llegamos al final del túnel, y era un callejón sin salida. Ben y Szymon miraban la pared y me sentí obligado a hablar. "¿Hey qué es esto? ¿Por qué me trajeron hasta aquí? Yo pregunté.

Ben tomó su teléfono y me lo entregó. "¡Esta es la razón por!" Dijo Ben. Miré el teléfono y pude ver como en la imagen, toda la pared estaba iluminada con símbolos antiguos.

"¿Asumo que usaste un Cristal Zeto para energizar la pared?" Yo pregunté.

"Si. Hemos desperdiciado varios cristales Zeto tratando de abrir este muro. No sabemos la secuencia correcta y la maldita pared nos electrocuta y se apaga en el momento en que ingresamos la contraseña incorrecta ". Ben Yehuda reveló.

Estudié la foto. Reconocí algunos de los símbolos del tatuaje que los Zetans me dieron en 2019. ¿Podría ser mi tatuaje la contraseña?

"Ben, ¿de casualidad tienes más cristales Zeto?

“Sí, tengo uno. ¿Por qué? ¿Crees que sabes la secuencia correcta? Ben preguntó.

"Sí, creo que mi tatuaje puede contener la secuencia correcta", respondí.

Los hermanos Yehuda se acercaron a mí y revisaron mi tatuaje. Se miraron por un periodo de tiempo extendido. Finalmente, Ben asintió con la cabeza hacia Szymon y Szymon me entregó una réplica del Cristal Zeto.

"Úsalo bien. No introduzcas mal la secuencia. Dijo Szymon.

"No voy a fallar", dije, y agarré el cristal.

"¿Dónde está la ranura para este cristal?" Yo pregunté.

“No hay ninguna. Tendrás que golpearlo contra la pared para descargar la energía. Ben instruyó.

Pensé en la proposición. Parecía un desperdicio, pero con un tesoro invaluable al otro lado de la pared, tenía que intentarlo. Golpeé el Cristal Zeto contra la pared, y envió una explosión de energía azul que iluminó la pared.

Sentí cómo se me aceleró el pulso. Estaba tan cerca del final de mi viaje. Una vez que tuviera el cristal Zeto Primordial, podía abrir el portal a la dimensión divina y evitar el Apocalipsis.

Me preocupaba que los Hermanos Yehuda intentaran usar el Cristal Zeto para su propio propósito nefasto. Los hermanos Yehuda querían limpiar étnicamente la Tierra Santa y dar paso a la raza judía maestra. Pero tenía mi triunfo en la mano. Supuse que el cristal podría estar sin batería cuando lo encontramos. La única forma de cargarlo, o al menos que yo sabía, era envolverlo en el velo de Pachamama y arrojarlo a un volcán activo. Por lo tanto, dejaría que los hermanos Yehuda tomaran el cristal por ahora, y luego se los robaría una vez que creyeran que era inútil.

Habiendo planeado mi próximo movimiento, me acerqué a los símbolos alienígenas en la pared y entré en la secuencia de mi tatuaje.

'poof!! '

La habitación se ennegreció y sentí un dolor ardiente antes de que todo se desvaneciera.

"AL-SHAM, CÓMO HAS DESPERDICIADO nuestro Cristal Zeto." Szymon ladró.

Lo que más odiaba de mi vida era que cada vez que algo me dejaba inconsciente, nunca me encontraba ni con amor ni preocupación cuando me despertaba. En cambio, siempre había alguien quejándose o discutiendo, haciéndome querer volver a la inconsciencia para alejarme de todo. Decidí probar este enfoque. Mantuve los ojos cerrados, fingiendo no escuchar a los hermanos Yehuda.

Desafortunadamente, Szymon Yehuda vio a través de mi artimaña y habló. "Al-Sham. Tengo todo el tiempo del mundo. Puedo jugar este juego todo el día. No finjas estar inconsciente.

Me di cuenta de que Szymon tenía un argumento convincente y abrí los ojos.

"Mi hermano no está feliz contigo", dijo Szymon.

"¿Por qué es eso, escuché que ustedes también intentaron otra secuencia!" Respondí.

"Si. Pero usaste el último Cristal Zeto. Ahora debemos encontrar un cristal nuevo o pedirle a Pierre otro.

"No es gran cosa, Pierre es rico. Puede enviarnos algunos. Respondí.

Te sugiero que se lo digas a Pierre tú mismo. Te voy a enviara ti y a los otros templarios a México. Puede haber una pista para nosotros allí en la Pirámide del Sol. Mira si puedes reclutar a algunos agentes locales mientras lo haces. Espero que nuestra próxima reunión sea en circunstancias más alegres". Dijo Szymon y salió de mi habitación del hospital.

Me levanté de la cama. Mi espalda estaba muy adolorida, pero yo no quería estar más aquí. Mantenerme activo fue mi mejor manera de encontrar la solución, y cuanto más lejos estaba de los hermanos Yehuda, mejor. Me levanté de mi cama y contacté a Michael y James.

'KEILA EISENSTEIN NO genera ningún resultado conocido'.

Estaba buscando en Internet, así como en los archivos secretos de la CIA, alguna pista sobre Keila Eisenstein. La mujer era un fantasma, o no existía. Recordé que los Zetanos me encargaron encontrar a Keila mientras me hacían el tatuaje. Los dos tenían que estar relacionados. Encontrar a Keila Eisenstein sería la clave para descifrar el tatuaje y recuperar el cristal Zeto primordial. Pero hacerlo parecía ser tan complicado como tratar de interpretar el tatuaje por mí mismo. ¿Pero cuáles fueron mis opciones? No podía adivinar la secuencia de millones de posibles soluciones. Cada suposición incorrecta me electrocutaría y gastaría un Cristal Zeto. Tenía que encontrar a Keila, era mi única opción.

Decidí confiar en Michael y James. Encontrar a una mujer escondida era como encontrar una aguja en un pajar. Si tres personas estuvieran buscando la maldita aguja, eso reduciría el tiempo de encontrarla.

"Michael y James. Hay una cosa que debes saber sobre la misión que tenemos por delante". Dije.

"¿Qué es eso, Gran Maestro?" Michael preguntó.

" Tenemos que estar atentos a una mujer llamada Keila Eisenstein", respondí.

"¿Qué sabemos sobre esta mujer?" Preguntó James.

"No sé nada de ella. El nombre no existe en ninguna base de datos, pero sé que ella es importante para nuestro éxito ". Respondí.

Michael y James me estudiaron escépticamente por un tiempo. Finalmente, Michael habló: "Está bien, Martin. Prometo estar atento. Pero centrémonos en nuestra misión en México. Veamos si podemos encontrar la Tumba Real en la Pirámide del Sol.

Asentí mostrando empatía. No podíamos viajar por el mundo, buscando una mujer al azar que pudiera estar en cualquier lugar. Teníamos que concentrarnos en seguir las pistas que teníamos a mano. Próxima parada, la Pirámide del Sol en la Ciudad de México.

Capítulo 15: Jerusalén, diciembre de 2037

Estaba agregando los toques finales a mi 25a novela. Fue una espléndida obra de ficción, y esperaba que este fuera mi gran avance. Nunca he oído hablar de alguien que tenga un avance hasta su novela número 25, pero tampoco he oído hablar de lo contrario, así que esto fue todo.

Los nueve últimos años habían sido estado llenos de sucesos como sin incidentes al mismo tiempo. Había viajado por el mundo con James y Michael, en busca de artefactos alienígenas o pistas para abrir la puerta en los túneles templarios y mientras explorábamos los rincones del mundo, también habíamos tratado de reclutar seguidores.

Ninguno de nuestros objetivos había tenido éxito. Me faltaba el celo religioso de ser un líder espiritual creíble, y nuestra tensa relación con el Vaticano no ayudó. Cuando se trataba de buscar artefactos antiguos, no habíamos encontrado nada útil. En los túneles subterráneos, esa maldita puerta todavía impedía nuestro progreso, impidiéndonos llegar al cristal Zeto primordial. En nuestra desesperación por salir adelante, habíamos probado explosivos y láseres, incluso sin tratar de dañar la puerta. Si bien esto demostró que algo valioso estaba del otro lado, no nos acercó a nuestro objetivo.

Dejé de escribir, cuando el agente del Mossad, Dov Dorevitch, irrumpió en mi oficina.

"Martin Al-Sham. Sé que estás tramando algo malo. Dov gritó.

Estaba reflexionando sobre la declaración de Dov. ¿Era esta una señal de la Verdera Creadora de que mi libro número 25 no tendría éxito? ¿O estaba Dov hablando de otra cosa? 'Solo hay una forma de averiguarlo', pensé, y respondí. "De qué estás hablando. Estoy escribiendo una novela ¿Qué crees que estoy haciendo?

Dov sacudió la cabeza y respondió. "No me importa tu libro. Pero tú eres el líder de una facción cristiana militante en una región conflictiva en el mundo. Hay rumores sobre un ataque terrorista que tendrá lugar mañana ".

Suspiré y me serví a mí y a Dov, una copa de vino tinto para cada uno de una jarra de oro ornamental que tenía en mi oficina.

"No bebo mientras cumplo con mi deber. ¡Responde a mi pregunta!" Dov gruñó.

"No escuché una pregunta. Escuché una declaración sin algún tipo de relación. Argumenté.

"Al-Sham. Eres el líder de una orden cristiana militante. ¿Puedes demostrar que tu grupo no está involucrado en los repetidos ataques de los últimos años? Dov insinuó.

"Probar la inocencia es una tarea imposible. Es por eso que el sistema de justicia trata de probar la culpa. ¿Puedes demostrar que el Mossad no está detrás del rápido aumento de los ataques terroristas? Yo sonreí.

Sabía que los hermanos Yehuda, junto con Pierre Beaumont y el Banco Mundial, financiaron el terrorismo islámico. Las élites gobernantes querían el terrorismo como una distracción para sus propios planes nefastos. En cuanto a los hermanos Yehuda, esperaban que el terrorismo islámico uniera a los judíos para expulsar a los musulmanes de Tierra Santa.

"No puedo probar que el Mossad sea inocente cuando se trata de esto. De hecho, creo que los elementos dentro del Mossad están conspirando contra el pueblo israelí ". Dov divulgado.

"Eso es interesante. Desafortunadamente, estoy agotado de sombreros de papel de aluminio. Los Caballeros Templarios no son una organización militante en el sentido como nos describen. Lo que tenemos en común con nuestra organización precursora es nuestra disciplina, nuestro celo religioso y nuestra castidad". Afirmé.

"¿No estabas demasiado ocupado frecuentando burdeles de alta gama en Roma, para salvarla vida del séptimo Papa?" Dov insinuó.

Decidí no responder a la declaración de Dov. Su presencia me molestó y me aterrorizó. Era un problema con el que tenía que tratar, pero primero, tenía que abandonar mi oficina. "¿Hay algo más?" Yo pregunté.

"Si. De hecho, lo hay. Esta chica aterrizó en el aeropuerto hace unas horas. Un joven de 18 años que viaja desde Australia y vuela con Orbit, una aerolínea de alto. ¡Muy sospechoso! Dov dijo y puso un documento en mi escritorio.

Estaba a punto de responder cuando eché un vistazo rápido al documento. El contenido del documento me sorprendió. Una cierta Sabina Hines había aterrizado hoy temprano. Miré su foto. Era la viva imagen de Ellen Hines, la mujer con la que tuve un encuentro casual 18 años antes. ¿Pero no murieron Sabina y Ellen en la Guerra Civil sudafricana en 2023?

Me di cuenta de que nunca había verificado la muerte de Ellen y Sabina. Me había llenado de culpa y terror y no me había atrevido a enfrentar la verdad. En cambio, supuse que estaban muertas por ver a la niña muerta en las noticias por televisión. Si Sabina estaba viva y había venido a Jerusalén, tenía que verla. Había tantas preguntas sin resolver. Entre ellas, necesitaba averiguar si era mi hija o no.

"Como lo sospechaba pensaba. Conoces a esta chica, ¿no? Te estaré vigilando, Al-Sham. Dov dijo, recogió el documento y me dejó sin palabras.

DOV VIENE A POR NOSOTROS. Necesitamos actuar ahora." Le dije a Ben Yehuda por un teléfono encriptado.

“No te preocupes por nada, Al -Sham. Déjalo creer que nos involucramos con esta mujer Sabina Hines. Dirigirá su enfoque en la dirección equivocada. Trataremos con Dov si es necesario. Ben respondió.

"Entonces, ¿qué va a pasar mañana?" Yo pregunté.

“El eclipse solar volverá a salir. Con suerte, le brindará a mi gente un futuro mejor”. Ben respondió.

"¿Habrá otro ataque?" Yo pregunté.

"Yo espero que sí. Pero como no llevo a cabo los ataques reales, no puedo saberlo con certeza. No te preocupes, Martin. Mantente alejado del Muro de los Lamentos y concéntrate en sus libros. Pierre y yo nos pondremos en contacto contigo para futuras asignaciones. Estás temporalmente despedido." Ben respondió y colgó el teléfono.

Después de la llamada telefónica, me sentí ansioso al saber que Sabina estaba en Jerusalén. Si bien era un conocimiento trivial para él, aún me sentiría más cómodo si él no lo supiera. Decidí concertar una reunión con James y Michael para discutir el asunto más a fondo.

ERA CERCA DE LA MEDIANOCHE cuando mis compañeros templarios James y Michael entraron a mi oficina. Se sentaron junto a mi mesa de comedor, y les serví a cada uno una copa de vino tinto. Mientras bebíamos el vino, vitoreamos y alabamos a la Virgen María. Después de las formalidades habituales, Michael habló.

"¿Qué está pasando, Gran Maestro? ¿Por qué nos reunimos así, en medio de la noche? Michael preguntó.

"Habrá otro ataque mañana. Un ataque salafista cerca del Muro de los Lamentos. Revelé.

"Gracias por la advertencia, Gran Maestro. Pero eso no explica por qué nos estamos reuniendo así. Que los infieles se maten entre sí, no me importa demasiado para serte honesto. Michael respondió.

Hice una pausa, tomé un gran sorbo de mi vino y volví a hablar. "Hay una chica que debemos buscar. Tanto Dov como Ben la mencionaron hoy. Ella podría ser crucial para el éxito de nuestra misión aquí ".

"¿Quién es esta chica, Gran Maestro?" Preguntó James.

"Se llama Sabina Hines; necesitamos encontrarla y hablar con ella", respondí.

"Entendido. Comenzaremos a buscar a la niña mañana. Dios lo bendiga, gran maestro. Michael dijo.

Michael y James se levantaron y salieron de la habitación. Dudé un momento. Quería comenzar la búsqueda de Sabina esta noche, pero no quería revelarles por qué era tan urgente para mí verla.

Afortunadamente, tenía otro contacto a la que no le importaba trabajar en medio de la noche. Envié un mensaje en la red oscura y me dirigí a nuestro lugar de reunión designado.

"¿TRAJISTE EL DINERO?" Simona me preguntó.

Tiré un montón de billetes de shekel en el suelo y estudié a la niña. Simona era una chica flaca y de pelo negro. Era menor de 20 años, con un aspecto muy juvenil y amanerado. Sabía que era lesbiana, pero eso no me impidió sentirme atraído por ella. Nunca había actuado a favor de esta atracción, ya que supuse que un hombre de 52 años no sería tan atractivo para una lesbiana de 18 años. Además, podía tener sexo en otro lugar, pero encontrar a alguien con el talento de Simona valía una fortuna.

Simona había sido mi protegida durante los últimos dos años. Su familia la había repudiado cuando descubrieron que era lesbiana. Esto había obligado a Simona a mudarse con su novia, Leah. Desafortunadamente, Leah había sido una activista dedicada a derribar a los hermanos Yehuda. Una vez que Ben Yehuda encontró la identidad de Leah, decidió matarla él mismo. Simona había presenciado el asesinato desde un escondite. No sabía por qué Ben había dejado a Simona con vida, y no podía averiguarlo sin comprometer su identidad.

Simona terminó de contar el dinero y se volvió hacia mí. "¿Qué necesitas que haga?" Simona preguntó.

“Hay alguien que necesito que encuentres y contactes. Se llama Sabina Hines y sospecho que está aquí en una misión. Respondí.

"¿Por qué crees eso?" Simona preguntó.

“Los mochileros de 18 años no pagan USD 30,000 por un boleto de ida que vuela en un vuelo con Orbit desde Sydney. Además, es muy difícil obtener una visa de turista para Israel en estos días ". Respondí.

Simona asintió y respondió. "Entonces, ¿qué quieres que haga?"

“Quiero que descubras todo lo que puedas sobre Sabina. Si es posible, trata de conocerla. Alguien con tu talento sería útil para ella si está en Jerusalén en una misión. Respondí.

"¿Y quieres que la ayude?" Simona preguntó.

"Averigüa qué pretende hacer primero, y luego podemos discutir el mejor curso de acción", respondí.

"¿Y qué hay de mi pago?" Simona preguntó.

“Estarás bien compensada. Lo suficiente como para dejar esta mierda y comenzar una nueva vida. Respondí.

"Lo suficientemente justo. Acepto tu oferta." Dijo Simona.

"Bueno. Espero tu informe inicial para el mediodía de mañana. Ponte a trabajar, Simona —dije y salí de la casa de seguridad.

* KABOOM *

El sonido de una explosión distante me despertó. Miré mi teléfono Ya eran las 10:30 de la mañana. No había madrugado esa precisa mañana, pero en mi defensa me había acostado tarde, contratando a Simona para localizar a Sabina.

Llegué hasta la parte superior de mi cama y me dirigí a la máquina de café cuando oí una multitud de sirenas de vehículos de emergencia. Era evidente para mí que había tenido lugar otro gran ataque terrorista. No me importó, ya que no me afectó a mí ni a mis planes.

Pero entonces, la ansiedad me agarró. ¿Y si Sabina o Simona estuvieran entre los asesinados? Sabina podría ser mi hija, y Simona fue mi protegida y era crucial para mis objetivos. No quería que ninguna de ellos se lesionara en la explosión. Llamé a Simona.

"¿Hola?" Simona respondió con voz somnolienta.

"Te estoy despertando para nuestra reunión. ¡Te veo en una hora, Simona! Respondí y colgué.

Si bien me sentí aliviado de que Simona estuviera bien, todavía no sabía sobre el destino de Sabina. Me estaba preparando para conocer a Simona cuando vi algo que me sorprendió. Las noticias de televisión mostraron las imágenes de CCTV del ataque terrorista. En el centro del metraje, vi a Sabina. Me sentí aterrorizado cuando la explosión se produjo junto a ella y la cámara murió.

'No te enfoques en cosas que no puedes cambiar. Concéntrate en lo que puedes hacer ', me dije, y me apresuré a la casa de seguridad donde conocería a Simona.

"ELLA ES UNA CHICA BASTANTE interesante, esta que me pediste que investigara. Increíblemente linda también". Dijo Simona e insinuó una rara sonrisa.

"Estoy seguro de que se sentirá muy atraída por la chica que pasó toda la noche pirateando sitios web para descubrir sus secretos". Me burlé.

"¡Una chica tiene que tener sueños!" Simona respondió bruscamente.

"Lo que sea. ¿Qué descubriste?" respondí

Simona respiró hondo y luego leyó en voz alta desde su tableta. "Sabina Hines es una ciudadana australiana, nacida en Sudáfrica el 20 de octubre de 2019. Sus padres son John Hines y Ellen Hines. Su padre es judío, y así fue como obtuvo su visa para Israel. Sabina no tiene afiliaciones conocidas con ningún grupo ".

"Hmm, no hay mucho para seguir. ¿Descubriste algo más? Yo pregunté.

"Si. Sabina se graduó de la escuela secundaria con las mejores calificaciones posibles. Ella ganó $ 300,000 haciendo operaciones de comercio en línea durante un mes. Ayer compró $ 150,000 en SplitCoin ". Simona respondió.

"Perfecto. Has ganado una recompensa. Dije y transferí un poco de SplitCoin a Simona.

Simona revisó su teléfono y me lanzó una mirada agria. "¿Solo $ 1,000?" ¿Cómo voy a comenzar una nueva vida con ese poco dinero?

"No vas a comenzar una nueva vida hasta que hayamos completado esta misión. Y a diferencia del Mossad, pago en oro y no en plomo. Intenta organizar una reunión con Sabina. Me aseguraré de que valga la pena. Respondí.

Estaba caminando hacia la puerta cuando me sentí sentimental. Regresé a Simona, la abracé y hablé. "Simona, ten cuidado ahí afuera. Puede que no lo muestre, pero me preocupo por ti.

Simona me miró incrédula. Después de un silencio incómodo, me di la vuelta y salí del departamento.

ESTABA EN MI OFICINA en la discreta sede de los Templarios, mirando nerviosamente el reloj. Eran las nueve de la noche, y no había recibido ninguna noticia de Simona, y ni siquiera sabía si Sabina había sobrevivido al ataque terrorista.

De repente, Ben Yehuda entró a mi oficina. Pensé en golpearlo, pero me di cuenta de que debía contratar guardias de seguridad competentes para evitar quc esto sucediera.

"Tengo algunas noticias urgentes sobre una amiga mutua", declaró Ben.

La declaración de Ben me confundió. No me gustaba Ben, y no podía recordar que tuviéramos amigos en común. Me di cuenta de que este comentario no agregaría nada a la conversación, por lo que respondí: "Dime, Ben".

"Dov implicó a Sabina Hines por el ataque terrorista en el Muro de los Lamentos esta mañana. Durante el interrogatorio, él interfirió y secuestró a Sabina amenazándola con una pistola. Jakub Kluger los siguió y le disparó a Dov pero justo antes de que Jakub pudiera traer de vuelta a Sabina, un rayo lo golpeó. En este mismo momento Jakub está recibiendo cuidados intensivos en el hospital y Sabina está desaparecida". Ben reveló.

La revelación de Ben me alivió. Me preocupaba que Sabina muriera durante el ataque, pero estaba viva y coleando. Le escondí mis sentimientos a Ben y respondí. "Bueno. Entonces, ¿qué sugieres que hagamos?

"Eso depende. Puedo enviar una orden de arresto para Sabina, clasificándola como una terrorista peligrosa. Todos los policías y todas las cámaras de CCTV la buscarán ". Ben respondió.

"¿Y cuál es la segunda opción?" Le pregunté, esperando que fuera una mejor opción para mis objetivos.

"Puedo eliminar todo lo relacionado con Sabina en nuestro registro y mantener los archivos en mi disco personal". Ben reveló.

Estudié a Ben Yehuda. ¿Me estaba poniendo a prueba y qué respondería? Parecería extraño si estuviera demasiado interesado en la segunda opción. Pero tampoco quería disuadirme de elegir esa opción. Finalmente, respondí. "Veo. ¿Por qué quieres que Sabina Hines permanezca en secreto?

Ben Yehuda me entregó una tableta. En la tableta, había un video del interrogatorio. En el video, Dov le estaba gritando a Sabina, hasta que ella lo agarró del brazo y lo miró a los ojos por unos segundos. Después de eso, Dov parecía hipnotizado. Dov abrió las esposas de Sabina y la sacó de la sala de interrogatorios y el video terminó. Miré el video con incredulidad. ¿Qué había presenciado?

"¿Qué fue eso?" Pregunté confundido.

"Creo que Sabina es una telepática táctil", respondió Ben.

"¿Un telepática de toque? ¿Qué es eso?" Yo pregunté.

"Una de las antiguas Torá prohibidas es sobre Malka, que era un poco empático. Malka era una hechicera poderosa que podía influir en las mentes a través del poder del tacto. Ben reveló.

"Entonces, ¿qué estás sugiriendo?" Yo pregunté.

"Sugiero que atraigamos a Sabina a la puerta que bloquea el Cristal Zeto. Hemos agotado todas las opciones para abrir esa puerta. Quizás un toque de empatía puede hacerlo mejor". Ben especuló.

Pensé en la propuesta de Ben. Era un plan peligroso, y no quería exponer a Sabina a Ben. Pero desafortunadamente, él ya sabía sobre ella. Me di cuenta de que era mejor si solo Ben supiera sobre Sabina a que todo el país la estuviera persiguiendo.

"Bien, ¿qué sugieres que hagamos?" Yo pregunté.

"Debes encontrarla y llamar su atención. Pero, antes de que tenga la oportunidad de manipular tu mente a través del tacto, iré y escenificaré tu asesinato. Eso la pondrá en marcha y la llevará directamente a los Túneles Templarios y a la puerta cerrada. Con suerte, ella es lo suficientemente poderosa como para desbloquearlo para nosotros ". Ben instruyó.

"Y si esto fallase?" Yo pregunté.

"Entonces tendremos otro cadáver, y la puerta permanece cerrada. Nada ganaremos, ni nada perderemos". Ben respondió.

Me enojé con la declaración de Ben. Sabina era potencialmente mi hija, y no podía dejar que Ben la asesinara. Pero mantuve la calma y redirigí el tema. "¿Has discutido esto con los demás?" Pregunté.

"Szymon está en una misión secreta en África, y no sería adecuado contactarlo ahora. No veo ninguna razón para contactar a los demás. Ben respondió.

Noté una notificación de mensaje de texto de Simona en mi reloj inteligente, y decidí terminar mi conversación con Ben. "Está bien, hagamos cosas como tú dices. Estaré pendiente de Sabina. Dije.

"¿Vas a alguna parte?" Ben comentó.

"Sí, tengo una cita caliente. No puedo dejar que tus caprichos y deseos destruyan mi vida sexual, ¿verdad? Me burlé.

Ben se quedó en silencio por un segundo. Claramente, quería objetar mi excusa. Después de un momento de silencio, Ben cedió. "Muy bien, Al-Sham. Disfruta tu cópula impía. Siempre y cuando estés listo para servir en el corto plazo. Estás despedido." Ben suspiró.

"Sí, sí, señor", le respondí. Luego me burlé de Ben Yehuda y salí de mi oficina.

Después de salir de mi oficina, contacté a Simona y organicé una reunión.

"SABINA ME CONTACTÓ a través de la web oscura. Necesitaba encontrar un lugar seguro donde quedarse. La envié a la casa de seguridad en la calle E-Zahra. Simona reveló.

Estaba experimentando muchas emociones claramente visibles. Quería ir allí de inmediato, advertir a Sabina sobre Ben Yehuda y abandonar Israel lo más rápido posible. Pero también quería usar Sabina para abrir el pasadizo cerrado en los Túneles Templarios para asegurar el Cristal Zeto primordial. Asegurar el Cristal Zeto era mucho más importante que el bienestar de una niña que podría ser o no mi hija.

"¿Hay algo que te moleste?" Simona preguntó.

"Yo estaba pensando. Necesitamos rastrear a Sabina y ver qué está haciendo. ¿Ordenó algún equipo o solo alojamiento? Yo pregunté.

"Ella ordenó todo el kit. Teléfono, computadora portátil, identificación falsa, tarjeta de crédito prepago y ropa ". Simona respondió.

Esta fue una gran noticia. Si Sabina ordenó un teléfono, podríamos seguir sus movimientos insertando un chip de seguimiento en su teléfono. El único problema era que ella podría descubrirlo. Alguien experto en tecnología, ordenando equipo nuevo, pagando con criptomonedas a través de la red oscura, podría detectar si la rastreamos. Pero si ella fuera una verdadera profesional, Simona no habría descubierto la verdadera identidad de Sabina. Decidí pedirle a Simona que insertara un chip de rastreo en el teléfono.

"¿Se puede insertar un chip de seguimiento en el teléfono, la computadora portátil y la ropa?" Yo pregunté.

"Eso estaría en contra de mi código profesional. Mi reputación se vería irreversiblemente perjudicada si se llega a saber que le estoy siguiendo la pista a mis clientes ". Simona se opuso.

"¡Como prometí antes, puedo pagarte lo suficiente para que abandones esta ciudad para siempre!" Respondí.

"¡Mi código no se trata de dinero, se trata del principio!" Exclamó Simona.

Suspiré. Odiaba tratar con idealistas políticos. Siempre fueron tan justos y difíciles de persuadir.

"Pero hay una cosa que quiero. Pero no se trata de dinero ". Simona reveló.

Asentí. Sospeché que el dinero habría sido más fácil, pero quería escuchar las condiciones de Simona. "Entonces, ¿qué quieres, Simona?" Yo pregunté.

"Quiero justicia. Quiero matar a Ben Yehuda para vengar a Leah ". Simona respondió.

Suspiré. También quería matar a Ben, pero si lo hiciera, Pierre, Szymon y Vladimir vendrían a por mí. También enviarían una gran variedad de asesinos. Pero, si Simona matara a Ben, yo podría convencer a los demás de que no estaba involucrado, eso mataría a dos pájaros de un tiro.

"De acuerdo. Ayúdame con esta misión y dispondré a Ben Yehuda a tu alcance. Matarlo dependerá de ti. Respondí.

"Trato. Mejor me voy. Prometí entregar todo esto mañana a mediodía. Dijo Simona.

"Tendré que inspeccionar los productos antes de entregarlos. Te pagaré $ 10,000 adicionales por tus problemas.

"Está bien, nos vemos aquí a las 11: 30 mañana!" Dijo Simona y salió del local.

ESTABA ESPERANDO A Simona en el punto de encuentro. Me sentí agotado. Esta vida era demasiado estresante para mí, y necesitaba salir de aquí. Soñé con volver a Kiribati para disfrutar de la soledad en mi isla aislada. Soñé aún más con volver a 2018 antes de que comenzara todo este desastre. Pero tampoco sucedería, al menos la opción de viaje en el tiempo era irreal, y necesitaba centrarme en la tarea en cuestión.

Sin decir una palabra, Simona dejó el paquete sobre una mesa para que revisara los productos. Escaneé los dispositivos para asegurarme de que Simona hubiese insertado chips de rastreo, a los que me pudiera conectar. También revisé la identificación.

Mientras revisaba la identificación, miré las letras que formaban el nombre. Decían 'Keila Eisenstein'. El mismo nombre que Brahma me había encargado encontrar 18 años antes. Esto no podría ser una coincidencia.

"¿Quién eligió este nombre?" Pregunté en estado de shock.

"¿Qué pasa con el nombre?" Simona preguntó.

“No hay nada malo con el nombre. Pero quiero saber quién lo recogió. Respondí.

" Sabina me pidió que creara una identificación falsa con ese nombre ", respondió Simona.

"Muy bien. Aquí está tu efectivo, te enviaré el resto en SplitCoin. ¡Ahora date prisa y entrega el paquete! Dije y le di a Simona un fajo de billetes de Shekel.

Simona tomó el dinero sin decir una palabra, agarró el paquete y salió del edificio.

'WOAH, ESA ESTUVO CERCA', pensé mientras el oficial de policía que había detenido a Sabina la dejaba ir. Me di cuenta de que necesitábamos interceptar a Sabina. Cuanto antes pudiéramos convencer a Sabina de que nos ayudara, más rápido podría salir de Jerusalén. Pensé en el destino de mis compañeros templarios, James y Michael. Si las cosas empeoraran, tendría que traicionarlos para alcanzar mis objetivos. Eso sería un final agridulce para mi experiencia en Jerusalén.

“Ella ha entrado en una cafetería. Prepárate para moverte. Les dije a los demás.

"¿No deberías escribirme primero?" Escuché a Ben Yehuda decir.

'¡Oh, mierda!' Pensé y me di la vuelta. Ben Yehuda, junto con dos policías vestidos con ropa de combate, estaban detrás de mí.

“Entonces, estabas planeando seguir adelante con la hechicera sin decirme primero. ¡Que decepcionante!" Ben Yehuda comentó.

“Teníamos que movernos rápido. Te envié un mensaje. " Mentí.

“¡Pero por supuesto que lo hiciste! Qué desafortunado que la red móvil no sea tan confiable aquí”. Se burló Ben.

No dije nada y Ben volvió a hablar. “Al-Sham, tengo maneras de rastrearte. Recuerda el plan. Entra en la cafetería, cierra la puerta detrás de ti, habla con ella por un momento. Entonces golpearé la puerta. Haz que se esconda y déjala presenciar nuestra conversación donde mencionamos la puerta cerrada en los Túneles Templarios. Entonces mis hombres les dispararán, y Uds se harán los muertos. Una vez que la chica se haya escapado, daré el visto bueno y podremos irnos”.

"¡Entendido!" Respondí.

"Ah, y una cosa más. Quítate el monóculo. No tiene sentido que estemos usando el mismo monóculo si somos enemigos ". Ordenó Ben.

Hice lo que Ben me indicó, y me quité el monóculo, me lo puse en el bolsillo e inserté una lente de contacto de color azul.

LA CAFETERÍA ESTABA vacía cuando entramos, a excepción de Sabina y el dueño. Le indiqué al dueño que abandonara el local. El dueño temeroso cumplió sin decir una palabra, y cerré la puerta detrás de mí. Era hora de actuar. Me quité el turbante y me acerqué a Sabina. “Keila Eisenstein. Te hemos estado buscando." Afirmé.

La chica me miró, y sentí que ella emitía una poderosa y extraña aura. Escuché a Rangda susurrar en la parte posterior de mi cabeza. *"Esta chica es increíblemente poderosa, ten cuidado".*

“Sí, soy Keila Eisenstein. ¿Con quién estoy hablando?" Sabina respondió.

“Soy Martin Al-Sham. Te he estado buscando por casi 20 años. Afirmé.

"¿Como puede ser? Solo tengo 18. ¿Debes estar equivocado? Sabina respondió.

“No, estoy seguro de que eres la Elegida. Me reuní con las deidades Zetan hace 19 años. Me dieron este tatuaje y me encargaron encontrar a Keila Eisenstein y pedirle que descifre su mensaje ". Exclamé

Dicho esto, me arremangué y le mostré a Sabina mi tatuaje. Sabina miró atentamente el tatuaje. Ella agarró mi mano y acarició el tatuaje con su otra mano. Al sentir su toque, experimenté sentimientos opuestos. Por un lado, sentí completa felicidad y paz. Pero también me sentí aterrorizado. Ben tenía razón, Sabina debe ser una especie de hechicera.

"Te dije que tengas cuidado. La niña está intentando acceder a tu mente. ¡Intentaré bloquear sus poderes! Rangda susurró en la parte posterior de mi cabeza.

"Puedo sentir que hay un mensaje en estas marcas, pero no puedo descifrarlo", dijo Sabina.

"Su mente es demasiado fuerte. No puedo detenerla por mucho más tiempo. Necesitas salir de su control. Rangda me instó.

Sentí que estaba perdiendo el control de mi mente. Mi mente vagó por todo el lugar. Vi cosas que habían sido, cosas que eran y algunas cosas que serían.

Me desperté de mi trance cuando llamaron a la puerta con fuerza, seguido de "Esta es la policía. Abre la puerta ahora.

Al escuchar esto, Sabina me soltó del brazo y recuperé el sentido. "Escóndete en ese conducto de ventilación. ¡Los demoraremos! Dije.

Sabina asintió, tomó una foto del tatuaje y se escondió en el conducto de ventilación.

Abrí la puerta y Ben Yehuda, acompañado por dos policías enmascarados, entraron en la cafetería. Tuvimos nuestra conversación guionizada y nos aseguramos de mencionar los Túneles Templarios. Después de eso, Ben Yehuda me disparó diez veces con las balas falsas. Me dolió mucho, pero me callé. Después de todo, las personas que reciben diez disparos tienden a morir, no se quejan de contusiones.

15 minutos después, Ben señaló que Sabina se había ido y nos levantamos. Nos alejamos de la cafetería. Una vez que estuvimos a unas pocas cuadras de distancia, Ben presionó un botón en su teléfono y escuché una fuerte detonación.

"¿Qué fue eso?" Yo pregunté.

"No vi ningún dueño de la tienda allí. Me estoy asegurando de que él o ella no haya sobrevivido escuchándonos. " Ben explicó.

"¿Ahora qué?" Yo pregunté.

"No te ves tan bien. Ve a dormir un poco. Me pondré en contacto contigo cuando la hechicera empiece a moverse. Ben respondió.

"DÉJAME ENTRAR. ¡NECESITO ver a Martin!"

Me desperté con la voz de una joven mujer discutiendo con James abajo. Miré mi reloj. ¡Eran las 8 de la mañana y había dormido más de 12 horas!

Bajé las escaleras para ver de qué se trataba la conmoción. Vi a Simona discutiendo con James.

"¿Simona? ¿Qué estás haciendo aquí?" Pregunté desconcertado.

"Necesitaba verte", respondió Simona.

"¡Ven conmigo!" Insté, y subimos las escaleras a mi oficina, lejos de las curiosas orejas de James.

Hice dos tazas de café y me senté.

"Podrías haber organizado una reunión", dije.

"Sí, supongo. Me encontré con Sabina hace 30 minutos. Quería que le suministrara una nueva identificación, teléfono y algo de dinero en efectivo ". Simona reveló.

"¿Espero que hayas colocado un chip de rastreo en el nuevo teléfono también?" Le pregunté

"Sí, te enviaré el código de seguimiento", respondió Simona.

Accedí al programa de seguimiento y vi la ubicación actual de Sabina. Le sonreí a Simona, y luego tomé un fajo de notas de Shekel de mi cajón y se las entregué.

"Chica inteligente. Te pagan desde ambos lados. Serás rica en poco tiempo. Me burlé.

Simona ignoró el sarcasmo en mi voz y volvió a hablar. "Hay una cosa que me molesta. Me estoy enamorando de Sabina. Simona admitió.

"Esto es una complicación. Tú solo tienes la misión de suministrar equipos a Sabina. No debes pretender acostarte con ella. Advertí.

"No me he acostado con ella. ¡Ni siquiera le he hablado! Protestó Simona.

"Y aun así, ¿la amas? ¡Niña tonta!" Me burlé.

"Tampoco estoy orgullosa de eso. Pero el aura de Sabina es única. Tuvimos un breve contacto físico cuando le entregué el paquete. Nunca había sentido algo así ". Simona admitió.

Asentí con la cabeza a Simona. Su historia demostró lo que Ben Yehuda me había contado y lo que había sentido. Sabina era única y tenía poderes únicos. Hubiera reaccionado de la misma manera al toque de Sabina si Rangda no me hubiera advertido sobre sus habilidades.

“No te preocupes por eso, Simona. Estoy seguro de que todavía estás llorando la muerte de Leah. Tu mente te está engañando. Después de esta misión, te sacaré de aquí para que puedas comenzar una nueva vida ". Respondí.

"¿Entonces que debería hacer ahora?" Simona preguntó.

Pensé en cuál sería la mejor opción para la misión. Me di cuenta de que Sabina era una entidad poderosa. ¿Pero era buena o mala? Los Zetanos me habían dicho que encontrara a Keila Eisenstein, y Sabina era sin duda la misma persona. Había dejado de justificar las acciones de mí y mis compañeros en la conspiración de monóculo hace mucho tiempo. No fue el bien mayor lo que impulsó nuestras acciones, sino la avaricia, el egoísmo y el miedo. ¿Sabina era como nosotros o era nuestra opuesta?

“Dile a Sabina cómo te sientes, la próxima vez que la veas. Quizás estén destinadas a estar juntas. O tal vez te engañes a ti misma. En cualquier caso, es mejor que lo sepa. Respondí.

"¿Qué piensas?" Simona preguntó.

“Soy demasiado viejo para emitir un juicio sobre los amores adolescentes. Ahora ve, duerme un poco y prepárate para servir si surge la necesidad”. Dije.

Después de decir esto, puse mi mano firmemente sobre la espalda de Simona y la guié hasta la salida de mi oficina.

OCHO HORAS DESPUÉS, Simona regresó a mi oficina. Le di una mirada de desaprobación. Si seguía visitando mi oficina, los demás descubrirían que estaba trabajando para mí.

"Pasará esta noche!" Exclamó Simona.

"¿Qué? ¿Sabina irá a los túneles templarios esta noche? Yo pregunté.

"Sí. Sabina me pidió que la acompañara. Aparentemente, ella está buscando el Santo Grial. ¿De eso se trata todo esto? ¿Un antiguo tesoro mitológico? Simona preguntó, y me dio una mirada muy escéptica.

Decidí que no tenía sentido mentirle a Simona. Ella dependía de mí, y si alguien me traicionaba, era James lo que me preocupaba.

"Estamos buscando un tesoro antiguo pero no el Santo Grial", respondí y me detuve.

"Estamos buscando el cristal primordial Zeto, que contiene una parte del alma de Dios. El Cristal Zeto es un artefacto potente", le expliqué más.

"Eso se parece mucho a la descripción del Santo Grial", sonrió Simona.

Me di cuenta de que Simona no me creía y que era mejor si no lo hacía. Pero su participación fue problemática para la misión. Quería mantenerla viva, pero estaba seguro de que Ben Yehuda vería las cosas de manera diferente. Se me ocurrió una solución. ¡La única forma de salvar a Simona era fingir su muerte!

"Simona, tu participación esta noche nos está causando problemas. Ben Yehuda insistirá en matarte para evitar dejar testigos, pero tengo una solución ". Yo empecé.

"Sí, debemos matar a Ben Yehuda. Mató a Leah e hizo que los terroristas atacaran a mi pueblo ". Simona declaró.

"Estoy de acuerdo, pero aún no podemos matar a Ben Yehuda. En cambio, necesito fingir tu muerte. Use esta armadura corporal con bolsas de sangre adjuntas. Cuando sea el momento adecuado, te dispararé. Las bolsas de sangre van a estallar y crearán la ilusión de que te maté ". Yo instruí.

"Pero, ¿por qué no matar a Ben Yehuda de inmediato?" Simona se opuso.

"Simona, no me cuestiones. Estoy tratando de sacarte de esto con vida. Quiero ayudarte a comenzar una nueva vida. ¿Qué más puedes pedir? Respondí.

Simona no dijo nada. En cambio, se quitó el jersey, se puso la armadura con bolsas de sangre y luego se puso el jersey encima. "¡Estaremos en los túneles templarios en dos horas, envía a Ben Yehuda al más allá por mí!" Dijo Simona y salió de la habitación.

ESTABA EN LOS TÚNELES templarios junto con Ben Yehuda, James y Michael. Ben tomó una réplica del Cristal Zeto y lo estrelló contra la pared para revelar el panel de control de la puerta.

"La hechicera está aquí. Escondámonos hasta que ella abra la puerta. Después de eso, nos movimos y tomamos el Cristal Zeto ". Ordenó Ben.

"¿Cómo sabes que ella está aquí?" Yo pregunté.

"Puse cámaras de seguridad ocultas alrededor del complejo del templo. Los conecté a mi monóculo, por lo que son solo para mis ojos. Sabina noqueó al guardia de seguridad con sus poderes, y ellas caminaron por los túneles. Ben declaró.

"¿Ellas?" Preguntó James.

"Ella viene a una chica flaca de cabello negro", respondió Ben.

Antes de que James tuviera tiempo de responder, Ben volvió a hablar. "¡Suficientes preguntas, salgamos del camino!"

Estaba temblando de anticipación cuando seguía al grupo. Si todo sale bien, finalmente vería el cristal Zeto primordial. Pero la posibilidad de arriesgar la vida de Simona me hizo sentir mal.

Fuimos al lado opuesto del complejo, y los otros hablaron en hebreo para darles a Sabina y Simona una falsa sensación de seguridad. Ben quería que pareciera que discutíamos algo y no nos estábamos dando cuenta.

"¡Ahora!" Ben ordenó. Nos escabullimos hacia la habitación cerrada, sin hacer ruido, gracias a nuestros zapatos de reducción de ruido fabricados por el Mossad.

Cuando llegamos a las chicas, Sabina estaba cerca del altar con el Cristal Zeto y Simona estaba diez pasos detrás de ella. Agarré a Simona por detrás y todos apuntamos nuestras pistolas hacia ella.

"¡No tan rápido, o tu amiga morirá!" Ben Yehuda ordenó.

Sabina se dio la vuelta y nos dio una expresión facial triste.

"Gracias por abrir esa puerta, Keila. Lo hemos estado intentando durante la última década". Ben se burló.

Sabina no respondió y miró ansiosa a Simona.

¿Estás aquí para robar el Cristal Zeto? ¿No es así, Keila? Eso nunca va a pasar. Es la herramienta que necesito para convertirme en el mesías de mi pueblo. El hombre que limpió esta tierra de los herejes inmundos y cumplió mi propósito dado por Dios ". Ben despotricaba.

"Mi nombre no es Keila Eisenstein. Usé una identificación falsa ". Sabina reveló.

"Me importa poco tu verdadera identidad". Ben se burló y continuó. "Pero sí sé de tus poderes. Muy impresionante, aunque no particularmente útil contra una pistola, ¿verdad?

Sabina miró a lo lejos, murmurando para sí misma antes de mirar a Ben y hablar con voz dominante. "Ben Yehuda. ¿Cómo pretendes alcanzar tus objetivos? Sabina preguntó.

"¿Por qué te diría?" Ben se burló.

"Porque necesito saber si debería detenerte o no", dijo Sabina.

"Muy bien. Tengo la intención de usar el cristal para conducir a los incrédulos de vuelta al desierto. Los ríos correrán manchados de sangre, pero cumpliré el Plan Divino. La raza maestra será la única habitante de esta Tierra Santa. Ben declaró.

Sabina suspiró y respondió. "Parece que tengo que detenerte, Ben Yehuda". Sabina volvió su mirada hacia Simona. " Estoy triste por fallar, Simona", susurró Sabina, se dio la vuelta y corrió hacia el Cristal Zeto.

Actuando por instinto, disparé a Simona varias veces sobre la armadura de bolsas de sangre para hacer que parezca que la he matado. Al ver a Simona derrumbarse en el suelo, Ben, James y Michael persiguieron a Sabina al otro lado del altar, y escuché docenas de disparos de pistola.

Ser testigo del asesinato de mi hija potencial fue demasiado para mí. Un frenesí asesino llenó mi mente. Agarré mi pistola y corrí hacia los demás, disparándoles rápidamente a todos en la cabeza.

Dejé caer mi pistola y la conmoción se apoderó de mi cuerpo.

"ME SALVASTE." ESCUCHÉ a Sabina decir.

La miré con asombro. Estaba aferrada al primordial Cristal Zeto contra su pecho. Las docenas de balas disparadas contra ella solo habían perforado su piel con la punta, con el resto de las balas colgando en la parte delantera.

"Michael y James eran buenos amigos, y aun así los maté", murmuré, en estado de shock por todo el episodio.

"¿Por qué me salvaste?" Sabina preguntó.

"Yo... no lo sé. ¿Cómo sobreviviste a todas esas balas? Respondí.

"El cristal me salvó", dijo Sabina.

Miramos el Cristal Zeto. Estaba casi agotado ahora. '¿No había sido por nada o podría recargarlo con el velo de Pachamama?' Me pregunté a mí mismo.

Me di cuenta de cómo Sabina corrió hacia Simona y casi la toca. Le hice señas a Simona para que se quedara callada, y arrastré a Sabina lejos del cuerpo "muerto" de Simona. "Necesitamos apurarnos. Te retendré en la sede de los templarios, y luego tendremos que abandonar Israel. Insté a Sabina.

"¡Lamento haberte causado la muerte, Simona!" Sabina dijo, se levantó y dejó la escena conmigo. Pensé en cerrar la puerta detrás de mí, pero no lo hice. No estaba segura de si era posible abrir la puerta desde adentro, y no podía atrapar a Simona allí.

Corrimos tan rápido como pudimos, dejando a los demás donde yacían.

ESTÁBAMOS EN LA SALA médica de la sede de los templarios. Era media noche y no había nadie, lo cual fue un gran alivio. Hubiera sido estresante de explicar quién era Sabina, y lo que le había pasado a James y Michael. Le envié un mensaje a Simona con instrucciones. "Simona, ¿espero que hayas cerrado la puerta cuando te fuiste? Te envié $ 5 millones a su cuenta de SplitCoin. Usa ese dinero para comenzar una nueva vida en otro lugar ". Escribí.

" Si. Gracias Martin! " Simona respondió.

Aparté el teléfono y me volví hacia Sabina. "Por favor, sube a la mesa de operaciones y te coseré. Debo advertirte. No soy un profesional médico y es posible que necesite atención médica urgente ". Afirmé.

"No. El gobierno me persigue y tengo un artefacto mágico invaluable en mi poder. Además, mataste a cuatro personas. Necesitamos permanecer bajo el radar ". Sabina respondió.

Reflexioné sobre cómo esta joven podría sonar como una profesional experimentada. Sabina estaba equivocada sobre una cosa. El gobierno no la persiguió porque Ben Yehuda había eliminado su registro oficial. De todos modos, era mejor coser sus heridas aquí, ya que una visita al hospital plantearía muchas preguntas.

"Bien entonces. Levántate, ponte sobre la mesa y te coseré. Dije.

Sabina cumplió y se subió a la mesa de operaciones sin decir una palabra.

Me puse un par de guantes y arranqué todas las balas que colgaban del torso de Sabina como alfileres en una tablilla. Después de eso, usé unas tijeras para cortarle la sudadera.

Estudié el cuerpo de Sabina, cubierto de heridas superficiales. Me di cuenta de que Sabina tenía un cuerpo muy apretado y delicioso. Me detuve, y me sentí horrorizado por mí mismo pensando de esta manera. Sabina resultó gravemente herida y era probable que fuera mi hija biológica. Me recordé que tenía que guardar una muestra de su sangre para que pudiera realizar una prueba de paternidad si conseguía salir de este lío con vida.

“Esto dolerá mucho; ¿Necesitas algo de morfina? Yo pregunté. "No. Necesito mantener la mente clara para los desafíos que me esperan”. Sabina declaró.

Asentí y vertí una solución desinfectante de alcohol en las heridas de Sabina antes de coserla. Podría decir que Sabina estaba experimentando máximo dolor por su expresión de agonía en su cara, pero ella no dijo nada. Terminé mi tarea una hora después. Puntadas y vendajes cubrían el cuerpo de Sabina.

"Asegúrate de encontrar un profesional médico discreto cuando salgas de aquí para que lo hagan correctamente", le aconsejé.

"Gracias, Martin", respondió Sabina.

Sabina se sentó y me miró tratando de agarrar mi mano. Conociendo los poderes de Sabina, aparté mi mano. Sabina no hizo comentarios sobre mi sensación rehacía a su toque, y en cambio, cambió el tema. "Entonces, ¿cómo es que ayudaste a Ben Yehuda cuando no te gustó su plan para Medio Oriente?" Sabina preguntó.

Reflexioné sobre mis opciones y decidí decirle a Sabina la verdad.

“Me encontré con algunas deidades de Zetan hace 19 años. Me dijeron que encontrara a Keila Eisenstein. Unos años más tarde, descubrí el Cristal Zeto primordial y por qué necesitaba encontrarlo: para detener el Apocalipsis”. Respondí.

“ Estoy aquí para buscar el Santo Grial, también conocido como cristal Zeto primordial. Entonces, ¿ambos estamos buscando lograr lo mismo? Sabina dijo y sonrió.

"Si. Parece de esa manera. Respondí.

"¿Entonces, qué hacemos ahora?" Sabina preguntó.

"Terminé. Los otros vendrán detrás de mí por traicionarlos. Necesitamos sacarte de aquí y llevar el Cristal Zeto a un lugar seguro. Insté.

"¿Tienes algún plan para eso?" Sabina preguntó.

"Sí, estás de suerte. Ben Yehuda mantuvo todas sus posesiones en su casa privada. Desde allí puedo acceder a la base de datos del Mossad y borrar tu registro. Después de eso, podemos abandonar Israel ". Respondí.

"Muy bien, vamos", dijo Sabina y volvió a ponerse de pie.

La energía y la determinación de Sabina me impresionaron, pero no dije nada. Agarré mi pistola y nos dirigimos hacia la casa de Ben Yehuda.

"SERÁ MEJOR QUE TE QUEDES aquí", le dije.

"¿Por qué es eso?" Sabina preguntó.

"La casa de Ben está llena de cámaras de seguridad. No quiero que su hermano se entere de ti. Respondí. "Bueno. Me quedaré aquí." Dijo Sabina.

Entré en la casa. Encontrar las posesiones de Sabina fue la parte fácil. Pero, ¿cómo eliminaría las unidades de la computadora si no pudiera acceder a ella? Si Simona estuviera aquí, podría haber ayudado, pero no lo estaba.

Decidí hacer estallar el lugar. Esperaba que eso fuera suficiente para destruir los discos. Puse algunos explosivos C4, corrí hacia afuera y volé el edificio. Después de eso, me apresuré a Sabina. Ella me dio una mirada asustada. "¿Qué hiciste?" Dijo Sabina.

Recogí tu bolso y volé el edificio para deshacerme de la evidencia. ¡Démonos prisa!" Exclamé y le di a Sabina su mochila. En el momento en que se lo di, sentí un dolor punzante en la espalda. y escuché un disparo.

"Date prisa, los retrasaré". Insté. Sabina corrió hacia ella y tomé mi pistola para disparar contra los atacantes.

No tuve ninguna oportunidad de tener éxito. No usaba mi monóculo porque no quería exponer mi verdadera afiliación a Sabina, y sin ella, no era un maestro tirador. Unos segundos después, estaba jadeando por aire en el suelo, cuando varias balas me golpearon. Los agentes corrieron hacia mí y me patearon la pistola, y todo se volvió negro.

Capítulo 16: Suiza y Suecia, febrero de 2040

La oscuridad y la nada me rodeaban. No sentí nada y no era nada. Solo un sueño tranquilo. ¿Cuánto tiempo había estado en este estado y por qué no estaba reflexionando sobre eso hasta ahora?

Recuerdos fragmentados aparecieron frente a mis ojos. Reviví de la muerte en Israel.

"Nos traicionaste".

"Vi los videos de las cámaras ocultas que Ben colocó allí".

¿Quiénes son esas dos jóvenes que te ayudaron?

Szymon me había interrogado durante días y días. Estaba furioso y lo entendí. Su hermano estaba muerto, y con la muerte de Ben Yehuda, había detenido el sueño de Szymon de cometer genocidio para recuperar Tierra Santa.

No había revelado las identidades de Simona de Sabina. Lo que más me preocupaba era Sabina. Simona era una hacker profesional y tenía acceso a millones de dólares después de mi generosa donación. Ella misma se crearía una nueva identidad y estaría fuera del alcance del Mossad. Pero, ¿cómo le estará yendo a Sabina?

Me di cuenta de que no había nada que pudiera hacer para ayudarla. Fue un alivio cuando Szymon sacó su pistola y me mató.

¿Pero por qué estaba de vuelta? ¿Por qué no me permitieron disfrutar de la felicidad sin fin que fue la vida después de la muerte?

Me empujé y abrí los ojos. Escuché voces y la deslumbrante luz en la habitación cegó mis ojos. El cansancio se apoderó de mí, las voces se desvanecieron en el fondo y caí de nuevo en la inconsciencia.

LA PRÓXIMA VEZ QUE me desperté, me sentí un poco mejor. Ya no se sentía surrealista, pero se sentía como despertarse de un sueño largo y relajante. Abrí los ojos y, aunque la luz todavía me generaba dolor, pude ver los contornos de la habitación ahora.

"El sujeto está despierto, avísale al jefe". Escuché a un científico decirle a otro.

"No te preocupes, estarás bien". Escuché una voz femenina decir.

Ella sostuvo mi mano mientras me inyectaba una aguja. El calor de su mano me llenó de felicidad, y retrocedí a la inconsciencia.

"MARTÍN. ¡DESPIERTA! Y bienvenido de nuevo. Dijo Pierre.

Por supuesto. Fue Pierre quien me trajo de entre los muertos. ¿Quién más querría traerme de vuelta? ¿Pero por qué me había traído? Esa fue la verdadera pregunta.

Abrí los ojos y noté que Pierre, James y Vladimir eran los únicos miembros de la Conspiración Monóculo en la sala.

"¿Por qué me trajiste de vuelta a la vida?" Jadeé

"Tsk, Tsk. Gracias, Pierre, por salvarme la vida es la frase correcta. Pierre se burló.

"Bueno. Gracias Pierre. Le respondí con resignación.

"Eso está mejor, Martin. ¡Mucho mejor!" Pierre sonrió de lado.

Suspiré sin decir nada.

"Tenemos un trabajo para ti. Es una tarea crucial que requiere de tu cooperación ". Pierre declaró.

"¿Qué pasa si no quiero cooperar? ¿Qué pasa si estoy enojado porque perturbaste mi muerte pacífica con esta mierda? Yo Argumente.

"No me retes hijo de puta. Tuve muchos problemas para encontrar esos estúpidos cristales para revivirte. Vladimir siseó.

"¿Estás emitiendo una amenaza de muerte a un hombre que no quiere nada más que volver al más allá?" Me burlé.

Vladimir no respondió. En cambio, agarró un pequeño dispositivo electrónico y me lo mostró.

"Esto, Sr. Orchard, es un amplificador de dolor nervioso. Envía una señal que convence a las células nerviosas de que tienes un dolor insoportable. Es la herramienta de tortura absoluta del siglo 21. La mejor parte es que en realidad no te mata, por lo que podemos seguir torturándote para siempre. ¿Te gustaría una demostración? Vladimir se burló.

Vladimir no estaba interesado en mi respuesta. En cambio, comenzó a usar el dispositivo conmigo. Fue el peor dolor que he experimentado. Sentía que todo mi cuerpo estaba en llamas, y la locura no parecía detenerse. Grité sin contención y me desmayé por un segundo.

Cuando desperté, el dolor había desaparecido y Vladimir me sonrió. "¿Qué tal, disfrutaste la sensación de ser quemado vivo? El dispositivo tiene 50 configuraciones más disponibles. Puedes ser mi próximo sujeto de prueba. Vladimir se burló.

"Ustedes hicieron un gran esfuerzo para traerme de vuelta y torturarme. No es particularmente bueno para sus finanzas, Pierre. Me burlé.

Pierre suspiró, se quitó el monóculo, mostrando su iris morado, y habló. "No te traje de vuelta para torturarte. No opero sobre tales deseos básicos. Te traje de vuelta porque Elaine me lo pidió.

"Elaine? No he hablado con ella por años. ¿Por qué quería resucitarme? Yo pregunté.

"Martin, no has hablado con nadie en mucho tiempo. Has estado muerto durante dos años. Pierre declaró.

"¿Dos años?" Pregunté.

"Sí, dos años. Como Vladimir mencionó revivirte fue problemático. Tuvimos que convencer a Szymon Yehuda para que entregara tu cuerpo, y luego luchamos por encontrar un Cristal lo suficientemente fuerte como para revivirte ". Pierre respondió.

"¿Pero encontraste una manera de convencer a Szymon?" Pregunté

"Sí, revivirte es la única forma en que podemos revivir a su hermano. Los cristales de Zeto replicados solo funcionan en ti. Para revivir a Ben, necesitamos el cristal Zeto primordial. Pero debes estar hambriento. ¡Cenemos y te contaré sobre tu misión! Pierre dijo y me dio una mano para levantarme de la cama del hospital.

ALGÚN TIEMPO DESPUÉS, me duché y me vestí para el lujoso comedor de arriba. Estábamos sentados en el único club exclusivo para miembros con vista al hermoso lago de Ginebra. Se sentía surrealista tener este comedor exclusivo encima de un laboratorio de investigación secreto, pero aquí estaba.

"Wow, este lugar es espléndido", dije con asombro.

"Sí, nos costó una fortuna montarlo, pero retorna cien veces más que la inversión Aquí invitamos a los líderes mundiales a socializar y disfrutar de todos los vicios que se te ocurran. Esto crea lazos invaluables entre el banco y los políticos que controlamos". Pierre reveló.

"¿Supongo que uno puede pasar un buen rato aquí?" Respondí.

"En efecto. Te dejaré usar nuestros servicios gratis como un bono de registro ". Pierre me tentó.

"Claro, pero hablemos de lo que quieres que haga exactamente". Respondí.

Pierre olió el vino tinto que estaba bebiendo, probó un sorbo y sonrió.

Ah, Penfolds Grange Hermitage. Tienen algunos buenos vinos en tu antiguo país de origen. Dijo Pierre.

"¡No lo sabría, tendía a beber los del barril!" Respondí.

"No eres un hombre de buen gusto, ya veo", comentó Pierre.

"Solo cuéntame la misión y estaré en camino", respondí.

Si bien no estaba interesado en llevar a cabo la misión, estaba aún menos interesado en socializar con Pierre, Vladimir y James. Me habían devuelto a la vida y me habían torturado para hacerme trabajar para ellos.

"Tu misión es encontrar el Cristal Zeto primordial, cargarlo y llevarlo a Pierre". Dijo James.

"Ah, ¿entonces no a la CIA?" Me burlé.

"La CIA es menos segura. El gobierno puede cerrarnos. Nadie cierra el Banco Mundial, ya que México pronto lo descubrirá". James respondió.

"Hay un problema con su plan. No sé dónde está el Cristal Zeto, y no sé cómo recargarlo. Dije.

Pierre suspiró, se alejó por un momento y luego regresó con una carpeta. "Deberías leer esto", dijo Pierre.

Revisé el documento. Fue de la prueba de paternidad que había planeado hacer con la sangre de Sabina, pero nunca lo hice, ya que unas pocas balas me detuvieron en seco. Resultado: positivo, la prueba confirmó que Sabina era mi hija biológica.

"Tu hija, Sabina Hines, es una mujer de 21 años que ha hecho una fortuna con el comercio en línea. Ella pasa sus días ganando dinero para su organización benéfica, 'Construyendo un mundo mejor Pty Ltd.' ". Pierre declaró.

"¿Por qué me estás diciendo esto?" Pregunté.

"Porque Martin, te estoy dando una opción. Si convences a Sabina de que entregue el Cristal Zeto, entonces le permitiré vivir una vida feliz centrándose en su trabajo de caridad". Pierre declaró.

"¿Y si fallo?" Yo pregunté.

"¡Entonces ambos morirán! Después de su muerte, los resucitaré a los dos, para que Vladimir tenga sujetos de prueba para sus métodos de tortura. ¿Cómo sería eso de pasar tiempo de calidad con su hija? Experimentando un tormento sin fin juntos ". Pierre se burló:

"Eres muy convincente, Pierre. Te haré una oferta. Ahora, por favor, déjame distraer mi mente al disfrutar de este filete. Después de eso, me encantaría disfrutar de algunos de los bonos de registro allí arriba". Respondí.

Al escuchar esto, Vladimir cortó una porción de su filete raro y me lo mostró. "Disfruta de tu comida y sexo, señor Orchard. Porque si fallas en tu misión, pasarás mucho tiempo conmigo y no disfrutarás de eso ".

"¡Uno de los objetivos de mi vida es pasar el menor tiempo posible contigo, Vladimir!" Dije y tomé el ascensor hasta las cortesanas de arriba.

UNOS DÍAS DESPUÉS, estaba en mi ciudad natal sueca, Helsingborg. No estaba allí para visitar a familiares. Mis padres se habían ido hace mucho tiempo, y dudaba que estar muerto por dos años me hubiera acercado a mis hermanos.

Estudié la dirección que Simona me había dado a través de un correo electrónico cifrado. Supuse que $ 5 millones le darían una casa mejor que esta, pero ¿tal vez prefirió mantener un perfil bajo?

Una hermosa chica rubia me recibió en la puerta. "Hola Martin. Es tan agradable verte de nuevo.

Esto me confundió. Aunque siempre estoy feliz cuando una sonrisa, hermosa femenina me saluda, no tenía ni idea de quién era.

"Estoy buscando a Simona Fischbein", le dije.

“Ja, det är ju jag. Fast jag kallar mig Sara Nilsson nuförtiden. Simona respondió.

"¿Simona? Hablas sueco en estos días. Pregunté con asombro.

“Sí, han pasado más de dos años. Hablo mejor sueco de lo que tú hablas inglés. Simona sonrió de lado a lado.

"¡No es un logro particularmente grandioso!" Le guiñé un ojo.

"Adelante. Te mostraré mi casa". Dijo Simona.

La seguí hasta adentro. La casa de Simona contenía una gran variedad de aparatos electrónicos. Entramos, y ella me sirvió café filtrado y pastel sueco.

"¿Entonces, cómo lo hiciste? ¿Aprendiendo sueco? ¿Conseguir una nueva identidad? Yo pregunté.

“Has olvidado mis antecedentes. Pirateé el registro sueco y tomé la identidad de una mujer reportada como desaparecida. Hice un pasaporte falso y compré esta casa a su nombre. Aprendí sueco mientras vídeos y el uso de la asistencia vocal asistida por ordenador para mi pronunciación “. Simona reveló.

Asentí en reconocimiento. Simona fue un personaje extraordinario.

¿Y tú, Martin? Pensé que estabas muerto." Simona respondió.

“Yo también, pero aquí estoy. Con otra misión en mi mano. Suspiré.

“No seas como ese viejo. Estar en una misión es bueno para el espíritu. Es mejor estar sentado aquí que estar sufriendo por un amor no correspondido". Simona suspiró.

Al escuchar esto me sorprendió, y también me sentí un poco culpable. Si le hubiera dicho a Simona quién era Sabina en ese entonces, le sería más fácil superar su enamoramiento. Decidí que era el momento de Simona a conocer la verdad.

"Hay algo que debes saber sobre Sabina". Empecé. "Descubrí dos cosas sobre ella en los últimos años". Insinué luego.

"¡Comparte conmigo!" Dijo Simona.

“Sabina es mi hija biológica. Y ella es un poco empática ". Revelé.

Simona me miró por un momento. Finalmente, ella habló con una idea de último momento. "No me sorprende que ella sea tu hija, considerando cómo actuaste en Jerusalén. ¿Pero qué diablos es es ser empática? Simona preguntó.

"Tener empatía táctil es cuando alguien puede acceder y alterar la mente de alguien mediante el contacto físico con esa persona. Es un tema teológico oscuro discutido en la Torá de Malka. No existe evidencia científica ". Respondí.

Simona me miró incrédula. Después de un largo silencio, dijo. "Entonces, ¿crees que Sabina es una especie de hechicera que me lanzó un hechizo de amor?"

"Suena tonto, pero algo así", respondí.

"Eso es ridículo. Sabina reveló que es heterosexual, y se casó con un hombre, Alex, el año pasado. Simona respondió.

"Entonces, ¿has estado hablando con ella?" Yo pregunté.

"No, no lo he hecho. Acabo de estar sentada, y estuve estudiándola desde el otro lado del mundo. ¿Qué tan triste es eso? "Simona preguntó.

No respondí a la declaración de Simona y en su lugar cambié el tema. "Hmm, ¿tal vez ella estaba tratando de influenciarte para que la ayudaras, y su magia tuvo consecuencias inesperadas?" Especulé

"Sí, eso pudo ser. En cualquier caso, quiero conocer a Sabina y confrontarla por lo que me hizo. Dijo Simona.

"No te dejes llevar. No creo que Sabina tenga la intención de lastimarte. Respondí.

Simona golpeó su taza de café contra la pared, dejando manchas de café goteando a lo largo de la pared. Luego se fue y se encerró en su habitación. Podía escucharla llorar desde el interior de la habitación. Dudaba sobre qué hacer. Me preocupaba Simona, pero no tenía derecho a meterme a la fuerza en su habitación.

"Esperaré en el salón si quieres hablar", grité a través de la puerta.

"¡Vete! ¡Te odio!" Gritó Simona.

Al darme cuenta de que no había hecho una nueva amiga hoy, decidí sentarme en el salón, esperando que Simona se calmara.

ME HABÍA QUEDADO DORMIDO en el sofá cuando Simona me despertó. Me di cuenta en sus ojos de que había llorado mucho.

"¿No tienes otro lugar a donde ir?" Simona preguntó.

"En realidad no", respondí.

Simona sonrió con una sonrisa triste y respondió. "Supongo que ya somos dos".

Asentí sin decir nada.

"¿Por qué viniste aquí, Martin?" Dijo Simona.

"Necesito ayuda. Pierre me trajo de la muerte para trabajar para él. Quiere que convenza a Sabina para que le entregue el Cristal Zeto. De lo contrario, nos atrapará a los dos y nos expondrá a una tortura interminable. Revelé.

"Wow, ¿todos tus amigos son unos imbéciles?" Exclamó Simona.

"¡Creo que mi encantadora personalidad atrae a ciertos personajes!" Bromeé.

"¡Sin duda!" Simona respondió.

Dudé un momento antes de responder. "Entonces, ¿estás dispuesto a ayudarme?"

"Depende. ¿Qué necesitas?" Simona respondió.

"Necesito tu talento para determinar los verdaderos motivos de Sabina. Estoy considerando unirme a Sabina contra los demás. Respondí.

"No soy una psíquica". Simona se opuso.

"Correcto. Pero eres un maldita pirata informática excelente. Ven conmigo a Sydney. Averigüemos qué está haciendo Sabina antes de que me vaya. Insté.

Simona salió de la habitación por un momento, y luego regresó con su pasaporte. "Muy bien viejo, es hora de que Sara Nilsson visite Sydney", exclamó Simona y me dio un empujón amistoso.

Asentí. Era hora de aprender sobre los verdaderos motivos de Sabina. Si los motivos de Sabina fueran benignos para el mundo, podría ayudarla. De esa manera, me redimiría por toda una vida de villanía y detendría a Pierre de una vez por todas.

Capítulo 17: Sydney, marzo de 2040

Experimenté sentimientos encontrados cuando mi vuelo con Orbit desde Copenhague aterrizó en Sydney. Australia era mi segundo país de origen, y en este día el cielo era azul y el puerto de Sydney era impresionantemente hermoso. Simona parecía estar hipnotizada por la vista. Australia en un día soleado era mejor que una Suecia invernal o un Israel devastado por la guerra.

"Entonces, así es como se ve Australia". Chilló Simona.

"Sí. Prometo llevarte una vez que hayamos terminado de investigar a Sabina. Respondí.

"¡No puedo esperar!" Simona respondió.

Me di cuenta de que Simona tenía una gran necesidad de amigos. Se estaba guardando demasiado para sí misma y debería estar saliendo con personas de su misma edad, en lugar de un viejo hombre como yo arrastrándola por todo el mundo. Bueno, no era asunto mío, y necesitaba su ayuda.

"Entonces, ¿cómo piensas investigar sobre Sabina? " Dijo Simona.

"Necesito tu talento para descubrir cómo gana y gasta su dinero. También necesitamos encontrar personas que tengan cosas que contarnos sobre ella. Finalmente, necesitamos acceder a las cámaras de seguridad de su hogar para espiarla". Yo instruí.

"Hmm. ¿Cómo sugieres que nos comuniquemos con los viejos amigos y compañeros de clase de Sabina? Eso parecería sospechoso para la mayoría de la gente ". Simona preguntó.

"Afirmamos que venimos de la revista Time. Con las masivas cantidades que Sabina ha recaudado para la caridad, tiene sentido escribir un artículo sobre ella. Empecemos investigando su infancia para encontrar anécdotas adecuadas.

"Bien. Esto será divertido. Vayamos a nuestro hotel. Me muero por darme una ducha y dormir". Dijo Simona.

“Bah, como una anciana. ¡A los 21 deberías quedarte en un hostal y estar totalmente ebria! Me burlé.

Ve a dormir, viejo. ¡No sabes de qué estás hablando! Simona se rio entre dientes.

Después de algunas bromas más, tomamos un taxi a un hotel de 5 estrellas cercano.

ESTABA CAMINANDO POR Maroubra hasta Coogee por la costa. Disfrutaba la brisa del océano y los majestuosos acantilados costeros. Qué extraño se sentía estar de vuelta. ¿Podría reasentarme en Australia después de todos estos años? Sabía que había un trabajo que tenía que hacer, y antes de lograr mis objetivos, no podía concentrarme en mi futuro. Aunque sabía una cosa; no tenía la intención de terminar en la cámara de tortura de Vladimir.

Pensé en llamar a Simona para obtener un informe de progreso. Me sentí tonto por arrastrarla hasta Sydney para que pudiera hacer mi trabajo. ¿Qué me impidió buscar a Ellen Hines o Sabina, por ejemplo?

Con Sabina, la respuesta fue miedo. Sabía de sus poderes, pero no sabía de sus intenciones. ¿Pero qué hay de buscar a Ellen? Dejé de lado el pensamiento. Dudaba que ella me revelara los secretos de Sabina, incluso si aceptaba hablarme. Hablar con Ellen también alertaría a Sabina de mi presencia.

Entonces, sin importar cómo me sentía, caminando solo por el océano, me di cuenta de que la inacción era mi mejor curso de acción.

Mientras mis ojos seguían el vuelo de un águila marina, mi monóculo comenzó a parpadear. 'Alerta de proximidad: Sabina Hines se acerca'.

Reflexioné sobre la información transmitida. Por supuesto, las capacidades predictivas del monóculo Zetan podrían descubrir que Sabina Hines era una persona importante. ¿Pero qué haría yo? ¿Por qué estaba caminando en el paseo costero cerca de la casa de Sabina en primer lugar?

Me escondí debajo de un acantilado sobresaliente esperando que Sabina pasara. Pero ella no lo hizo. En cambio, se sentó junto a alguien con los pies colgando sobre el borde. Por su conversación ociosa, me di cuenta de que estaba hablando con su esposo, Alex.

¿Pero qué haría yo? ¿Saldría y diría? 'Hola, Sabina. Que historia tan divertida. No morí en Jerusalén. Además, eres mi hija y necesito tu cristal mágico. ¡De lo contrario, una conspiración malvada me capturará y torturará!

"¡Bip bip!"

Mi monóculo muestra: "enfoque inadecuado" con respecto a ese pensamiento. 'Oh, bueno, supongo que me quedaré aquí y escucharé a escondidas como un imbécil'. Pensé, y así lo hice.

Sabina y Alex siguieron hablando un montón. Durante su larga conversación, Sabina no reveló sus planes o lo que pretendía hacer con Cristal Zeto primordial. En cambio, discutieron varias películas que habían visto o las vacaciones que querían tomar luego. Esto continuó durante horas y, finalmente, ya no podía sostener mi vejiga, así que oriné detrás de las rocas.

"Hmm, vamos. Huele mal aquí. Alex dijo.

"Sí, lo hace. Uggh! Vamos a casa." Sabina respondió.

Cuando se fueron, finalmente pude alejarme de mi escondite. Planeaba llevar un AutoCar Deluxe sin conductor de regreso a mi hotel. Pero cuando llegó el taxi, las puertas no se abrieron. Revisé mi teléfono y reveló el siguiente mensaje: 'Nuestros sensores detectaron un olor insalubre proveniente de usted. AutoCar PTY Ltd. requiere que todos los clientes cumplan con los requisitos básicos de higiene antes de ordenar un vehículo. Dúchate y vuelve a intentarlo más tarde. Pensé en discutir con el robot, pero me di cuenta de que era una batalla perdida. ¡Sucio y avergonzado, caminé los siete kilómetros de regreso a mi hotel!

"ENTONCES, ¿CÓMO TE fue hoy?" Simona preguntó cuándo cenamos en el restaurante del hotel.

"Oh, fue genial. Accidentalmente escuché a Sabina por horas hoy". Respondí.

"¿Cómo escuchas accidentalmente a alguien?" Simona preguntó.

"¡Estaba caminando, reflexionando sobre la vida cuando mi monóculo alienígena me dijo que me escondiera de mi hija hechicera que cree que estoy muerto!" Respondí.

"¿Te das cuenta de lo absurdo que suena?" Simona interrumpió.

"Puedo imaginar. Al menos ahora sé que a Sabina le gusta comer picaduras crujientes de coliflor y que cree que los Rabitos del sur de Sydney tampoco ganarán el NRL este año". Respondí.

"¿Fueron las partes más importantes que descubriste al espiar durante horas?" Simona se burló

"Más o menos", le respondí vacilante.

Simona me sonrió y levantó su tableta.

Qué suerte que me hayas traído. Descubrí mucho más sobre Sabina. Simona declaró.

"¡Escúpelo!" Respondí.

"El esposo de Sabina, Alex, donó $ 10 millones a la fundación 'Escuelas para los pobres ". Simona reveló.

"¿Por qué es eso importante? Donar a los pobres en México parece ser una causa legítima para cualquier organización benéfica". Respondí.

Simona me entregó su tableta y habló. "Mira quién también está donando grandes sumas a la misma organización benéfica y también descubrí quién está detrás de la misma. "

Miré la tableta. Pierre también había donado mucho dinero a la fundación mexicana. La tableta también reveló que Jesús Ortega, un supuesto narcotraficante mexicano, controlaba la fundación.

"Entonces, ¿crees que Sabina se está involucrando en la próxima Guerra Civil en México?" Yo pregunté.

"Pues no parece ser de otra manera, ¿verdad?" Simona lo contempló.

Reflexioné sobre la declaración de Simona. ¿Por qué Sabina y el Banco Mundial apoyaban al mismo narcotraficante mexicano? ¿Podría la donación de Alex ser un error? Decidí que esta pregunta no debería eludirme, así que cambié el tema.

"¿Descubriste algo más?" Yo pregunté.

"Sí. Uno de los antiguos compañeros de clase de Sabina, Joshua Harkins, se volvió loco e intentó violarla en su fiesta de 18 años. En lugar de lograr su vil objetivo, recurrió a la autolesión. Joshua cortó sus propios testículos con un fragmento de vidrio y fue institucionalizado". Simona reveló.

"¿Qué? ¡Eso es una locura!" Exclamé

¿El trabajo de una hechicera? Yo pregunté.

"Sólo hay una forma de averiguarlo. Visitemos a Joshua en el hospital psiquiátrico y preguntémoselo a nosotros mismos. Simona declaró.

Después de terminar nuestra conversación relacionada con el trabajo, continuamos disfrutando de la comida del restaurante. Después de unas copas de vino, sentí cómo estaba luchando. Mi joven asistente lesbiana me excitó demasiado como para comportarme de la manera habitual, fría y distante. Me disculpé y corrí a mi habitación, donde me di una larga ducha fría.

AL DÍA SIGUIENTE, VISITAMOS a Joshua en el hospital psiquiátrico. El alto nivel de la instalación me sorprendió. Esperaba que los hospitales psiquiátricos fueran lugares sombríos, pero esta era una hermosa instalación privada con habitaciones grandes y vistas al océano. ¡Perfecto para mí si finalmente me enloqueciera!

Joshua acordó en vernos. Parecía feliz de tener visitas. Los padres de Joshua, que pagaron las tarifas exorbitantes por esta instalación, no parecían interesados en socializar con él.

"Hola, ¿quiénes son ustedes? No recibo visitas a menudo. Joshua declaró.

"Somos periodistas de la revista Time", declaró Simona.

"¿Estás aquí para desenterrar a mi papá? No es su culpa que yo esté aquí. Joshua gruñó.

"No sé. Malcolm Harkins es de ningún interés para nosotros. Estamos más interesados en su relación con Sabina Hines ". Simona respondió.

Al escuchar el nombre de Sabina, Joshua tuvo una explosión y tiró la taza de café de plástico con té tibio en la pared.

"No menciones ese nombre. ¡Esa perra destruyó mi vida! Joshua rugió y luego cayó en llanto lleno de ira.

"¿Cuéntanos qué pasó?" Simona respondió.

"¿Cuál es el punto de eso? Me llamarás loco de todos modos. Joshua se quejó.

"Bueno, tirar tazas de café en la pared no refuta tu locura. Al menos sé por qué sirven las bebidas tibias en vasos de plástico en esta instalación". Me burlé.

Joshua me dio una mirada oscura, y Simona me contuvo.

"Pido disculpas por mi colega. Él es un imbécil. Cuéntanos con tus palabras lo que pasó. Simona la animó.

"Tuve un colapso mental, intenté violar a una chica y terminé hiriéndome". Joshua suspiró.

"Eso es lo que otras personas te han dicho sobre el incidente. Quiero escucharlo con tus palabras. Eras un tipo guapo. ¿Por qué violarías a Sabina? Simona preguntó.

Joshua suspiró. Sus ojos seguían moviéndose entre Simona y la puerta. Finalmente, se levantó y comenzó a caminar hacia la puerta.

"Espera, no te vayas. ¡Sé que Sabina te manipuló! Gritó Simona.

Joshua se dio la vuelta y miró a Simona con atención.

"¿Por qué dirías eso?" Joshua preguntó.

"Porque ella me hizo lo mismo. Ella me hechizó. Para hacerme amarla y luego ella me rechazó. Simona respondió.

"No son realmente periodistas, ¿verdad?" Joshua preguntó.

"¡Chico inteligente!" Me burlé.

Joshua suspiró y regresó a nuestra mesa con la cabeza baja.

"Solía ser tan popular entre las chicas. Yo era el atlético y apuesto Joshua Harkins, hijo del magnate de la propiedad Malcolm Harkins. Todo cambió cuando Sabina entró en mi vida ". Joshua reveló.

"Y cuándo fue eso exactamente. Eras compañeros de clase, ¿verdad? Simona preguntó.

"Si. Pero nunca pensé mucho en Sabina. Claro, ella era buena, pero las chicas bonitas son una moneda de diez centavos por docena para mí. Joshua respondió.

"Entonces, ¿qué cambió?" Simona preguntó.

"Bien. Estábamos cerca de graduarnos, así que pensé que iba a averiguar más sobre esta misteriosa chica que no socializaba mucho. Por lo tanto, la invité a la celebración de mis 18 años. Pero ella quería traer a su estúpido amigo Eric, a quien yo odiaba. Joshua recordó.

"Eric? ¿Es ese Eric Orchard que trabaja para Sabina en el edificio de Better World Pty Ltd? Simona preguntó.

Joshua apretó la mandíbula con ira y respondió. "Sí. Cuando dije que no, Sabina tomó mi mano y me miró a los ojos, pidiéndome que lo dejara venir. En ese momento algo cambió dentro de mi cabeza. No pude decir que no más. Tenía que complacerla y quería poseerla.

"Eso parece como un n intento de una chica bonita tratando de usar su aspecto a su favor. ¿Qué hizo Sabina de manera diferente? pregunté.

"No lo entiendes. Cuando Sabina me tomó la mano y me miró a los ojos, me miró al alma. No es así como se siente cuando una linda chica coquetea conmigo". Joshua gritó.

"¿Qué pasó después de eso?" Simona preguntó.

"Después de eso, Sabina llenó mi mente. No podía dormir, no podía pensar en otra cosa que no fuera cómo la quería. Cuando vino a la fiesta, traté de impresionarla, pero ella me rechazó. Más tarde la atraje a mi habitación. Perdí el control de mí mismo y estaba a punto de forzarme sobre ella cuando habló. Nunca olvidaré esas palabras ". Joshua se estremeció.

Simona me lanzó una rápida mirada. Asentí y ella volvió a hablar. "¿Puedes decirnos las palabras, Joshua?"

Joshua asintió y respondió. "Las palabras de Sabina fueron: 'Joshua Harkins. Por el poder que me otorgó el Verdadero Creador, te ordeno que abandones el mal y te arrepientas de tus pecados '".

Habiendo recitado esta frase, Joshua se derrumbó en el piso llorando sin control.

La reacción de Joshua me sorprendió. Este fue un evento que tuvo lugar hace años. Presioné el botón de alarma, y algunas enfermeras entraron con sedantes.

Simona y yo salimos del hospital psiquiátrico. Obtuvimos lo que vinimos a buscar, pero no fuimos más sabios. La historia de Joshua demostró los inmensos poderes de Sabina, pero aún no sabíamos cuáles eran sus motivos. Joshua era un loco, y desde la perspectiva de Sabina, ella solo se había defendido. A menos que ella hubiera arreglado todo el escenario, en cuyo caso era desviada y peligrosa.

ESTABA CENANDO CON Simona en un restaurante japonés. Estábamos sentados en silencio, y yo evitaba las bebidas alcohólicas para calmar mis deseos.

Entre trozos de sushi, Simona rompió el silencio. ¿En qué estás pensando, Martin?

Me di cuenta de que 'tu cuerpo desnudo' sería una respuesta inapropiada, así que respondí. "No sé qué hacer con Sabina. Sobrevivió a explosiones y docenas de balas. Necesito conseguir el Cristal Zeto; de lo contrario, Pierre y sus muchos asesinos vendrán a por mí. Pero no tengo ninguna posibilidad contra alguien del calibre de Sabina.

Simona me pasó su teléfono y respondió. "Sí, parecías estancado. Sabina pensó que morí en el Templo de Salomón. Ella había estado guardando mi teléfono como un recuerdo mío. Por eso le envié este mensaje a través de la red oscura.

Miré el teléfono el mensaje que se envió al viejo teléfono de Simona decía: "Simona, estoy preocupada por ti. He descubierto quién está financiando la conspiración dentro del Mossad. Está financiado por Pierre Beaumont del Banco Mundial. Por favor ponte en contacto conmigo. / Joanne.

Le devolví el teléfono a Simona y le di una mirada perpleja. "No entiendo este mensaje. ¿Quién es Joanne y por qué le importaría a Sabina?

"Joanne es un nombre falso. Fingí este nombre para engañar a Sabina para que se reuniera con Pierre Beaumont. Quería hacer que Sabina pensara que había una conexión entre el Mossad y el Banco Mundial. Si ella está ligada con él, lo contactará y le advertirá. Simona respondió.

"¿Y por qué Joanne le enviaría un mensaje a Sabina?" Yo pregunté.

"Ella no lo hizo. Ella me envió un mensaje a mi viejo teléfono que Sabina posee y chequea. Cambié la fecha del mensaje para que pareciera que fuese de hace dos años. Esto funcionará ". Simona reveló.

Pensé en el plan de Simona. Era un plan peligroso, particularmente para Sabina. Si Pierre la persigue, ella estaría muerta. Pero yo entendí a dónde quería llegar Simona. El amor no correspondido era algo complicado.

Suspiré.

“Sí, supongo que lo descubriré. Pierre asistirá al Foro Económico Mundial en Sydney la próxima semana. Hagamos un seguimiento de ellos y veamos si Pierre y Sabina se encuentran. Dije.

"Entonces, ¿qué haremos hasta entonces?" Simona preguntó.

“Te sugiero que hagas algo de turismo. Me encerraré en mi habitación de hotel y me concentraré en terminar mi libro número 25”. Respondí.

¿Sigues trabajando en ese libro? Casi lo terminaste en 2037. ” Bromeó Simona.

"¡Bueno, estar muerto por dos años me retrasó!" Respondí.

Simona sonrió, se levantó de la mesa y se alejó. Después de unos pocos pasos, se dio la vuelta y regresó a mí. "Martin, ¿me estás evitando porque estás enamorado de mí, pero te sientes avergonzado porque soy 35 años más joven y lesbiana?" Simona preguntó

"Sí", le respondí.

“Bueno, al menos sabes cómo me siento por Sabina. Te veré cuando estés listo para continuar en la misión. Dijo Simona y se fue.

'Si supiera qué hacer'. Pensé y suspiré.

Capítulo 18: Sydney, abril de 2040

Veuve Clicquot. Barato, pero bebible. Pierre dijo con una sonrisa satisfecha y levantó la copa de champán.

"Bueno, saludos, supongo", respondí y tomé un sorbo de mi vaso.

Estábamos en el hipódromo de Randwick, apostando un poco. Pierre estaba de muy buen humor.

"Los políticos. Se arrastran a mis pies. Todos temen y respetan la riqueza que tengo". Pierre declaró.

"¿Cómo te va con México?" Yo pregunté.

"Visitaré México la próxima semana para discutir mi solicitud de propiedad de la represa Prensa de la Muerte. Jesús Ortega y su ejército están listos. Si el presidente Santander rechaza mi pedido, tendrá una guerra civil en menos de nada". Pierre reveló.

El sistema de megafonía anunció que la próxima carrera estaba en marcha, y unos minutos después, el caballo número 8 'Happy Slapper' había ganado la carrera.

"¡Te dije que Happy Slapper tenía una victoria segura!" Pierre exclamó.

"Es fácil de decir cuando compraste la carrera." Yo franqueé.

Pierre no se vio afectado por mis afirmaciones de hacer trampa. En cambio, él respondió. "Juego para ganar. Deberías aprender de mí.

"No me importan lo suficiente las carreras de caballos para manipular las carreras", reclamé.

"Muy bien. Cuando las personas pierden, siempre afirman que no les importa. Pero ambos sabemos que eso no es cierto ". Se burló Pierre.

No respondí En cambio, saqué mi champán y tomé otra copa de una bandeja de un camarero cercano.

"Me reuní con tu amada Sabina, ayer", dijo Pierre.

Ya lo sabía a través de Simona, ya que mantuve a Sabina bajo supervisión. Pero no quería revelar este conocimiento, así que respondí. "¿Oh enserio? ¿Cuál fue la ocasión?"

"Sabina reservó uno de los paquetes VIP 'Meet and Greet con el Foro Económico Mundial. Tuve que darle diez minutos de mi tiempo por unos $ 250,000". Pierre respondió.

"Dudo que necesites el dinero", le dije.

"Yo no. Pero cobrar una prima por las reuniones es la mejor manera de mantener a las personas indignas lejos de mí ". Pierre respondió.

Asentí, tomé otro sorbo de champán y respondí. "Entonces, ¿qué quería Sabina?"

"Bueno, ella fingió buscar mi ayuda con su proyecto de limpieza del océano", respondió Pierre.

"¿Qué crees que ella quería?" Yo pregunté.

"Bueno, es evidente que quería usar algunas de sus famosas habilidades de 'empatía' conmigo. Ella trató de abrazarme. Que broma." Pierre se burló.

Pensé en la declaración de Pierre. Era poco probable que Sabina fuera un aliado de Pierre ya que él me contó sobre su reunión. Entonces, muy probablemente, su patrocinio hacia Jesús Ortega había sido un error. Pero, ¿por qué las habilidades empáticas de Sabina no habían funcionado en Pierre? ¿Podría el monóculo ser la clave para bloquear sus habilidades? Decidí averiguarlo. "Pierre. ¿Te pusiste el monóculo durante tu reunión con Sabina?

Pierre me lanzó una mirada de desaprobación y respondió. "Bah. ¿Qué clase de pregunta es esa? Por supuesto lo hice. Raramente me lo quito.

Decidí cambiar de tema. "Entonces, ¿quién está ganando la próxima carrera?" Yo pregunté.

Pierre sacudió la cabeza y respondió. "No lo sé. Pero sé que 'Sphinx' ganará la carrera número 8. Y como dije. Solo juego para ganar ".

Descolgué mi teléfono y realicé una gran apuesta en Sphinx. Después de todo, no había nada de malo en ganar dinero gratis en carreras amañadas.

Pierre me tocó el hombro y me dio una mirada seria. "Martín. Te estás quedando sin tiempo. Szymon Yehuda llegará el miércoles. O tienes el Cristal Zeto primordial para entonces, o autorizaré a Szymon a tomarlo por la fuerza. ¿Tenemos un trato? Pierre amenazó.

Asentí sin decir nada.

"Excelente. Te deseo un día trascendental en las carreras. Tengo muchos otros dignatarios con quienes reunirme hoy. Adiós y buena suerte con tu búsqueda. Pierre dijo y se fue.

Me di cuenta de que necesitaba actuar, así que llamé a Simona y me dirigí al laboratorio de computación, que había contratado para ella.

SIMONA ESTABA ESCUCHANDO techno en sus auriculares y no me notó cuando me acerqué a ella. Me acerqué a ella y le quité los auriculares para llamar su atención.

"Oye, no mates mi ritmo", gritó Simona.

"Oye, tienes suerte de que no esté planeando matar otra cosa. ¡Tienes que prestar atención! Insté.

"Bah, si fueras otra persona, ya me habría ido. Te vi en el video ". Simona respondió.

Suspiré. Tratar con la rebelde Simona, de 21 años, era una tarea desalentadora, pero era muy buena en su trabajo, así que valió la pena.

"Simona, tenemos que movernos. ¿Has logrado descifrar el código de acceso a la caja fuerte de Sabina de tus cámaras? Yo pregunté.

"Sí. Estoy bastante seguro de que el código es 22-03-2850 ". Simona respondió.

"Necesito total certeza. No puedo entrar a la casa de Sabina para quedar atrapado en la caja fuerte. Me burlé.

"Bueno, el video no muestra la pantalla, pero hice una suposición educada. Mira el video y compruébalo por ti mismo".

Simona encendió el video y seguí los movimientos de los dedos de Sabina cuando ingresó el código. Parecía 22-03-2850.

Consulté mi monóculo y me di cuenta de lo tonto que había sido. 'Clave de acceso estimada 22-03-2850. Tenga en cuenta que Sabina podría estar usando un panel de teclas donde los dígitos intercambian lugares.

"¿Tienes un segundo video de Sabina abriendo la caja fuerte?" Pregunté.

"¿Por qué?" Simona preguntó.

"Porque podría ser una pantalla donde los dígitos estén intercambiados de lugares ", respondí.

"Ese es el único video que tengo. Tendremos que esperar hasta la próxima vez que Sabina abra la caja fuerte para confirmar. Simona respondió.

"No puedo putamente esperar. ¡Estoy metido en un mierdero y necesito entrar allí ahora! Grité

Simona me miró perpleja y respondió. "¿Qué pasa, viejo?"

Respiré hondo y respondí. "A Pierre se le acabó la paciencia. Me dijo que Szymon Yehuda vendrá y usará violencia si no tenemos el Cristal Zeto para el martes.

"Gracias por decirme. Estoy reservando mis vuelos para el lunes por la noche. Simona respondió.

"¡Muy útil!" Me quejé.

"Está bien, supongo que entraremos una vez que Sabina se vaya. No puedo hackear la cerradura biométrica de la casa, pero tengo una idea ". Dijo Simona.

"¿Cuál es tu sugerencia?" Yo pregunté.

"He generado por computadora un modelo 3D del globo ocular de Sabina. La modelo debe tener una copia exacta de su iris. Esta réplica engañará al escáner ocular en la puerta. Si imprimimos una copia en 3D, debería funcionar". Simona explicó.

"Excelente. Por cosas como esta son la razón por la que te traje. Termina el globo ocular de cristal y estaremos listos para ir". Respondí, me recosté en la silla y me quedé dormido.

"¡MIRA LO QUE TENGO!"

Desperté unas horas más tarde, mientras Simona sostenía un globo ocular de cristal 3D muy realista al lado de mi cara.

"¿Tranquilo ahora?" Bromeó Simona.

Pensé en objetar la declaración de Simona, pero me di cuenta de que apestaba a alcohol.

"Sí. ¿Hay noticias? " Pregunté.

"No. Sabina parece completamente absorta en lo que sea que esté haciendo. No ha dejado esa silla durante muchas horas, ni siquiera bebiendo agua o yendo al baño ".

"Bueno. ¿Algo más?" Dije.

"Revisé los videos. Parece que Sabina tuvo una discusión con Alex ayer. Se fue y voló a Brisbane. Simona respondió.

"Eso hace que la casa sea más accesible. Mira si puedes encontrar un avión no tripulado a través de la red oscura. Necesitamos verificar que Sabina esté en la habitación. Ella podría haber encontrado una manera de burlarse de ti, Simona ", especulé.

Simona hizo una mueca de enojo hacia mí. Claramente, no le gustó mi sugerencia de que existían personas más inteligentes que ella en el mundo.

"Bien jefe, acabo de ordenar el dron. Lo tendremos a primera hora en la mañana. Dijo Simona.

"Excelente. Vamos a comer y luego a dormir. No sirve de mucho sentarse frente a una computadora mirando a alguien sentado junto a una computadora ". Respondí.

"Bueno. Configuraré mi teléfono para que me avise si algo cambia en la habitación ". Simona respondió y salimos del laboratorio de computación para un descanso muy necesario.

ERA LUNES POR LA MAÑANA y se acercaba el mediodía. Sabina había estado sentada allí durante más de 72 horas seguidas y no tenía idea de lo que estaba haciendo. Habíamos usado los drones para confirmar su presencia en la habitación, pero no pudimos averiguar qué estaba haciendo o cómo lo hizo.

Estaba casi durmiendo mirando a Sabina a través del video de la cámara espía cuando noté un cambio. Sabina se había derrumbado en el suelo. Como Alex, todavía no estaba en la casa, esta era la oportunidad de entrar y agarrar el cristal.

"Es hora de moverse. Apaga las cámaras de la casa antes de que entremos. Di instrucciones a Simona y llegamos a nuestro auto. Aparcamos cerca de la mansión de Sabina en el sur de Coogee y utilicé la réplica del globo ocular de Simona para entrar en la casa. Nos apresuramos escaleras arriba donde encontré a Sabina fría e inconsciente. Me acerqué a la caja fuerte y para mi alivio, ingresé la contraseña correcta.

"Una vez que tenga el cristal Zeto primordial, usa el velo de la Pachamama y envuelve el cristal con él y arrojarlo a un volcán activo en Kiribati", las palabras de Rangda daban vueltas en mi cabeza.

Saqué el cristal Zeto primordial de la caja fuerte de Sabina, asi de simple. Ahora tenía que ir a Indonesia, recoger el Velo de Pachamama donde Elaine, y luego envolver el Cristal en el Velo y arrojarlo a un volcán activo. Eso debería cargar el cristal Zeto primordial. Al poseer un artefacto tan poderoso, podría lidiar con Pierre, James y Vladimir.

¿Pero entonces, qué? ¿Qué haría con el cristal Zeto? ¿Cómo detendría el apocalipsis? Sostuve el cristal en mi mano y miré a Sabina. 'Sabina está muerta'. Mi monóculo apareció, y no tenía razón para cuestionarlo.

"No podemos hacer nada por ella ahora. ¡Vámonos!" Simona lo instó.

Me congelé por un segundo, y luego tuve una epifanía. Tenía que salvar a Sabina. Ella era el futuro. Ella era la Elegida y la única que podía salvarnos.

"No, necesito salvar a Sabina", dije, y froté el Cristal Zeto a lo largo de la mejilla de Sabina.

El poder del Cristal Zeto revivió a Sabina, y pude escuchar su respiración.

Me acerqué a la caja fuerte y volví a poner el Cristal. Luego me arrodillé junto a Sabina y susurré. "Te estás muriendo Sabina. El cristal te revivirá. Una vez que te haya revivido, asegúrate de beber mucha agua y ve directo a la cama ".

Luego me levanté y salí de la habitación. Simona corrió detrás de mí. ¿Qué estás haciendo, Martin? ¿Has perdido la cabeza?" Protestó Simona.

"Estoy ayudando a Sabina Guara salvar el futuro. Se va a poner feo. Te recomiendo que salgas de Australia y te escondas por un tiempo". Afirmé.

"Estás jodidamente loco. ¿Cuál fue el punto de todo esto entonces? Simona discutió.

"¡Me ayudó a descubrir lo que tenía que hacer!" Afirmé.

Simona sacudió la cabeza y salió corriendo, antes de irse, grité. "¡Simona!"

Simona se dio la vuelta y me miró.

"Gracias por toda la ayuda. Espero que sigamos siendo amigos cuando esto termine. Respondí.

Simona no respondió. Podía escuchar movimientos desde arriba, y me apresuré a salir de la casa antes de que Sabina me viera.

"TU TIEMPO SE HA ACABADO. Szymon ha aterrizado en Sydney, y su grupo tratará con Sabina y recuperará el Cristal ". Pierre dijo por el teléfono holograma.

"¡Jódete, Pierre!" Grité de vuelta.

"Vladimir se divertirá mucho contigo. ¡Ni siquiera la muerte te salvará! Pierre rugió y colgó el teléfono.

"Podría haberlo manejado mejor", pensé, y contacté a Sabina. No sabía cómo reaccionaría ella al saber de mí, pero esto forzó mi mano. Una legión de asesinos a sangre fría quería matarnos y luego resucitarnos para torturarnos. En tales circunstancias, uno solo puede pelear, y lograr que Sabina se uniera a mí era el único camino a seguir.

'Está bien, te veré en el puerto de Barangaroo en una hora'. Sabina respondió a través de la aplicación de mensajería cifrada.

Me enfundé las pistolas, y me puse un chaleco a prueba de balas debajo de mi traje. Me quité el monóculo y lo escondí en mi bolsillo. Necesitaba ganarme la confianza de Sabina antes de revelar lo que era. Sólo entonces podríamos tener una oportunidad para salvar el futuro del Apocalipsis.

VI A SABINA MIENTRAS me esperaba en el puerto de Barangaroo. Me sentí preocupado, pero esperaba que la ubicación disuadiera a Szymon y sus agentes de atacarnos.

Me acerqué a Sabina y hablé. "¡Gracias por verme, Sabina!"

"Es lo menos que puedo hacer. Me salvaste la vida y me ayudaste a escapar de Israel. Pensé que estabas muerto. ¿Qué pasó?"

"Sobreviví. Las heridas de bala no pusieron en peligro la vida, y solo enfrenté cargos menores. Supongo que nunca encontraron los cuerpos. Respondí.

Dicho esto, me mordí la lengua. ¿Por qué le había mentido a Sabina? Ella era la única si habría en alguien que creyera en mi historial.

Sabina me dio una mirada escéptica y habló. "Entonces, ¿por qué has esperado hasta ahora para visitarme?"

"Te vi en un sueño. Te estabas muriendo, y el Cristal Zeto te salvó. Sabía que tenía que ir a Sydney a verte. Respondí.

Más mentiras. Maldita sea, ¿por qué era tan difícil decir la verdad? ¿Qué es exactamente lo que me ha impedido? Estaba sudando profusamente y el miedo a mi muerte y la posterior tortura me perseguían y me impedían pensar con claridad.

"Bueno. Mi madre, Ellen, quisiera agradecerle por salvarme la vida en Jerusalén. Ella está sentada allí. Dijo Sabina.

Mierda. ¿Por qué estaba Ellen aquí también? ¿Me reconocería Ellen teniendo en cuenta que me vio una única vez hace 21 años? Probablemente no, pero todavía era una complicación, y no quería que entrara en peligro.

"¿Esa mujer rubia de la chaqueta roja es tu madre?" Pregunté

"Sí, ¿se conocieron antes?" Sabina preguntó.

"Algo así", pensé, pero no tuve tiempo de decirlo, ya que hubo una interrupción.

"FINALMENTE NOS ENCONTRAMOS, señorita Hines. ¿O debería decir, señorita Keila Eisenstein?

Me di la vuelta. Era Szymon Yehuda con un grupo de agentes del Mossad.

"Ben Yehuda, ¿eres tú?" Sabina preguntó con asombro.

"No, soy Szymon Yehuda. Ben esta muerto. Martin Al-Sham nos traicionó y asesinó a mi querido hermano. Szymon respondió.

"Guau. ¡Exactamente el hombre que he estado esperando conocer! Sabina se burló.

"¡De eso estoy seguro!" Se burló Szymon.

Después de unos segundos de tenso silencio, Szymon volvió a hablar. "No estoy aquí para vengar a mi hermano. Estoy aquí para recuperar el cristal que nos robaste. Dame el cristal, y podrías salir viva de esto. Szymon se burló.

"¿Te refieres a este cristal?" Sabina preguntó.

"¡Sí, dámelo, Sabina!" Szymon dijo con sus ojos brillantes de codicia y sed de sangre.

"No, a menos que me digas cómo piensas usarlo". Bromeó Sabina.

Szymon no pudo resistir el impulso de alardear de su genocida "plan divino". Sabina escuchó atentamente, y cuando Szymon bajó la guardia, lo golpeó en la cara con el Cristal Zeto. Luego se invertida en el agua, mientras que el otro agente del Mossad s tiro después de ella.

Sabía que necesitaba actuar. Salté hacia atrás y aterricé con la espalda en el suelo. Ignoré el dolor e inserté rápidamente el monóculo con la mano izquierda mientras sacaba la pistola con la mano derecha. Activé el modo de combate y disparé en la cabeza a los agentes del Mossad. Me levanté y caminé hacia Szymon, que todavía estaba desconcertado por el poderoso golpe de Sabina. "¡Jódete, Szymon!" Dije y disparé mis balas restantes en su fea cara.

Giré mi monóculo para evitar el modo de confrontación. 'Opción no disponible'. Suspiré. Podía escuchar varias sirenas de policía en el fondo. Entré en modo de combate, y estaba a punto de salir cuando algo me dejó inconsciente.

Capítulo 19: Yakarta, abril de 2040.

Desperté en una habitación lujosa, con suaves sábanas de algodón egipcio y una vista magnífica. ¡No estuvo nada mal, mucho mejor que despertarse en la cámara de tortura de Vladimir! Miré por la ventana. La vista era magnífica, pero ¿dónde estaba? La puerta se abrió y Elaine entró en la habitación.

"¿Qué te parece mi nuevo ático?" Elaine preguntó.

"Es asombroso. ¿Qué pasó?" Le pregunté

"¿Te refieres a mi buena apariencia, o cómo te saqué del desastre que creaste en Sydney? " Elaine sonrió.

Miré a Elaine. Ella se veía increíble; Era como si fuera joven otra vez. Decidí halagar su aspecto antes de pasar a temas más relevantes.

"Te ves increíble, Elaine. ¿Cómo lo hiciste?" Yo pregunté.

"Estaba buscando la fuente de la juventud y la encontré. Mis químicos encontraron una manera de replicar la composición química de un tipo de lodo, que se encuentra en un templo en la isla de Kalaotoa ". Elaine reveló.

"Increíble, se puede hacer una fortuna con productos de belleza, te ves como si estuvieras en tus veintes", le contesté.

"No. Guardaré lo mejor para mí. Así es como te salvé la vida. Elaine respondió.

Asentí. Supongo que era hora de descubrir una pregunta más importante. ¿Cómo me salvó la vida Elaine?

"Entonces, ¿cómo me salvaste en Sydney?" Yo pregunté.

"¿Recuerdas los esquemas sobre trajes de invisibilidad que encontramos en la pirámide hundida de Kiribati?" Elaine declaró.

"Sí, por supuesto que sí", respondí.

"He mantenido la tecnología en secreto. Solo un puñado de mis seguidores más leales lo saben. Cuando me enteré de tu viaje a Sydney, envié a mis agentes Budi y Rexi para que te siguieran. Elaine reveló.

"¿No noté nada?" Yo pregunté.

"No puedes ver lo que no estás buscando. Mis agentes no eran una amenaza, por lo que tu monóculo no los percibió como tales. Elaine respondió.

Asentí. La armadura invisible era un invento maravilloso, aunque fácil de detectar para los que buscan activamente.

"¿Cómo me sacaron de allí tus agentes?" Yo pregunté.

"Después del tiroteo, me di cuenta de que mis agentes necesitaban intervenir. Ordené a Budi y Rexi que te dejaran inconsciente y te cubrieran con una manta que te hizo invisible. Después de eso, te llevaron a una de mis casas de seguridad, donde te sedaron. Después del anochecer, te llevaron al aeropuerto y te trajeron hasta aquí. Elaine reveló.

"Gracias, Elaine", le respondí.

"No te preocupes por eso. Llevo mucho tiempo pensando en ir tras Pierre Beaumont. Tal vez sea hora de que contraataquemos a ese bastardo. Elaine respondió.

"Convenido. Alguna noticia sobre Sabina. Yo pregunté.

Al escuchar el nombre de Sabina, la mirada de Elaine se oscureció. "¡No quiero hablar sobre ese engendro de tu infidelidad!" Elaine gritó.

"Entonces, ¿preferirías estar enojada por las cosas que sucedieron hace 20 años antes que hacer lo correcto para nuestro futuro?" Yo supliqué.

Elaine se calmó y dijo: "Está bien, les pediré a mis asociados que la vigilen. Descansa, Martin. Tienes heridas graves y tengo un negocio que dirigir. "

Elaine salió de la habitación y me metí en el jacuzzi en el baño. Me calmé. Había salvado la vida de Sabina, pero ya no podía hacer nada más. Dejar la relativa seguridad del ático de Elaine en Yakarta fue una idea terrible, ya que eso pondría un objetivo en mi espalda. No importa lo que hiciera, ya no pude ayudar a Sabina. Me recosté en el agua caliente, mientras esperaba que Sabina realmente fuese la salvadora destinada de la humanidad.

ESTABA SENTADO EN EL comedor privado del edificio del conglomerado de Harapan. No había visto mucho a Elaine desde que hablé con ella tres días antes. No estaba tan mal pues no sabía de qué hablaríamos en cualquier caso.

Estaba disfrutando de unas brochetas de pollo con ensalada indonesia de Gado-Gado cuando Elaine se me acercó.

“Pierre y Sandra están muertos. Ambos murieron en la Guerra Civil Mexicana ". Elaine dijo con una voz sorprendida.

“La muerte de Pierre debería ser motivo de celebración. Entonces, ¿por qué la cara larga? Respondí.

Elaine se sentó frente a mí en la mesa del comedor. “No estoy triste por la muerte de Pierre. Es solo que...” dijo Elaine.

"¿Entonces?" Yo pregunté.

“Los monóculos nos dieron mucha inteligencia a todos. Esas grandes oportunidades para dar forma al mundo a mejor. Y mira lo que nos pasó. Ben y Szymon se obsesionaron con un genocidio religioso y tú los mataste. Pierre comenzó guerras para ganar más dinero y no hizo nada para mejorar la humanidad, a pesar de poseer más de lo que podía alguna vez gastar. Viajaste por el mundo buscando artefactos mágicos dejando un rastro de cadáveres y destrucción donde quiera que fueras... Elaine suspiró.

"¿Que pasa contigo? Yakarta parece la ciudad perfecta. Hiciste algo bueno para la humanidad. Respondí.

“Hay fosas comunes encontradas en toda Indonesia. Usé mi control sobre los medios para silenciar las noticias. Cuando ordené una limpieza de nuestra capital, miré para otro lado cuando los funcionarios corruptos masacraron a los pobres y discapacitados. Si bien no ordené su muerte, todavía soy cómplice ". Elaine reveló.

Reflexioné sobre la declaración de Elaine. Estaba en lo correcto cuando culpaba a sus acciones. Pero no quería criticar a mi ángel anfitrión y guardián, así que respondí. “Al menos no ordenaste su muerte. Pero todavía hay una persona que puede cambiar este mundo para mejor ".

"¿Sabina?" Elaine preguntó.

"¡Sí!" Respondí.

“Tienes demasiadas esperanzas en esa chica. También se convertirá en una tirana si el mundo lo permite. Elaine suspiró

"Uno debe esperar un futuro mejor, de lo contrario no tiene sentido vivir", dije.

"Está bien, veré qué puedo hacer", respondió Elaine.

Elaine se levantó de la mesa y estaba a punto de irse cuando entró uno de sus agentes.

" Kami telah menemukan gadis itu. Dia ada di Hawaii. "Dijo el agente.

Había estudiado suficiente indonesio durante los últimos días para saber qué significaba eso. ¡Sabina estaba en Hawaii!

"ELAINE, NECESITO QUE me prestes un jet privado, algo de ropa y una maleta", le dije.

"Por supuesto. Espera, conjuraré estos objetos como un genio. Elaine se burló.

Suspiré. No iba a ser una conversación fácil.

"Elaine. Sabina está en Hawaii. Necesito darle el velo de Pachamama para que pueda recargar el cristal de Zeto. Yo supliqué.

"¿Qué vas a hacer después de eso? ¿Pasar tiempo padre-hija y matar gente? Estas por tu cuenta." Elaine se burló.

Escuché la voz de Rangda en la parte posterior de mi cabeza. *Dile a Elaine que llevarás a Sabina a la Pirámide Hundida de Kiribati. Dile que Sabina es la única que puede abrir el portal dentro de la pirámide y detener el apocalipsis.*

Reiteré lo que Rangda me dijo a Elaine y ella me miró fríamente. "¿Esas son tus palabras o las palabras de Rangda?" Se burló Elaine.

"Rangda", suspiré.

Elaine se sentó y pareció pensar por un momento. Finalmente, ella habló. "Te estoy ayudando con una condición".

"¿Cuál es tu condición?" Yo pregunté.

"¡Que te acerques a Sabina como su captor y no como su aliado!" Elaine declaró.

"¿Su captor? ¿Cómo sugieres que capture a una hechicera sobrenatural ayudada por una antigua deidad? Me burlé.

"Secuestramos a Alex. Alex es la debilidad de Sabina y no está protegido. La obligaremos a seguir nuestras órdenes usándolo como rehén. Elaine sugirió.

"¿Por qué? Eso parece innecesario. Estoy seguro de que vendrá por su propia voluntad si le explico las cosas. Respondí.

"Eso no viene al caso. Estás enviando a esta chica para enfrentar a Rangda, y Rangda quiere que la envíes. Sabina no tiene oportunidad. No debes fingir que eres amiga de Sabina y luego enviarla a su destino. Estoy harto de tu duplicidad. Elaine despotricaba.

No me gustó la sugerencia de Elaine, pero acepté. Probablemente hubo una orden de arresto internacional en mi nombre, así que no podía viajar en vuelos regulares.

"Está bien, Elaine. Hagamos las cosas a tu manera. Prepara a tus hombres y le haremos una visita al Sr. Alexander O'Neill en Hawaii.

Capítulo 20: Hawaii, abril de 2040

Vi con anticipación cómo nuestro jet privado se preparaba para aterrizar en las hermosas islas hawaianas. Habían pasado muchos años desde que Elaine y yo habíamos estado viajando juntos. Por un momento, casi pude imaginar que ninguna de las cosas terribles había sucedido.

Entonces abrí los ojos y vi a los agentes de Elaine, de aspecto rudo, Budi y Rexi, lo que me recordó por qué íbamos a Hawaii. No íbamos de vacaciones; íbamos a continuar nuestra vida de villanía.

"Entonces, ¿renunciaste a tu idea de tener una guardia Varangiana?" Yo pregunté.

"Sí, el incidente en Kiribati demostró la tontería de rodearme de criminales del otro extremo del mundo". Elaine respondió.

"Entonces, ¿cómo estás reclutando tu círculo cercano ahora?" Yo pregunté.

"Los recluto de los orfanatos que opero. Budi y Rexi son como mis hijos adoptivos. Ellos y mis otros agentes respetan mi visión y siguen mis órdenes ". Elaine respondió.

"Bueno, al menos no han intentado matarme todavía", sonreí.

Salimos del avión. El clima era perfecto, cálido y soleado, con una brisa fresca del océano. Las montañas en el fondo parecían ideales para una caminata.

"Oye. ¿Qué tal si vamos de excursión mañana? Me encantaría explorar las montañas. El sendero Manoa Falls debería ser hermoso. Yo sonreí.

Elaine me dio una mirada escéptica y respondió. "¿De Verdad? ¿Quieres ir de excursión? Vinimos aquí en una misión, ¿recuerdas?

Me encogí de hombros y respondí. "Si Budi y Rexi pudieran sacarme de Sydney cuando todo el mundo me estaba buscando, estoy seguro de que no tendrán problemas para secuestrar a Alex". He alquilado una cabaña fuera de lo común", respondí.

Elaine me estudió por un momento y respondió. "Supongo que estas en lo correcto. Una cabaña en el desierto es un excelente lugar para mantener a Alex mientras 'persuades' a Sabina para que se enfrente a Rangda ".

"¡Excelente! Tendremos un tiempo maravilloso. ¡Vámonos!" Respondí.

Subimos al auto alquilado y Budi nos llevó a la cabaña.

DESPUÉS DE UN POCO de lluvia matutina, el sol brillaba a través de una abertura en la capa de nubes. Salí de la cabaña y vi a Budi y Rexi alejarse para secuestrar a Alex. Me acerqué a Elaine, que estaba intensamente concentrada en su computadora portátil.

"¿Qué estás haciendo, mi hermosa reina?" Bromeé

"Estoy dirigiendo mi imperio empresarial", respondió Elaine.

"¿Dirigiendo? ¿Eres muy estacionario? Bromeé

Elaine me dio una mirada molesta.

"Ven y únete a mí para nadar en el lago", le dije.

"Pero estoy ocupada". Elaine se opuso.

"Honestamente. ¿Qué crees que lamentarás más en tu lecho de muerte? ¿No estar nadando en este hermoso lago o no pasar más tiempo tocando tu computadora portátil? Yo pregunté.

"Tienes razón. Nadar estaría bien ". Elaine suspiró y cerró su computadora portátil.

Nos acercamos al embarcadero.

"No tengo ropa". Elaine se opuso.

"¡No necesitas!" Bromeé y me quité toda la ropa.

Elaine estudió mi cuerpo desnudo por un rato y exclamó. "Martin, tienes tantas cicatrices".

"Bueno, no he envejecido como un buen vino; más como un pedazo de carne rancia. Pero sigo siendo la misma persona. Bromeé.

"No estás tan mal", respondió Elaine y se desnudó.

Me quedé mirando su cuerpo. El barro de la isla de Kalaotoa, combinado con algunas otras cirugías plásticas, la había vuelto más sexy que nunca.

“No te quedes ahí parado. ¡Entra!" Elaine exclamó, y saltó al agua.

Seguí su ejemplo y nadé hacia ella. Nuestra mirada se encontró y nos besamos y luego sentí que una pesada carga se me había caído del pecho y sentí esperanza en el futuro.

PASÉ EL DÍA PONIÉNDOME al día en actividades de dormitorio con Elaine. Por la tarde, Budi y Rexi regresaron con Alex atado y amordazado.

Me acerqué a Alex, le quité la venda y la mordaza.

"¿Quién eres tú? ¿Es esta venganza por lo que sucedió en México? " Preguntó el aterrorizado Alex.

“Cálmate, señor O'Neill. Estamos felices de que Pierre esté muerto. Pero eres la presa que necesitamos como moneda de cambio contra Sabina “. Respondí.

"¿Sabina? ¿Qué quieres de ella? Alex preguntó.

“Quiero que ella cumpla su destino. Quiero que ella viaje a través del portal en la Pirámide Hundida de Kiribati y mate a Rangda ". Respondí.

“Sabina también querría eso. Entonces, ¿por qué me secuestraste? Alex se quejó.

“Bueno, como ya deberías haberte dado cuenta, Sabina no es completamente humana. Ella puede controlar las mentes de los demás, y sobrevivió a docenas de disparos en Jerusalén ". Revelé.

ALEX MIRÓ HACIA OTRO lado por un momento, suspiró y respondió. "Sí. Estuve ciego durante años, pero recientemente me di cuenta de que ella es diferente. Ella me trajo de la muerte en México ". Alex admitió.

"Muy bien, ¿entonces te das cuenta de por qué necesito garantías?" Yo pregunté.

Alex no respondió, y tomé una foto de Alex donde estaba sentado, atado a una silla.

Estaba saliendo de la habitación cuando Alex gritó. "Espere. ¿Quién eres y por qué haces esto? "Soy Martin Al-Sham, y estoy haciendo esto porque debo hacerlo", respondí y salí de la habitación.

ESTABA AFUERA DE LA habitación 853 en el lujoso resort Halekulani, donde se alojaban Sabina y Alex. Usé la tarjeta de Alex y abrí la puerta.

Vi a Sabina sentada en el sofá con vistas al parque y la playa de abajo.

"Alex, ¿eres tú?" Sabina preguntó y se dio la vuelta.

Sabina sacudió la cabeza cuando me vio. "Hmm, calculé que eventualmente aparecerías". Sabina se burló.

"¿Benjamin Cook te dijo que vinieras aquí?" Sabina preguntó.

"No sé quién es, tengo otras formas de encontrarte. ¡Date prisa! ¡Tenemos un trabajo que hacer! Respondí.

Sabina se levantó del sofá y se acercó a mí.

"No tienes derecho a decirme qué hacer. Además, ¿eres parte de la misma conspiración que Pierre? No terminó bien para Pierre. Sabina se burló.

"Lo sé. Y es por eso que he tomado precauciones. Respondí y le entregué a Sabina una foto de Alex.

Al ver que tenía a Alex en cautiverio, Sabina se dejó caer en el sofá y se cubrió la cara. " ¡Oh no! ¿Qué deseas?" Ella lloró.

"Quiero que cumplas tu destino. Viaja a Kiribati conmigo y activa el portal en la Pirámide Hundida. Yo ordené.

"No puedo. El Cristal Zeto se ha quedado sin energía. Sabina se opuso y me mostró el cristal opaco.

Miré el cristal. No había forma de distinguirlo visualmente de un zafiro grande cuando no estaba cargado. Pensé en tocar el cristal para sentirlo, pero hice a un lado esa idea. Después de todo, no sabía el alcance de los poderes mágicos de Sabina, así que tuve que tener cuidado.

"Eso no es un problema. Sé cómo cargarlo. Respondí.

"¿Cómo?" Sabina preguntó.

"Lo verás una vez que lleguemos a Kiribati. Pero mejor nos damos prisa. A mis asociados no les gusta esperar ". Insté.

"¿Y si me niego a ir contigo?" Sabina discutió.

"Entonces te dejaré ir. No soy tan estúpido como para amenazar a una mujer bajo protección divina. Pero Alex no tiene la misma protección, ¿verdad? Me burlé.

Sabina permaneció en silencio y sollozó. Me sentí terrible por tratarla de esta manera, y quería abrazarla y consolarla. Pero Elaine tenía razón. No podía ser amigable y pretender que me importaba Sabina y al mismo tiempo enviarla a matar a Rangda. No podía ser amable con alguien y luego sacrificarla por el bien mayor.

Sabina se secó las lágrimas y habló. "Bueno. Te acompaño. Compartimos el mismo objetivo, después de todo ".

Asentí. "Excelente. Tengo un avión esperando en el aeropuerto. Nos vamos de inmediato". Ordené.

Sabina asintió, empacó algunas cosas en una pequeña bolsa y me siguió cuando salí del hotel.

Capítulo 21: Kiribati, abril de 2040

Estaba estudiando a Sabina mientras nos sentábamos en un jet privado, yendo de Hawaii a Kiribati. Se sintió extraño. Por primera vez, tuve la oportunidad de hablar con Sabina en privado durante un período prolongado de tiempo. Sin embargo, no sabía qué decir, y las cosas evidentemente no eran amigables entre nosotros.

Sabina me fascinó. Ella era mi hija con poderes sobrenaturales destinados a salvar el mundo. Creía que Elaine estaba equivocada en su evaluación. No sacrifiqué a Sabina. La envié a salvarnos. Si alguien pudiera salvarnos del Apocalipsis y la influencia maligna de Rangda, era Sabina. Rangda, en su arrogancia, pensó que Sabina no tenía ninguna posibilidad contra ella. Pero era una arrogancia tan perversa que conduciría a la caída de Rangda.

Me desperté de mis sueños cuando Sabina me agarró del brazo y me miró a los ojos. Podía sentir lo que estaba tratando de hacer. No pude culparla. Habíamos secuestrado a su esposo, así que, por supuesto, ella intentaría usar sus poderes contra mí.

"No lo intentaría. El monóculo me protege contra tus habilidades empáticas. Me burlé.

Sabina me soltó del brazo y se sentó en el sillón frente a mí.

"¿Por lo tanto, puedo considerar que formaste parte de la conspiración del Mossad todo el tiempo?" Sabina se burló.

El tono de Sabina me molestó. ¿No había matado a los hermanos Yehuda y me había puesto en peligro para salvar su triste trasero? "No soy parte de ninguna conspiración. He estado tratando de ayudar a Keila Eisenstein a detener el Apocalipsis durante las últimas dos décadas. ¡Deberías agradecerme! I grité.

"¿Gracias? Secuestraste a mi esposo para obligarme a ir contigo. No vivirías si él no estuviera bajo tu custodia. Sabina rugió y sus ojos brillaron con furia.

No respondí Sabina tenía una buena razón para estar enojada conmigo, y no había necesidad de intensificar la discusión.

Después de unos segundos, el color de los ojos de Sabina cambió a la normalidad y se calmó. "Entonces, ¿cómo puedes pagar esto si no eres parte de una conspiración? Viajar por el mundo, contratar aviones y secuestrar personas no es exactamente barato ". Preguntó Sabina.

Considere mis opciones. No quería delatar a Elaine y su compañía. Si Sabina sacaba su furia sobre mí, quería que su rastro se enfriara. Temía lo que la poderosa hechicera podría lograr si ponía sus poderes a prueba. Tomé mi cartera y le entregué Sabina una foto de Elaine y yo con el letrero de ganadores de Powerball en 2020.

"¡Así es como puedo permitirme todo esto!" Afirmé.

"¡Guau! ¿Quién es esta mujer y por qué te ves tan infeliz en la foto? Sabina preguntó. "Hmm, eso es muy perceptivo de tu parte. ¿Supongo que no puedo fingir una sonrisa con mis ojos? Yo reflexioné.

Sabina no respondió y volví a hablar. "El nombre de la mujer es Elaine, y no estábamos contentos porque nuestra victoria tuvo un costo", revelé.

¿Dónde está Elaine ahora? Sabina preguntó.

"¡Eso no es asunto tuyo, Sabina!" Arremetí, y Sabina me respondió con silencio.

Me mudé a otro asiento en el avión. A pesar de que quería hablar con Sabina e intentar arreglarlo todo, era mejor si no hablábamos en absoluto, ya que ella no sabía que yo era su padre biológico.

"O LE A OU LE ALU I LE Banaba Island. E le o toe mamao le mauga. E matautia tele. Dijo el capitán Ahohako.

Después de pasar unos años en Kiribati, entendí algo del idioma y respondí: " Zuo matautia. Afai asiasi ia te oe i le po nei.

Después de eso, abrí mi chaqueta, que ocultaba mi pistola, para enfatizar mi mensaje.

"Está bien, Sr. $ 10,000 está bien. Yo te llevaré a Banaba Island ". Ahohako suspiró.

"Perfecto. Dejaré el dinero en el cobertizo. Llama a tu esposa y dile que los recoja. Y no intentes ningún truco. Afirmé.

Dejé el efectivo debajo de un cubo en el cobertizo y me subí al bote. "Date prisa, Sabina. Nos dirigimos a la isla de Banaba. Grité

Sabina se subió al bote y respondió. "No parecía muy interesado en hacer el trabajo a pesar del gran pago. ¿Qué pasa con eso?"

"No tendrá mucho uso de su dinero si está muerto. La gente espera que la isla Banaba tenga una erupción volcánica masiva en cualquier momento ". Revelé.

"Entonces, ¿qué hay de nosotros?" Sabina preguntó.

"Estaremos bien. ¡Solo un lunático o un visionario visitaría una isla momentos antes de una erupción volcánica! Yo sonreí.

"¿Y te consideras un visionario?" Interrumpió Sabina.

"Sé que lo soy. La energía térmica del volcán en erupción es justo lo que necesitamos para recargar el cristal Zeto primordial. ¡Ahora date prisa, no tenemos todo el día! Dije.

Sabina no respondió. No sé si ella me creyó o si simplemente renunció a su destino.

Pasó el tiempo y nos acercamos a la isla. Cuando Ahohako vio la columna de humo gigante y pudo oler el azufre del volcán, se puso nervioso.

"No puedo seguir. Todos vamos a morir." Ahohako se quejó.

Sabía que si convencía a Ahohako de que nos dejara en la isla, nos abandonaría tan pronto como bajáramos del bote. Ese fue un escenario terrible. Si mi plan no funcionara, necesitaríamos una evacuación inmediata.

Miré mi pistola. Si le disparaba a Ahohako, podría anclar el bote en la isla, y todavía estaría allí cuando necesitáramos partir. Yo dudé. No quería matar a Ahohako pues lo conocía desde mi época de ermitaño en las islas. Además, no quería matar a alguien a sangre fría frente a Sabina. Oh si, Sabina. Ella fue mi solución. Me acerqué a ella y le dije:

"Sabina. Necesito que uses tus poderes. Convence al capitán Ahohako de llevarnos a la isla y esperarnos allí, o tendré que matarlo. Dije.

Sabina me dirigió una mirada de desaprobación y miró mi pistola durante mucho tiempo. Me aterrorizaba que si ella me atacara, perecería y el futuro de la humanidad estaría en peligro. Finalmente, Sabina se acercó a Ahohako y usó sus poderes empáticos para hacerlo cooperar.

Suspiré de alivio. Esta había estado demasiado cerca.

Bajo la influencia de Sabina, Ahohako nos llevó a la isla sin objetar. 10 minutos después, nos bajamos del bote. Un espeso humo cubría la isla y le preocupaba que las máscaras de gas que había traído no fueran suficientes para salvarnos. Di unos pasos y Sabina me dio otra razón para preocuparme cuando llamó a Ahohako. "Vuelve con tu familia Ahohako. Ailana necesita su trasplante de riñón.

Gritando esto, Sabina liberó a Ahohako de su hechizo, y él se apresuró a alejar el bote de la isla. Pensé en dispararle para detener su fuga, pero no sirvió de nada, y bajé la pistola.

"¿Qué sucede contigo? ¿Por qué enviaste al Capitán? Yo pregunté.

"El capitán Ahohako es un buen hombre; No puedo arriesgar la vida de un inocente", respondió Sabina.

"¿Pero ¿qué hay de nosotros, loco?" Yo pregunté.

"Tengo protección divina bajo La Verdara Creador, y no dudaría en arrojarte debajo del autobús", se burló Sabina.

Su respuesta me enfureció. Quería golpear esa sonrisa petulante. Estábamos jodidos, y no había forma de encontrar a alguien tan estúpido como para evacuarnos ahora.

Me calmé. Todo en lo que necesitaba concentrarme era en llevar ese Cristal Zeto al cráter del volcán, envolverlo en el velo de Pachamama, cantar el verso, tirarlo y esperar lo mejor.

Pensando en lo absurdo de mi plan, comencé a reírme de él y le respondí a Sabina: "Es bueno saber que estamos en la misma página. Ponte esta máscara de gas. La necesitarás para la caminata que tenemos por delante.

Dicho esto, me puse la máscara antigás y Sabina hizo lo mismo, caminando detrás de mí hacia el cráter.

EN LA VISIÓN CRISTIANA tradicional del infierno, es un lugar lleno de fuego y vapores sulfúricos. Desde ese punto de vista, nuestra caminata a la cima de la isla Banaba fue una caminata en el infierno. Por lo general, me gusta caminar en las montañas, pero esta fue la excepción a la regla.

El gas sulfúrico caliente ardía en mi piel y me coloreó de amarillo. No había traído el equipo adecuado para estar cerca de un volcán en erupción. Todo lo que quería era correr cuesta abajo y saltar al agua fría. Pero esa no era una opción. Una vez que el volcán hizo erupción, crearía un poderoso tsunami que mataría todo en las cercanías de la isla. Además, estábamos aquí en una misión, y no podía rendirme cuando estaba tan cerca.

Cuando nos acercamos al volcán, me quité la máscara de gas y exclamé. "¡Dame el Cristal Zeto!"

Para mi gran alivio, Sabina no discutió y me entregó el cristal.

Envolví el cristal en el velo de Pachamama. Los vapores sulfúricos calientes se quemaron en mis pulmones cuando intenté recitar el canto. " Gikan sa kalalim sa Yuta. Bag-o ang gahum nga nagdala kinabuhi ". (Desde la profundidad de la Tierra. Renueva el poder que trae vida.) Después de eso, tiré el Cristal Zeto, envuelto en el Velo de Pachamama, dentro del cráter.

Me desplomé al suelo. Me ardían los pulmones y estaba tosiendo sangre sulfúrica amarillenta. 'Necesito ponerme la máscara de gas' fue mi último pensamiento antes de que todo se volviera negro.

"DILE A ELAINE QUE ESTÁS bien", me instó Sabina cuando me desperté. El humo se había disipado, y Sabina sostenía el Cristal Zeto primordial, que brillaba intensamente en su mano, y mi teléfono satelital en la otra.

Asentí y agarré el teléfono.

"Estoy bien, Elaine. Todo va de acuerdo al plan. Procede según lo planeado, y te llamaré con más actualizaciones. Dije y colgué el teléfono.

"Entonces, ¿planeabas dejarme aquí para morir?" Yo pregunté.

"Nunca prometí mantenerte a salvo. Eres un asesino a sangre fría, y secuestraste a mi esposo Alex. Sabina respondió.

"Soy la razón por la que sigues viva. Pero por suerte para Alex que decidiste ayudarme. Me burlé.

Sabina se contuvo de responder, y unos segundos después, había cambiado a un enfoque más amigable. "Gracias, Martin, por ayudarme a recargar el Cristal Zeto", dijo Sabina, forzó una sonrisa y me ayudó a ponerme de pie.

"Gracias Sabina. Hay algunas cosas que debes saber. Pero me temo lo que decírtelas significaría para la tarea que tenemos por delante. Dije.

"¿Qué cosas? Dudo que muchas verdades surjan de tus labios mentirosos. Sabina se burló.

Suspiré y miré hacia otro lado. Este no era el momento de reparar nuestra relación rota. Probablemente nunca haya un momento para eso, pero independientemente de eso necesitamos enfocarnos en la misión que tenemos por delante. Cogí mi teléfono satelital, llamé a Elaine y le pedí que enviara un helicóptero. Luego me quité la ropa y me relajé en una de las aguas termales recién emergidas de la isla.

1,5 HORAS DESPUÉS, estábamos en el helicóptero, sobrevolando la Pirámide Hundida de Kiribati. No sabía cómo llegaríamos a la pirámide, ya que tenía más de 100 metros de profundidad. *Envía a la chica a nadar. El Cristal Zeto la mantendrá a salvo.* Rangda instruyó.

Decidí seguir las instrucciones de Rangda.

"Esto es, Sabina. Estamos flotando directamente sobre la Pirámide Hundida de Kiribati ". Yo proclamé.

"¿Estás seguro? ¿Cómo es que no hay nada sobre esta Pirámide en Internet? Sabina se opuso.

"Simple. Los océanos son vastos, y mis asociados y yo decidimos no contarle al mundo sobre eso". Afirmé.

Sabina miró la superficie de abajo. Ella parecía vacilante. Finalmente, dijo. "Entonces, ¿qué quieres que haga?"

"Quiero que nades allí y actives el portal", respondí.

"¿Estás loco? No puedo nadar tan profundo. ¡Moriré!" Sabina se opuso.

"¿No eres La Elegida? Cualquiera más moriría. Tienes un Cristal Zeto completamente cargado y protección divina. Estarás bien" me burlé.

Sabina miró el agua debajo. Finalmente, asintió. "Voy a bucear hacia abajo pero con una condición."

"Estoy escuchando", respondí.

"Necesito que liberes a Alex primero", exigió Sabina.

La demanda de Sabina me aterrorizó. Si soltaba a Alex, no tenía ninguna moneda de cambio contra ella, y sabía que ella era increíblemente poderosa.

"No puedo estar de acuerdo con eso. Me atacarías en el momento en que sepas que Alex está a salvo. Afirmé.

"¿Qué pasa si juro por el Verdadero Creador, cumplir mi misión y dejarte ileso?" Sugirió Sabina.

Esta fue una sugerencia complicada. No sabía qué actitud tenía el Verdadero Creador hacia los juramentos. Si juré por Rangda no matar a nadie, eso no haría ninguna diferencia, ya que a Rangda no le importaban las promesas. Pero, por otro lado, no podía forzar a Sabina, y ella sostenía un artefacto mágico en su mano.

"Bueno. Acepto tu sugerencia. Dije y llamé a Elaine.

"¿Estás bien, Martin?" Elaine preguntó.

"Libera a Alex y dale un teléfono. Sabina quiere hablar con él una vez que esté a salvo. Afirmé.

"¿Estás loco? Si lo libero mientras todavía estoy en Hawái, llamará a la policía para que vengan por mí y no tienes nada en contra de Sabina ". Elaine se opuso.

"Ella prometió no lastimarnos, yo confío en ella". Suspiré.

"Muy bien. Haré lo que dices. Me voy de aquí. Elaine dijo y colgó el teléfono.

"Todo listo, Sabina. Deberías recibir una llamada telefónica de Alex en un par de minutos. Afirmé.

Sabina asintió pero no respondió.

Unos minutos más tarde, Alex llamó y tuvo una conversación melodramática con Sabina por teléfono. La paranoia me golpeó y temí que Sabina retrocediera en su promesa. Cuando colgó el teléfono, apunté con mi pistola.

"¡No retrocedas en tu promesa, Sabina!" Amenacé

"No lo estoy. Has liberado a Alex, y ahora te ayudaré. "Sabina tronó.

"Si eres La Elegida, nadarás allí, activarás el portal y cumplirás con tu destino. Si no, el Verdadero Creador ya no te protegerá más". Exclamé

Sabina miró a su Cristal Zeto y murmuró algo inaudible. Finalmente, comentó. "Después de esto, espero nunca volver a verte".

Antes de que tuviera tiempo de responder, ella se puso al lado del helicóptero y se zambulló en el agua, desapareciendo debajo de la superficie.

"No viste eso. Tengo amigos poderosos y peligrosos. Advertí al piloto del helicóptero.

"¿Por qué siempre obtengo los peores clientes?" El piloto preguntó.

No respondí a la autorreflexión del piloto, y en su lugar, ordené. "Llévame de vuelta al aeropuerto!"

El piloto suspiró y cambió la dirección hacia el aeropuerto cuando un pulso azul brilló frente a mis ojos. Miré hacia arriba y vi que la Pirámide Hundida había ascendido desde las profundidades y había enviado un tsunami masivo en dirección a la aldea Ambo. Tuve una epifanía. Ambo estaba cerca de mi mansión Kiribati y de la casa de mi ex ama de llaves Alani y su hija Elenoa, a quienes yo tanto cuidaba.

"Nuevas órdenes. ¡Vuela a Ambo! Le grité al piloto mientras intentaba desesperadamente llamar a Elenoa para decirle que buscara refugio.

LLEGAMOS A AMBO DIEZ minutos después, pero lo hicimos tarde El tsunami golpeó y destruyó la aldea. Había personas muertas y heridas por todas partes. ¡Aterriza por allí! Ordené y señalé la casa de Alani. Tan pronto como salí del helicóptero, el piloto salió volando. "Es muy difícil encontrar empleados leales en estos días", murmuré, a pesar de que el piloto tenía buenas razones para mantenerse alejado del loco por las armas que era yo.

Busqué en la casa de Alani y la encontré sin vida. 'Otro golpe más" , lloré. Me recuperé. Alani se había ido, pero aún podía salvar a Elenoa. Rebusqué entre los restos, y grité de alivio al encontrar a Elenoa viva. Le di RCP y ella abrió los ojos.

"¡Martín!" Elenoa exclamó sorprendida.

"No te preocupes, Elenoa. Todo va a estar bien." Dije y la abracé fuerte.

Capítulo 22: Isla Bidadari (Indonesia), mayo de 2040

Me estaba recuperando en la isla Bidadari en Indonesia. Elaine había construido una gran residencia privada allí, lejos del ajetreo y el bullicio de Yakarta. Habíamos regresado a Indonesia después de pasar unas semanas en Kiribati trabajando con ayuda humanitaria. Había convencido a Elaine para que ayudara en el esfuerzo de ayuda de las islas afectadas, y también era bueno para la reputación de su compañía. Aunque habíamos estado contribuyendo al esfuerzo de ayuda, todavía me sentía culpable. Yo era la razón por la que la pirámide había surgido de las profundidades y había causado el tsunami en primer lugar.

Pensé en el destino de Sabina. No habíamos encontrado su cuerpo cuando nos mudamos para chequear la pirámide. Elaine había sobornado al gobierno kiribatiano para darle a su compañía acceso exclusivo a la pirámide. Sin embargo, sabíamos que otros querían y estaban dispuestos a luchar para obtener lo mismo.

Elaine se me acercó junto a la piscina. Si bien la piscina y sus alrededores parecían un paraíso, los dos nos sentimos muy tensos. Estábamos seguros de que Vladimir vendría a por nosotros, tratando de vengar la muerte de los hermanos Yehuda y Pierre. Elaine tenía sus propios grupos buscando a Vladimir para eliminarlo. Sin embargo, matar a un asesino consumado, ayudado por tecnología alienígena, era más fácil decirlo que hacerlo.

"Hablé con James Winter. Nos prometió ayuda de la CIA para encontrar y derribar a Vladimir Kravchenko ". Elaine dijo.

"¿Y le crees?" Le pregunté

"Sí. Vladimir no tiene valor para la CIA. Es un desquiciado y asesino en masa sin objetivos, excepto la muerte y la destrucción. "Elaine declaró.

"Bueno, espero que tengas razón", respondí.

"Por supuesto que sí", respondió Elaine.

Tomé un sorbo de mi batido de mango y coco y exhalé. Elaine estaba en lo correcto. Tan pronto como tratáramos con Vladimir, pude disfrutar de la jubilación y centrarme en el trabajo de caridad para redimirme.

"Entraré a adelantar algo de trabajo. Solo relájate y escribe un poco de tu libro". Elaine dijo, me besó y se alejó. Abrí mi computadora portátil, pero tenía sueño, así que la puse debajo de mi cama solar. Cerré los ojos y me quedé dormido en la maravillosa sombra bajo la sombrilla de la piscina.

EXPERIMENTABA SUEÑOS vívidos cuando sentí un shock como si alguien me golpeara. Abrí los ojos y vi la batalla entre Rangda y Sabina, desde la perspectiva de Rangda. Pero, ¿por qué podría ver las cosas desde el punto de vista de Rangda? ¿La pelea entre Rangda y Sabina había dañado los microchips biónicos de Rangda? Tal vez, una explosión mágica había causado el mal funcionamiento de los microchips y compartir la visión de Rangda conmigo.

Vi cómo Rangda estaba golpeando furiosamente a Sabina con rayos de energía oscura. Sabina estaba luchando, y estaba claro que no tendría ninguna posibilidad. Me sentí culpable por enviarla a Rangda, pero no podía dejar de mirar, tenía que ver qué pasaría después.

Sabina se derrumbó después del bombardeo de Rangda. Ella levantó la mano y gritó: "¡Alto!"

"¿Estás lista para decir tus últimas palabras"? Rangda se burló.

"Tenías razón todo el tiempo. Quiero unirme a tí. Juntos podemos construir un mejor universo donde solo los más fuertes sobrevivan ". Sabina respondió.

"¿Pero por qué iba a dejarte vivir ya que eres débil?" Rangda se burló.

"Porque convertir a la mujer enviada por el Verdadero Creador para detenerte, sería tu mayor triunfo. Mucho más grande que matarme. Sabina respondió.

Rangda hizo una pausa por unos segundos. Los acontecimientos me sorprendieron. ¿Se rendiría la santurrona Sabina a Rangda como lo había hecho yo 20 años antes? Qué inesperado giro de los acontecimientos.

"Muy bien. Dame el Cristal Terran Zeto y te dejaré servirme. Se burló Rangda.

Sabina arrojó el cristal a Rangda, que lo miró con puro deleite. Unos segundos después, Sabina pronunció una orden y prendió fuego a Rangda con una llama sagrada brillante.

'Wow, esto es increíble' pensé y me levanté de mi silla. No podía esperar para contarle a Elaine lo que había visto. Lo siguiente que vi me aterrorizó. Sabina se acercó al agonizante Rangda y apretó el cráneo de Rangda para acceder a su mente. Me di cuenta de que Sabina intentó acceder al panel de control de Monóculo. 'Matar a todos los usuarios conectados' surgió como un comando. Corrí hacia la casa y grité. "Elaine quítate el monóculo ahora!"

Podía sentir que el monóculo intentaba matarme. Intenté quitármelo, pero el sistema se había bloqueado y, en cambio, me quemé la mano. Me di cuenta de que tenía que quitarme el monóculo; de lo contrario, me mataría.

Agarré una toalla, lo puse sobre el monóculo y tiré de ella con todas mis fuerzas. Fue inútil. El monóculo estaba pegado a mi cara y no pude quitármelo. Corrí hacia una pared y logré unir el monóculo a la pared. Subí unos pasos y pateé con las piernas, permitiendo que la gravedad funcionara. Sentí un dolor insoportable cuando el monóculo rasgó los huesos de la cuenca del ojo y caí de espaldas.

" Ratu Sudah Mati (La Reina está muerta)" escuché a los agitados guardaespaldas de Elaine gritar antes de desmayarme del dolor.

AL DÍA SIGUIENTE, ME desperté en un centro médico del conglomerado de Harapan. Las vendas me cubrían la cabeza y parecía una momia. Grité de terror.

El doctor privado de Elaine, el Dr. Suwardi, entró corriendo.

"¡Señor Orchard, está vivo!" El Dr. Suwardi exclamó.

"¿Por qué no lo estaría?" Pregunté.

Más personal médico se apresuró, y me di cuenta por el terror en sus rostros que mi supervivencia era un milagro.

"¿Qué pasó? ¿Por qué mi cara está cubierta de vendajes? Yo pregunté.

"Señor Orchard. Necesitas calmarte." El Dr. Suwardi respondió.

"No voy a calmarme. Te ordeno que desenvuelvas mi cara para que pueda ver mis heridas. Yo ordené.

"Muy bien. Velo tú mismo. Suwardi respondió, y le pidió a una enfermera que desenvolviera mis vendajes.

Cuando miré aterrorizado mis daños en el espejo, me di cuenta de por qué los médicos me habían envuelto la cara. Mi ojo derecho había desaparecido, y había puntos de sutura desde la cuenca de los ojos hasta la boca. Era como si alguien me hubiera golpeado la cara con un hacha.

"Por favor envuélveme la cara otra vez", supliqué, y un momento después estaba de vuelta en mi cama de hospital.

"¿Cómo está Elaine?" Yo pregunté.

"Ella murió. Ella no tuvo tanta suerte como tú. Suwardi reveló.

' Qué suerte', pensé. ¡Elaine fue la afortunada! Quise decir, pero me abstuve de hacerlo y me quedé dormido.

"ENCONTRAMOS A ESTA mujer inconsciente en la pirámide. Se la dimos a su esposo, quien la llevó a un hospital privado ". Dijo Budi y me entregó una tableta.

Era una fotografía de Sabina. El personal médico del conglomerado Harapan había proclamado que Sabina había sufrido muerte cerebral, y Alex la había llevado con él a un hospital privado en Kiribati.

Estudié la imagen y sentí una tristeza intensa. Sabina había detenido a Rangda, pero había perecido. No había vuelta atrás de los daños cerebrales que tenía Sabina. Bataría nada menos que un milagro podría salvarla. Pero, ¿por qué esperaría el Verdadero Creador para traerla de regreso si ese fuera el caso?

Cuando miré a Sabina, sentí pena, odio y amor al mismo tiempo. Dolor porque tanto Sabina como Rangda habían muerto. Por lo tanto, nada podría protegernos de la explosión de Rayos Gamma en 2131. Sentí amor porque

Sabina era mi hija y me había liberado de la influencia demoníaca de Rangda. Sentí odio porque Sabina había asesinado a Elaine y me había desfigurado a pesar de jurar que no nos haría daño.

Le devolví la tableta a Budi y respondí. "Muy bien. Gracias por decírmelo, Budi. ¿Hay algo más?"

" Sí, los miembros de la junta están discutiendo sobre cómo dividir la herencia de Elaine. No quieren que una persona blanca controle la empresa ". Budi respondió.

"¿Tú sabes que quiero?" Yo pregunté.

"No lo hago", respondió Budi.

"Quiero que tú y Rexi dirijan la empresa. Fuiste leal a Elaine y amas a tu país. No puedo pensar en nadie más adecuado para ejecutarlo. Respondí.

"Sería un honor continuar con el legado de Elaine", respondió Budi.

Suspiré. Budi era huérfano debido al legado de Elaine. Pero no había ninguna razón para que este hecho doloroso interfiriese ya que Budi podría utilizar su entusiasmo para un propósito útil.

"No sigas su legado. Crea tu propio legado. Uno que sea beneficioso para su país, el medio ambiente y su gente ". Dije.

"Sí, Maestro Orchard", dijo Budi, se inclinó y salió de mi oficina.

Después de que Budi se fue, pensé en Sabina. Ella destruyó mi espíritu cuando rompió su promesa y trató de matarme. ¡Prometí vengarme si alguna vez despertaba!

Capítulo 23: Kiribati y Nueva York, septiembre de 2041

Estaba sentado en mi silla y escribía a diario. Había regresado a mi estilo de vida ermitaño y vivía en mi mansión en una isla desolada en Kiribati. Fue igual de bueno. El monóculo había desfigurado mi rostro, y mis interacciones con el resto de la humanidad tendían a conducir al derramamiento de sangre.

Escuché un bote a motor acercándose, y supuse que Elenoa había venido a entregar mis compras. La ayudé a superar sus heridas y pagué sus facturas del hospital. Elenoa me pagó haciendo recados ocasionales y visitándome para aliviar mi soledad.

Salí a saludarla cuando vi que tenía una visita inesperada. Simona se había unido a Elenoa en su viaje en bote a mi isla.

"Simona. ¿Qué estás haciendo aquí?" Pregunté desconcertado.

"Estoy revisando el vecindario. Escuché que el Fantasma de la Ópera se mudó a Kiribati". Bromeó Simona.

"Sin embargo, no estoy usando una máscara". Me opuse.

"¡Pero deberías!" Simona respondió y me entregó una máscara.

Me la probé. No me quedaba bien con la camisa, los pantalones cortos y las sandalias de Hawaii que llevaba.

Me quité la máscara y sonreí. "Olvidaste traer ropa negra y una capa, Simona", le dije.

"No, no lo hice. Están en mi maleta en mi habitación de hotel. Te los daré cuando lleguemos a Nueva York. Simona respondió.

"¿Por qué vamos a Nueva York?" Yo pregunté. Me sentí confundido pero al mismo tiempo un poco emocionado. "Porque Sabina dará un discurso en la Ceremonia del Medio Ambiente de las Naciones Unidas en Nueva York la próxima semana. Deberíamos confrontarla allí y exponer su hipocresía al mundo ". Simona ladró.

Esto me sorprendió. Los primeros meses después de que Sabina intentara matarme, me obsesioné con la venganza. Pero Sabina nunca pareció despertarse de su coma, así que eventualmente, la bloqueé de mi mente para preservar mis fragmentos de cordura. ¡Escuchar que Sabina estaba viva y bien me llenó de ganas de venganza!

"¿Descubriste algo más?" Yo pregunté.

"Sabes que lo hice", dijo Simona y me entregó una tableta.

Leí los archivos. Aparentemente, Sabina dio a luz a una hija siete meses antes. Había llamado a la hija Keila. Según los documentos que Simona había encontrado, Alex no era el padre del niño. Hice un reconteo mental. Sabina habría estado en la dimensión divina cuando concibió. ¿Podría esto tener algo que ver con la magia de Rangda?

Me decidí. No usaría la violencia contra Sabina, pero haría su vida difícil. Si pudiera convencer a Sabina de que Rangda la hizo concebir una hija malvada, sería un castigo de por vida para ella. Esto sería peor que matarla ya que la muerte sería rápida y no traería ningún dolor duradero.

"Voy contigo a Nueva York, Simona". Afirmé.

"Excelente. Vamos de una vez. Simona respondió.

Elenoa, que no había hablado hasta ahora, decidió hablar. "¿Qué está pasando? ¿Por qué van a ir a Nueva York?

Me volví hacia Elenoa y hablé. "Sabina Hines, la mujer que causó el ascenso de la pirámide y destruyó tu pueblo natal, está recibiendo un premio en Nueva York. Tenemos la intención de exponer sus crímenes al mundo y destruir su reputación ".

"Entonces, ¿fueron sus acciones las que hicieron que la pirámide se elevara?" Elenoa preguntó escépticamente.

"Sí", respondí.

Elenoa vaciló por un momento. Comprensiblemente, ella dudaba de mi explicación. Finalmente, ella habló. "Si esto es cierto, ella mató a mi madre. Voy contigo a Nueva York.

"¿Por qué? ¿Qué tiene esto que ver contigo? Simona preguntó.

"El tsunami que causó Sabina mató a mi madre, a mis primos y mis abuelos. ¡Quiero ver su reacción cuando llame a su nombre! Elenoa declaró.

Pensé en la propuesta de Elenoa. Fue una gran idea, mejor que si Simona o yo la llamáramos. Simona era un pirata informática con un registro andrajoso, y mi lista de crímenes fue suficiente para llenar toda una novela. Elenoa, por otro lado, era inocente y recibiría más simpatía del mundo.

"Muy bien, Elenoa. Empaca tus maletas. Vienes con nosotros a Nueva York. Afirmé.

Parecía que Simona iba a objetar mi idea, pero contuvo la lengua.

"Genial, estoy emocionada por ver la Gran Manzana", declaró Elenoa.

"Entonces está arreglado. Señoritas, por favor regresen a sus habitaciones de hotel, mientras yo organizo nuestras visas y vuelos a Nueva York ". Afirmé.

Mis jóvenes protegidas abandonaron la isla, y una vez más tenía que ir a una misión, dejando atrás la soledad de mi isla vacía. Odiaba admitirlo, pero la perspectiva de otra misión me emocionó.

"WOW, ESTO ES TAN INCREÍBLE. ¡Ni siquiera puedo ver el suelo! Elenoa exclamó alegremente.

Estábamos visitando el edificio América Supreme Mile, que era el edificio más alto del mundo, pues medía más de una milla de altura. Si bien no era práctico y costoso construir algo de esta elevación, Estados Unidos fue nuevamente la nación más grande del mundo. Al menos tenían el símbolo fálico más colosal del mundo.

Ajusté mi capa y la máscara. Mientras me sentía como un completo idiota disfrazado como el fantasma de la ópera, lo disfruté. Tampoco me había mezclado cuando llevaba mi uniforme templario. En cierto modo, el verdadero yo se volvió invisible detrás de este estúpido atuendo y fue un alivio. Al menos ahora podría fingir ser otra persona, aunque mi canto de ópera no era para nada bueno.

"Vayamos a Central Park. Siempre quise ir allí por todas las películas". Elenoa chirrió.

Miré a Elenoa y sonreí. Ella era fea, lo que me facilitó las cosas. La belleza de Simona había tensado nuestra relación, pero con Elenoa, esto no era un problema y podía tratarla como la hijastra que percibía que era.

"Sí. Vamos a Central Park y luego volveremos al hotel. Necesito informarte sobre esta noche y decirte lo que necesitas preguntar en la conferencia de prensa. Dije, y entramos en el ascensor hasta el suelo.

ESTABA VIENDO LA CONFERENCIA de prensa de las Naciones Unidas en la televisión. Sabina y sus secuaces estaban recibiendo un premio por sus esfuerzos medioambientales. No podía quejarme de la motivación del jurado, ya que la organización benéfica de Sabina había hecho mucho por el medio ambiente. Pero me sentí asqueado por la actitud santurrona de ella. Esta era una mujer que manipulaba a las personas y las volvía locas con sus poderes mágicos para su propio beneficio. Más importante aún, ella había asesinado a Elaine e intentó matarme, a pesar de su juramento de dejarnos ilesos.

Simona se me acercó y dijo "¿ya hizo su pregunta Elenoa?"

"Aún no. Las preguntas y respuestas se encuentran al final de la presentación ". Respondí.

"Entonces, ¿qué opinas sobre esto?" Simona preguntó.

“Creo que el proyecto automatizado de limpieza del océano es una gran idea. Pero eso va más allá del punto. Mi conflicto es a nivel personal ". Respondí.

Simona se acercó al minibar y nos tomó una cerveza a cada uno.

"¡Salud!" ella dijo.

"¡Salud!" Respondí y bebí unos sorbos de cerveza.

"Oye Simona, ¿por qué haces esto? ¿Por qué buscas venganza contra Sabina? Yo pregunté.

"Pregunta al hombre que está dispuesto a poner a su hija biológica debajo del autobús". Simona se burló.

“Bueno, hija biológica es la palabra clave. No tenemos una relación y ella ni siquiera sabe que soy su padre. Mi motivación es simple. Sabina mató a mi esposa y me desfiguró, a pesar de jurar dejarnos ilesos. No puedo dejar que algo así pase impune. ¿Tu motivación parece incoherente?

Simona se echó a llorar y me dejó estupefacto. ¿Por qué estaba reaccionando así a una pregunta simple? Simona siempre había sido genial y serena bajo presión durante todos los años que la había conocido.

"¿Alguna vez has experimentado una violación?" Simona lloró.

"Bueno, he experimentado muerte y tortura varias veces, pero violación, no. ¿Por qué?" Le pregunté

"Bueno, nunca le he dicho esto a nadie antes. Mi padre no me expulsó de mi casa por ser lesbiana. ¡Fue mucho peor! Simona reveló.

"¿Qué pasó?" Yo pregunté.

"Cuando mi padre se enteró de Leah y yo, me dijo que se aseguraría de que le diera un nieto, de una forma u otra. Tenía 16 años cuando me violó. Corrí a la casa de Leah. Pero no busqué simpatía. En cambio, pirateé un avión no tripulado militar, y lo usé para matar a mi padre. Es por eso que Dov vino después de Leah, pensó que ella había pirateado el avión no tripulado y quería evitar que salieran las noticias. Simona reveló.

Ay. ¿Cómo respondería a esta revelación? No siendo un experto en el tratamiento de los traumas de las personas, respondí: "Bueno, al menos sé cómo te convertiste en la forma en que eres. Pero, ¿qué tiene esto que ver con Sabina?

Simona guardó la botella de cerveza y tomó un vaso de whisky, claramente este no era un tema fácil para ella. Después de sacar su whisky, ella habló. "Mi padre era un hombre malo que me violó. Sin embargo, es Sabina quien destruyó mi vida. Simona declaró.

"¿Porque te enamoraste de ella?" Yo pregunté.

"No. Porque Sabina usó sus poderes dados por Dios para manipular mi mente para amarla, porque me necesitaba. Mi padre violó mi cuerpo. Pero Sabina violó mi alma. Simona declaró.

Reprimí mi deseo de proteger a Sabina contra el juicio de Simona. Si bien tenía mi propia razón para buscar venganza, pensé que la razón de Simona era una completa tontería. Era hermosa y podía encontrar otra conexión para superar el rechazo de Sabina. Este no era el momento adecuado para compartir esta sabiduría eterna, por lo que respondí.

“Elenoa también es lesbiana y se ha enfrentado a muchos traumas por su cuenta. ¿Pueden apoyarse mutuamente? Sugerí

"Bueno, ¡excepto que ella es fea!" Simona se opuso.

No argumentaría en contra de esta declaración, por lo que respondí. “Tú y Sabina son hermosas, pero mataste a tu padre con un avión no tripulado, y Sabina intentó matarme con tecnología alienígena. Baja tus estándares y aprecia a Elenoa por su belleza interior.

"Es por eso que querías follarme, apenas miras a Elenoa", sonrió Simona.

“No hagas lo que yo hago. ¡Haz lo que te digo!" Me reí, dándome cuenta de que la historia de mi vida no serviría como un ejemplo de buena moral para las generaciones más jóvenes.

Comenzó la sección de preguntas y respuestas de la conferencia de prensa, y me sentí satisfecho cuando Elenoa presionó a Sabina con sus acusaciones. Para todos los demás en la sala, las acusaciones parecerían absurdas, pero aterrorizarían a Sabina. Porque Sabina se daría cuenta de que todavía estaba vivo, y que buscaba venganza. Porque, ¿cómo podría Elenoa saber sobre su secreto?

Capítulo 24: Yakarta y Sydney, septiembre de 2047

"Señor Orchard. Es tan agradable verte de nuevo después de todo este tiempo ". Dijo Budi.

Esperaba que la cordial recepción fuera genuina, pero no importó. No estaba visitando la sede del Conglomerado de Harapan como una visita social, sino porque tenía otra misión. Una última misión para traerme la paz antes de morir.

Tenía 62 años y podía tener muchos años por delante, y aun así extrañaba la paz que yacía en la muerte. Más que todo, me perdí la venganza. Tenía la esperanza de que revelarme a Sabina sería suficiente. Que la amenaza inminente de mi venganza sería suficiente para hacerla miserable. Pero estaba equivocado. Los informes que recibí de Australia indicaron que Sabina llevó una feliz existencia sin preocupaciones.

"Es bueno verte también, Budi", le respondí, y forcé una sonrisa.

Budi me devolvió la sonrisa y señaló hacia el comedor privado. "Por aquí, Martin. He ordenado a los chefs que traigan nuestros mejores platos ".

Asentí con la cabeza, pero no respondí, y seguí a Budi al comedor, donde nuestra mesa estaba puesta con una gran variedad de comidas y bebidas indonesias bastante finas. Estaba ansioso por continuar con la misión, pero sería grosero no aceptar la invitación, y no tenía ninguna prisa. Me calmé, y disfruté de la variedad de manjares mientras participaba en la charla ociosa con Budi y Rexi.

UN TIEMPO DESPUÉS, estaba en un laboratorio de investigación de alta confidencialidad propiedad del conglomerado Harapan. El laboratorio estaba en el sótano de la sede, muchos niveles bajo tierra. Budi y Rexi me acompañaron, junto con algunos otros científicos sin nombre.

"¿Está lista la tecnología?" Yo pregunté.

"Sí. Tenemos un prototipo listo para ti. Pero por favor dime, Martin, ¿cuál es el objetivo de este gadget? Rexi respondió.

"¡La utilidad de ocultar cámaras de nanotecnología en lentes de contacto debería ser obvia!" Me burlé.

"Sí, pero ¿la capacidad de cambiar el color de los ojos? Hace que las lentes sean muy costosas y difíciles de fabricar". Rexi comentó.

"No necesitas tener esa característica en el modelo final. Pero lo necesito en el prototipo para una misión que tengo por delante ". Respondí.

Rexi se contuvo a sí mismo de oponerse y, respondió. "Muy bien, por favor, ven por aquí".

Entramos en un laboratorio de óptica y Rexi me entregó una pequeña caja con lentes de contacto.

"¿Es esto? ¿No parecen nada especial? Pregunté escéptico.

"Correcto. Las lentes no serían tan útiles si se destacaran, como lo hicieron los monóculos tuyos y de la amante Elaine, antes del, umm, mal funcionamiento. Budi respondió.

"Muy bien, déjame intentarlo", dije.

Me puse las lentes de contacto. Picaron un poco, pero me adapté después de un tiempo. La interfaz de usuario era primitiva y la funcionalidad limitada. Los científicos no pudieron replicar con precisión la tecnología Zetan que encontramos en la Pirámide Hundida de Kiribati. Pero no importó. Todo lo que necesitaba era asegurarme de que las lentes fueran adecuadas para mi propósito.

Conecté los lentes a mi teléfono y pude ver que estaban operativos. Probé la cámara y funcionó bien. Aunque las cámaras no transmitían imágenes claras, todavía era un gran avance tecnológico. Probé la función de " cambio de color de ojos " de las lentes y sonreí ante mi reflejo. Con la ayuda de mi aplicación móvil, podía cambiar el color de mis ojos con solo presionar un botón, incluyendo darme un iris color morado.

"Excelente. Esto es lo que busco. Asegúrense de hacer algunas parejas para un niño de seis años también ". Yo ordené.

"Sí señor. ¿Hay algo más que necesites? Budi preguntó.

"Sí. ¿Has pirateado los sitios web del gobierno australiano para asegurarte de que no hay órdenes de arresto y cargos penales contra mí? Pegunté.

"Sí, ya he hecho esto", respondió Rexi.

"¿Y has designado algunos ayudantes para mi misión? Pregunté.

"Sí, mis hombres ya han organizado todo lo que necesitas". Rexi respondió.

"Excelente. Me voy de inmediato. Afirmé.

Estaba caminando hacia el ascensor cuando Budi me alcanzó. "Señor Orchard. ¿Por qué gastas tanto en tu venganza? Podríamos enviar a nuestros hombres a matar a la familia ". Budi sugirió.

"Matarlos no resolverá mis problemas. Causarles sufrir toda la vida es la única forma de vengar a Elaine y obtener justicia por la traición de Sabina". Dije cuando entré en el ascensor.

ESTABA NERVIOSO CUANDO pasé por el control electrónico de fronteras en el Aeropuerto Kingsford Smith. No había visitado Australia desde 2040 por buenas razones. En mi última visita, maté a Szymon Yehuda y sus operativos del Mossad en medio del puerto de Darling frente a cientos de personas. Budi y Rexi me interceptaron antes que los policías y me sacaron como si fuese contrabando del país. Solo podía imaginar el esfuerzo que había tomado limpiar mis registros después de ese incidente.

Suspiré de alivio al pasar la frontera sin incidentes. Los agentes de Harapan, Jaime Sánchez y Miguel Rodrigo, se reunieron conmigo en el aeropuerto. "Llévame a la casa que alquilé para nosotros en Seaside Parade". Ordené y nos subimos a un auto que nos llevaba al lugar perfecto para acechar a Sabina y continuar con el plan.

ESTABA SENTADO EN UNA habitación en el último piso de la villa que habíamos contratado en la parte superior de la calle. Desde mi ubicación, tenía vistas pintorescas del océano y tenía una vista clara de la casa de Sabina. Necesitaba pasar tiempo con Keila sola para poder poner las lentes de color cambiante en sus ojos. Esa era la única forma de convencer a Sabina de que Keila estaba bajo la influencia de Rangda.

Jaime Sánchez entró en la habitación y habló. "He descubierto algo, jefe".

"Bueno. Por favor compártelo conmigo, Jaime", le respondí.

"Sabina contrata a una adolescente local, Eliza Shaw, para cuidar a Keila. Quizás podamos pagarle a esta chica para que nos dé acceso a Keila. Sugirió Jaime.

Pensé en la sugerencia. A Eliza le parecería sospechoso si apareciéramos y solicitáramos pasar tiempo con uno de los niños que ella cuidaba. Pero si le diera algo de dinero y tuviera una historia de fondo creíble, podría funcionar. Si no fuera así, tendríamos que irrumpir en el lugar de Sabina y secuestrar a Keila a punta de pistola.

"Intentemos convencer a esta chica para que nos ayude, ¿tienes su dirección?" Yo pregunté.

"Aún mejor, le pregunté a Simona que rastrease el teléfono de Eliza. Está tomando café en la cafetería de la calle Malabar. Jaime reveló.

"Muy bien. Vayamos allí y veamos si podemos hacer que Eliza coopere. Dije y recogí un fajo de billetes de un dólar. Aunque no tenía las habilidades empáticas sobrenaturales de Sabina, tenía otro truco útil en mi repertorio. ¡Podría hacer que la gente eligiera entre oro o plomo!

ENTRAMOS EN LA CAFETERÍA unos minutos más tarde. Eliza estaba sentada junto a una mesa de chismes con sus amigas. Les pedí a Jaime y Miguel que ordenaran cafés mientras me acercaba a Eliza.

"Eliza Shaw?" Me dirigí a ella.

Eliza se dio la vuelta y me miró aterrorizada. Esta fue una reacción esperada. Mi apariencia y el hecho de que me dirija a un extraño por su nombre completo son intimidantes para los débiles de corazón.

"Sí. ¿Quién eres tú?" Tartamudeó Eliza.

"Soy Martin Al-Sham. Mis amigos se unirán a nosotros en breve, pero agradecería que pudiéramos hablar en privado ". Dije y señalé en dirección a Jaime.

La amiga de Eliza captó la indirecta y ella dejó la mesa. Eliza temblaba de terror y dijo. "¿Qué deseas?"

Estás cuidando a mi nieta, Keila Hines. Me gustaría tu ayuda para pasar más tiempo con ella. Afirmé.

"De ninguna manera. Esto es muy extraño. Arregla tu relación con los padres de Keila si deseas pasar tiempo con tu nieta. Eliza se opuso.

Jaime se sentó a mi lado. Abrió su chaqueta para mostrar la pistola que había enfundado. Después de eso, tomé un sobre con dinero y se lo pasé por encima de la mesa a Eliza.

"Solo necesito ver a Keila una vez, y no pasará nada malo. Preferiría si eliges oro sobre plomo. Afirmé.

Eliza parecía aterrorizada y estaba llorando. "Bueno. Voy a cuidar a Keila el viernes. Por favor no nos lastimes ". Eliza lloró.

"Bueno. Te llamaré el viernes. Asegúrate de contestar el teléfono, para que no tengamos malentendidos". Advertí.

Eliza se levantó de la mesa y estaba lista para irse.

"Eliza, por favor no olvides el dinero que te pagué. No quiero estar en deuda contigo. Ordena algo bueno para ti y tu amiga". Advertí.

Eliza parecía dudar, pero finalmente recogió el dinero y salió de la cafetería.

ME ENCONTRÉ CON ELIZA en Grant Reserve un viernes por la tarde. El sol brillaba, y la brisa del océano hacía de este un cómodo día de primavera. Noté que había traído a otros dos niños con ella, y desaprobé esto.

"Qué está pasando. ¿Por qué trajiste a los otros dos niños?

"Porque siempre cuido estos tres niños juntos los viernes y sus madres se conocen. Parecería sospechoso si insistiera en llevar solo a Keila. Eliza respondió.

"Muy bien. Pero no pruebes mi paciencia. Respondí.

Eliza parecía agitada y habló: "¿Qué piensas hacer con ella? Recuerda que hay cámaras y muchos testigos en este parque ".

Me encogí de hombros y respondí: "No pretendo hacer nada inapropiado o ilegal. Solo quiero pasar un tiempo con mi nieta. Eso es lo que pretendo hacer. Quédate en un segundo plano y no intervengas, Eliza.

Me acerqué a Keila y la miré. Era una niña hermosa, incluso más bonita que su madre. Me arrodillé a su lado y hablé. "Hola, Keila. Al fin nos encontramos."

Keila me miró desconcertada y habló. "¿Te conozco?"

"Mi nombre es Martin. Soy el verdadero padre de Sabina y tu abuelo. Respondí.

"No. John es el padre de Sabina. Mi abuelo." Keila respondió mientras parecía confundida.

"No, la abuela Ellen es una mala mujer. Ella le dijo a John que él era el padre de Sabina para que él comprara comida para ellas". Respondí.

"¡Oh!" Keila respondió.

"Sí. Y Alex no es tu verdadero padre. Tu mamá también te mintió. Revelé.

Keila comenzó a llorar y respondió. "¿Por qué dices estas cosas malas?"

"Te estoy diciendo la verdad. Pero no estés triste, Keila. Porque tu verdadero padre es un dios y eres inmensamente poderosa. De hecho, te traje un regalo. Afirmé.

Al escuchar esto, capté la intención de Keila y me miró con ojos grandes y fascinados. "¿Mi papá es un dios? ¿Te refieres a Jesús? Dijo Keila.

"Exactamente. Y soy como los tres reyes magos que te traen un regalo. Respondí.

"Genial. Déjame ver el regalo. Keila respondió.

Saqué la caja con las lentes de contacto avanzadas y se las mostré a Keila. "Pero no necesito contactos. Puedes dárselos a Jasmine, para que no necesite usar anteojos. Keila se opuso.

"Estas son lentes especiales que hice para ti. Pueden hacer cosas geniales como cambiar el color de tus ojos y mostrarte mensajes de texto míos. ¿Sabes leer? Le pregunté

"Sí, me encanta leer. He estado leyendo desde que tenía tres años. Keila reveló.

"Excelente. Te encantarán estas lentes de contacto. ¿Quieres probártelos? Pregunté con una voz alentadora.

"¡Sí!" Keila exclamó felizmente.

Saqué las lentes de contacto de la caja y ayudé a Keila a ponerlas en sus ojos.

"¡Ay, pican mucho!" Se quejó Keila.

Te acostumbrarás a ellos. ¿Puedes leer el texto delante de tus ojos? Yo pregunté.

Tomé mi teléfono y envié un breve mensaje de texto para que los lentes de Keila lo mostraran.

"Mi nombre es Keila. Y amo a mi abuelo, Martin ". Keila leyó en voz alta.

"Eso es tonto. No te conozco. Keila se rio entre dientes.

"¡Solo necesitaba escucharte decirlo!" Dije y sonreí.

"¿Quieres probar otro color de ojos ahora?" Yo pregunté.

"Sí. Haz que mis ojos se pongan marrones como los ojos de Jasmine. Dijo Keila.

Hice lo que Keila me pidió, y se emocionó cuando le mostré su reflejo en el espejo.

"¡Guau! ¡Jasmine ven aquí y mírame a los ojos! Keila llamó a su amiga.

"No, no quiero hacerlo. Eliza me dijo que los dejara solos. Jasmine respondió.

"¡Oh!" Keila respondió decepcionada.

"No te preocupes por Jasmine, Keila. Puedes jugar con ella mañana. El abuelo Martin solo está aquí hoy. Dije.

"Está bien, entonces, ¿qué juego quieres jugar?" Keila preguntó.

"¡Quiero mostrarte el color de ojos de la tía Rangda y hablarte de Rangda, los Xenos y los Zetans!" Dije, y cambié el color de ojos de Keila a través de mi aplicación móvil.

Keila miró sus nuevos iris morados y exclamó: "Guau. Esto es genial. ¡Por favor dime todo, abuelo Martin!

Me senté con Keila y le conté todo lo que sabía sobre Rangda, los Xenos y los Zetans. Al final de mi historia, Keila exclamó. "Guau. Eso es tan cool. Nunca supe que esa momia mató a un malvado alienígena.

"Sí, pero ella también mató a mi esposa e intentó matarme" suspiré.

"¿Es por eso que quieres que amenace con matar a mi gato para vengarme de ella?" Keila preguntó.

"Sí, tenemos que hacer que mamá se dé cuenta de que ella ha sido mala para que se disculpe y se vuelva amable", respondí.

"¿Puedo verte sin la máscara, abuelo Martin?" Keila preguntó.

Dudé un poco, el lado derecho de mi cara era aterrador para la mayoría de las personas, particularmente para un niño. Pero Keila parecía muy madura e inteligente para su edad, y su curiosidad era algo bueno. Me quité la máscara y Keila jadeó en estado de shock.

"Tu cara. ¿Mamá te hizo esto? Keila preguntó.

"Sí, por eso estoy enojado con ella", le respondí.

"Guau. Ahora sé por qué estás enojado con mamá. Pretenderé matar a Luna. Después de eso, ¿le daré la nota y le diré dónde encontrarnos? Dijo Keila.

"Sí. Te veo esta noche, Keila. Dije. Me puse la máscara y sonreí.

Después de terminar mi conversación con Keila, me acerqué a Eliza y le hablé. "Aquí hay algo de dinero para tus problemas. No le menciones esto a nadie y nuestros caminos no se cruzarán de nuevo."

"Entendido. Me quedaré callada. Dijo Eliza y miró hacia otro lado.

Como no había razón para molestar más a Eliza, salí del parque sin decir una palabra.

ESTABA MIRANDO A TRAVÉS de las cámaras con los lentes de Keila, y tuve una epifanía. Mi plan descabellado no debería haber funcionado, pero parecía funcionar. ¿Le estaba haciendo un favor a Sabina al exponer la posesión demoníaca de Keila? Había planeado convencer a Sabina sobre la posesión de Keila para hacerle la vida imposible, pero ¿y si algo poseía a Keila? Parecía extraño que cualquier niño se quedara y escuchara a un loco enmascarado, pero eso era precisamente lo que Keila había hecho, y ella parecía disfrutarlo también.

Vi a Sabina quitarle el cuchillo a Keila y hablarle sobre ser amable con los animales. Envié un mensaje para que Keila lo leyera en voz alta. 'Mamá te dijo que deberías amar a Luna. Pero vi a Luna matar a un ratón el otro día. ¿No es ese el orden natural de las cosas? El gato mató al ratón porque es más fuerte. Del mismo modo, debería matar al gato para demostrar mi fuerza.

Mientras Keila leía el mensaje, cambié el color de sus ojos a púrpura para engañar a Sabina de que el espíritu del difunto Rangda poseía a Keila.

El mensaje de Keila aterrorizó a Sabina, y Keila le entregó la nota que le había dado. Para mi consternación, Sabina sacó una pistola para llevarla al punto de encuentro. Esta fue una complicación peligrosa.

"¡Trae tu rifle tranquilizante y prepárate para disparar!" Le dije a Jaime mientras nos dirigíamos al lugar de encuentro.

ESTABA MIRANDO HACIA el océano oscuro, y una lluvia fría y ventosa me heló hasta los huesos. El parque estaba vacío y mi corazón se aceleró. Había esperado varios años por este momento, el momento en que me vengaría. Sin embargo, me sentí aterrorizado. Sabina había traído su pistola y era probable que la usara. No iba a matarla, no tenía sentido, pero ¿y si ella iba a tratar de matarme? Lo había intentado antes, lo que me llevó a la desfiguración, y no había razón para que no lo intentara de nuevo.

"¡Ahí vienen!" Jaime dijo por la radio y oí a través de mi tapón auditivo, y me di la vuelta. Vi que Sabina y Keila se acercaban a mí.

Estudié a Sabina, su rostro mostraba signos de ira y su mano estaba cerca de su pistola.

“Sabina, nos encontramos de nuevo. ¡Qué desgracia para nosotros! Dije

"¿Qué quieres con mi hija?" Rugió Sabina.

"Justicia", respondí, y me quité la máscara revelando mi rostro desfigurado.

"¿Justicia? ¿Le dices a mi hija que mate a mi gato? Qué sucede contigo." Gritó Sabina.

"¿Qué pensaste que pasaría? Prometiste no lastimarnos, pero asesinaste a mi esposa y trataste de matarme. Le grité de vuelta.

Sabina no respondió. En cambio, me dio una mirada de muerte. Su mirada me preocupó. Me preocupaba que el sedante en el dardo tranquilizante no fuera lo suficientemente poderoso como para noquearla antes de que me disparara.

"¿Notaste los ojos de Keila? Hermosa, ¿no es así? Están brillando de color púrpura, exactamente como el color de Rangda —bromeé.

"¿Qué le hiciste a los ojos de Keila, monstruo?" Rugió Sabina.

"No hice nada. Simplemente invoqué el espíritu de Rangda que yace latente dentro de ella ". Respondí.

"¡Mierda!" Gritó Sabina.

"Dime, Sabina, ¿quién crees que es tu padre?" Yo pregunté.

Sabina me dio una mirada sucia. "John Hines. ¿No has hecho tu investigación? Sabina se burló.

"Sabina, ambos sabemos que es una mentira". Me burlé.

"Bueno. Mi padre era Marvin Orchard, quien murió hace muchos años. También era el padre de mi mejor amigo, Eric. Esto me dificultó la adolescencia ". Sabina suspiró.

"Sí, debe haber sido difícil rechazar las visiones que te decían que te involucraras en el incesto, ¿no?" Me burlé.

"Mis visiones no eran tan frecuentes, y al final encontré a Alex", admitió Sabina.

"Pero Alex era estéril, así que terminaste follando con un Zetan en la Dimensión Divina, ¿no?" Me burlé.

Sabina perdió los estribos y sacó su pistola. "No difundas mentiras sobre mí frente a mi hija. Keila es joven, pero es perceptiva para su edad ". Gritó Sabina.

"Perceptiva, de hecho. A diferencia de Ellen, que jodió toda tu vida. Me burlé, y saqué un documento de mi chaqueta.

Me acerqué a Sabina y le entregué el documento. Lo hojeó y respondió. "¿Es una broma, verdad? ¿Podrías haber falsificado esta prueba de paternidad? Sabina se opuso.

"Podría haberlo hecho, pero no lo hice. Ellen mezcló a Martin Orchard de Sydney con Marvin Orchard de Sydney. Los errores ocurren cuando estás en el extranjero follando con todos a espaldas de tu marido. Me burlé.

Sabina reflexionó sobre mi declaración durante unos segundos y luego respondió. "No importa quién sea mi padre biológico. John es quien me crió. Dudo que tú o yo alguna vez celebremos las vacaciones juntos. Sabina se burló.

"Pero lo cambia todo. Nunca seguiste tu atracción predestinada por Eric porque creías que era tu medio hermano. Debido a esto, te conformaste con el estéril Alex y terminaste follando con un Zetan para poder dar a luz a tu hija destinada. Al hacerlo, permitiste que Rangda renaciera como Keila. Keila todavía es joven, ella empeorará. Será mucho peor." Afirmé.

Al escuchar esto, el corazón de Sabina se rompió y se desplomó en el suelo llorando.

"¡Por qué! ¿Por qué me estás haciendo esto?" Sabina gimió.

Señalé hacia mi desfigurada cara y respondí. "Venganza. Y lo acabo de entender. Tendrás que hacer una elección imposible. Debes elegir entre matar a tu propia hija o permitir que Rangda se levante. Me burlé.

Estudié a Sabina mientras lloraba y temblaba en el suelo. Había vengado a Elaine, y podía volver a mi soledad y morir pacíficamente cuando llegara el momento.

Sabina se levantó y apuntó su pistola hacia mí. ¡No te dejaré vivir para alegrarte de mi miseria! ¡Prepárate para morir, Martin! Gritó Sabina.

"¡Fuego ahora!" Dije por la radio, y Jaime le disparó a Sabina en el cuello con un dardo tranquilizante. El dardo distrajo a Sabina y corrí hacia ella y le pateé la pistola. Después de eso, perseguí a Keila, la agarré y le inyecté un sedante. Cuando Keila cayó inconsciente, le quité las lentes de contacto de los ojos, pues no quería que Sabina se enterara de mi engaño.

Corrí hacia Jaime y hablé. "Vayamos al aeropuerto. No quiero estar en Australia cuando se despierten ".

Jaime asintió y nos apresuramos al jet privado que nos llevaría lejos de Australia.

Capítulo 25: Andorra, marzo de 2057

Era mi cumpleaños número 72 y lo celebré, contemplando la hermosa vista del valle, desde mi casa junto al acantilado. Me había cansado del calor en Kiribati y había decidido mudarme a la pequeña nación de Andorra, ubicada en los Pirineos, entre España y Francia.

Suspiré, y sentimientos agridulces llenaron mi mente. El mundo era tan hermoso y quería permanecer en él para siempre, pero era hora de que me fuera. Había recibido la noticia de mi cáncer cerebral terminal unas semanas antes. Mi reacción inicial había sido ir a otra búsqueda del tesoro. Tenía la esperanza de encontrar otra réplica del Cristal Zeto para que curara mis heridas y me volviera a sanar.

Pero luego me detuve. Estaba demasiado débil y demasiado cansado para ir a una peligrosa expedición por mi cuenta. Mi mala visión debido a mi ojo tuerto no facilitó las cosas. Había pensado pedirle ayuda a Elenoa y Simona, pero me había detenido. Ellas estaban criando una familia y ¿por qué debería arriesgar sus vidas para extender la mía? Si algo les sucediera a alguno de ellos, y sobreviviera a la prueba, sería un castigo peor que la muerte.

Pensé en Simona, Elenoa y su hijo David. Reunirlos fue uno de los logros duraderos en la vida de los que podría estar orgulloso. Había convencido a Simona en 2041 para que dejara de lado su obsesión con Sabina y le diera a Elenoa la oportunidad de amarla. Simona había seguido mi consejo, se había olvidado de Sabina y se había enamorado de Elenoa. Deseé haber seguido mi propio consejo y haberme olvidado de Sabina allí y en ese momento. De esa manera no habría buscado mi venganza contra Sabina que arruinaría su vida, la vida de Keila, y mi vida.

Escribí mi confesión en una carta a Sabina, y adjunté los lentes avanzados para cambiar el color de los ojos como evidencia de mis afirmaciones. Me hubiera encantado admitir mis mentiras mientras aún estaba vivo, pero no pude hacerlo. Al menos de esta manera, Sabina y Keila no tendrían que sufrir, creyendo que Rangda poseía a Keila, después de mi muerte. Sonó el timbre e intenté acercarme y abrirlo. No llegué lejos. Mi cáncer causó un ataque de migraña grave y me desplomé al suelo.

'Por favor, dame la fuerza suficiente para despedirme de todos'. Recé al Verdadero Creador. Mi migraña desapareció y me sentí mareado y en paz. Me levanté y abrí la puerta. Mis hijas adoptivas y su hijo me saludaron.

"¿ME PUEDES PASAR EL vino?" Le dije a Elenoa, y ella me lo pasó. Mientras nos servía unas copas de vino, Elenoa hizo un gesto de rechazo.

"¿No estás bebiendo hoy, Elenoa?" Yo pregunté.

Elenoa sonrió y respondió: "Estoy embarazada de nuevo, papá".

"Desearía poder estar allí cuando nazca el niño". Suspiré.

"Claro que puedes, solo tienes 72 años. No seas tan sombrío, Martin. "Simona respondió.

Sacudí la cabeza y le entregué mi informe médico. Simona lo leyó y respondió.

"Este no es el fin. No lo dejaré ser. ¿Debe haber algo que podamos hacer?

"No hay. Los Cristales réplica Zeto dejaron de funcionar en mí hace muchos años. Supongo que he cumplido mi propósito. Suspiré.

"Estaremos a tu lado hasta el final. Rezaré al Verdadero Creador por un milagro". Elenoa declaró.

Asentí. "Están a mi lado hasta el final. Vine a este mundo precisamente hace 72 vueltas alrededor del sol. Es apropiado que el día de mi nacimiento sea también el día de mi muerte ". Afirmé.

"No puedes hablar en serio. El suicidio es un pecado terrible. Me preocupo por tu alma en el más allá. Elenoa declaró.

"No. Temer a la muerte es el mayor pecado. Nada más trae más sufrimiento a la humanidad ". Afirmé.

"Martin tiene razón. Deja que elija la hora y el lugar para el último paso de su viaje ". Dijo Simona.

Simona tomó la mano de Elenoa y le susurró suavemente. La cara de Elenoa cambió y ella aceptó lo inevitable.

"De acuerdo, Martin. Nos quedaremos contigo hasta el final.

"Gracias, Elenoa. Entrega esta carta a Sabina y pide su perdón. Lamento que mi espíritu sea demasiado débil para pedir perdón durante mi vida ". Tosí

Salimos al balcón y vimos cómo se ponía el sol detrás de las montañas cubiertas de nieve. Fue un hermoso paisaje que abarcaba todos los colores s del arco iris.

Tomé la jeringa con una dosis letal de heroína que había preparado y me inyecté.

"¿Que está pasando, abuelo?". Escuché a David decir.

"Se está yendo hacia el más allá, querido. No tienes nada que temer ", explicó Simona.

Tomé sus manos y sentí una dicha completa mientras mi cuerpo se volvía cómodamente entumecido. El paisaje se desvaneció en negro.

ABRÍ LOS OJOS Y ESTABA en un lugar misterioso pero tranquilo. Elaine me estaba mirando. No era Elaine de mi vida, sino una versión más hermosa, la versión perfecta que nunca existió en el mundo real.

"Elaine?" Yo pregunté.

Elaine sacudió la cabeza y respondió. "No, yo soy el verdadero creador. Tomé la forma del humano que más amas ". El Verdadero Creador declaró.

"¿Es esta la vida futura?" Yo pregunté.

El verdadero creador me sonrió. "No hay otra vida. Ya lo sabes, toda la vida consiste en diferentes estados de energía, y cuando mueres, el universo absorbe esta energía ". El Verdadero Creador reveló.

"Entonces, ¿qué es esto entonces?" Le pregunté:

"Detuve el tiempo para ti, momentos antes de que el universo absorba tu energía. Quería agradecerte por cumplir tu propósito ". El Verdadero Creador reveló.

"No entiendo", le dije.

"Hiciste que Sabina se enfrentara a Rangda. Este encuentro detuvo el Apocalipsis futuro ". El Verdadero Creador reveló.

"¿Qué pasa con el estallido de rayos gamma destinado a golpear la tierra en 2131?

"La explosión de rayos gamma habría destruido Sydney. Sin embargo, tu intervención hizo que Keila se concentrara en controlar sus demonios internos y mantuviera una actitud positiva. Sabina y Keila morirán juntas, absorbiendo la explosión salvando la ciudad ". El Verdadero Creador reveló.

"Entonces, ¿todo saldrá bien al final?" Yo pregunté.

"Lo bueno y lo malo son construcciones humanas. La fuerza vital seguirá fluyendo en la Tierra durante muchos millones de años. Esa es una perspectiva positiva en mi mundo ". El Verdadero Hacedor respondió.

"¡Gracias!" Respondí.

—De nada, humano. ¿Hay algo más que necesites saber antes de morir?

"No, estoy listo", respondí.

¡El tiempo se reanudó y experimenté una luz blanca brillante antes de que mi conciencia se volviera una misma con el universo!

¡El fin!

Did you love *La Caída de Martin Orchard*? Then you should read *Sabina Saves the Future: Complete Trilogy*[1] by Martin Lundqvist!

[2]

*Being reborn in the 21st century, Sabina must stop the apocalypse from happening in the 29th century.*Sabina Saves the Future is a trilogy of novellas, following the adventurous and supernaturally gifted Sabina Hines, as she travels the world and uncovers various nefarious conspiracies.

Sabina's Pursuit of the Holy Grail Sabina is a gifted 18-year-old girl living in Sydney, in the year 2037. She carries a unique secret. Sabina used to be the Chosen One, but she failed to stop the apocalypse from occurring in the year 2887. As she died, she asked The True Maker to let her be reborn in 2019 and to keep her powers.

After narrowly escaping being raped by the spoiled brat Joshua Harkins, Sabina has an epiphany: That it is time for her to set out on her mission to find the Primordial Zeto Crystal, also known as the Holy Grail.Sabina's quest takes her to Jerusalem where evil men are after the Holy Grail for their

1. https://books2read.com/u/mVr0NA
2. https://books2read.com/u/mVr0NA

own nefarious purposes. Facing the conspirators, Sabina sets out on a dangerous quest to find and purify the magical artefact, and to stop it from falling into the wrong hands.But stopping evil is not an easy task, and what sacrifices must Sabina make to reach her goal. Will Sabina be able to retain her innocence throughout the ordeal?

Sabina's Quest to Open the Portal

Having secured the Zeto Crystal, Sabina must choose between love and duty. Sabina's Quest to Open the Portal takes place straight after the ending of Sabina's Pursuit of the Holy Grail. Mentally and physically scarred from her ordeal in Israel, Sabina finds solace in the handsome and empathetic Alexander O'Neill, and she experiences romantic love for the first time.

With the Zeto Crystal de-energised Sabina focuses on her relationship with Alex and raising funds for charity.

Life is good for Sabina until one day when a new enemy emerges, which forces her to go to Mexico on the brink of civil war and face the difficult choice between love and duty.

Sabina's Expedition to Stop the Apocalypse

After many ordeals, Sabina faces her nemesis, Rangda. But will Sabina overcome the evil that she tries to stop?

Having survived the civil war in Mexico, and having stopped Pierre Beaumont's evil scheme, Sabina and Alex are recuperating in Hawaii.

Peace doesn't last for long though, as the mysterious Martin Al-Sham re-emerges. His associates kidnap Alex, to force Sabina to help Martin with a dangerous expedition.Martin reveals that he has found a way to re-energise the Zeto Crystal, and that he needs Sabina to fulfil her destiny.

Together they travel to Kiribati. First, they must scale an active volcano, before Sabina can swim down to the Sunken Pyramid of Kiribati, where the portal to the Divine Dimension is located.

Eventually, Sabina reaches Rangda, but will she be able to carry out her mission, or will she become the very evil that she tried to stop?

Read more at martinlundqvist.com.

Also by Martin Lundqvist

Divine Space Gods
Divine Space Gods: Abraham's Follies
Divine Space Gods II: Revolution for Dummies
Divine Space Gods III: Rangda's Shenanigans

Sabina Saves the Future
Sabina's Pursuit of The Holy Grail
Sabina's Quest to Open the Portal in the Sun Pyramid
Sabina's Expedition to Stop the Apocalypse

The Divine Zetan Trilogy
The Divine Dissimulation
The Divine Sedition
The Divine Finalisation

Standalone
Matt's Amazing Week
James Locker The Duality of Fate
The Portal in the Pyramid
Money Laundering in the Laundromat
Pyramidportalen

Matts Fantastiska Vecka
Divine Space Gods Trilogy
Sabina Saves the Future: Complete Trilogy
Diez Historias Aleatorias y Muy Cortas
Ten Random and Very Short Stories
Dieci Storie Casuali e Molto Brevi
Dix Histoires Aléatoires et Très Courtes
Zehn Zufällige und Sehr Kurze Geschichten
Cinco Historias Aleatorias y Muy Cortas
Five Random and Very Short Stories
The Fall of Martin Orchard
Masa Depan Putri Sabina
La Caída de Martin Orchard

Watch for more at martinlundqvist.com.

Also by Sebastian Llanos

La Caída de Martin Orchard

www.ingramcontent.com/pod-product-compliance
Lightning Source LLC
Chambersburg PA
CBHW070632310726
48982CB00001B/263
9780648729860